FRANK GOYKE

Schneller, höher, weiter

Buch

Jürgen Grützmacher, Manager einer Firma, die sich mit der Vermarktung von Olympia in Berlin befaßt, verbringt seinen Urlaub in einer dänischen Kleinstadt. Ihn erreicht die Nachricht, daß sein einziger Sohn Robert in Berlin erschossen wurde. Alle Indizien deuten auf ein Attentat, das aber offensichtlich den Falschen traf. Zu dieser Annahme gelangt jedenfalls Hauptkommissar Dietrich Kölling, denn er vermutet, daß der Anschlag in Wahrheit Jürgen Grützmacher galt. Tatsächlich finden sich genügend Gründe, dem alten Herren den Tod zu wünschen, und die gewichtigsten findet Kölling gleich am Tatort: geheime Dossiers über die IOC-Mitglieder. Die konspirativen Unterlagen stammen aus Jürgen Grützmachers Panzerschrank ...

Autor

Frank Goyke wurde 1961 in Rostock geboren. Er studierte Theaterwissenschaften in Leipzig und arbeitete als Lektor und Redakteur in Berlin, wo er heute als freier Schriftsteller lebt. Für *Dummer Junge, toter Junge*, den sechsten Band aus der Reihe der Kölling-Krimis, erhielt er den Marlowe-Preis der Chandler-Gesellschaft. Dieser und weitere Krimis von Goyke sind bei Goldmann in Vorbereitung. *Der kleine Pariser* ist unter dem Titel *Le petit Parisien* auch beim Verlag Fleuve noir in Paris erschienen.

Bisher bei Goldmann erschienen:

Der kleine Pariser. Roman (44222)
Grüße vom Boß. Roman (44220)

Frank Goyke

Schneller, höher, weiter

Roman

GOLDMANN

Umwelthinweis:
Alle bedruckten Materialien dieses Taschenbuches sind chlorfrei und umweltschonend.

Der Wilhelm Goldmann Verlag ist ein Unternehmen
Der Verlagsgruppe Bertelsmann GmbH

Taschenbuchausgabe September 2000

Umschlaggestaltung: Design Team München
Umschlagfoto: Jürgen Henkelmann
Satz: DTP Service Apel, Hannover
Druck: Elsnerdruck, Berlin
Titelnummer: 44215
AB · Herstellung: Heidrun Nawrot
Made in Germany
ISBN 3-442-44215-X
www.goldmann-verlag.de

1 3 5 7 9 10 8 6 4 2

Erstes Kapitel

1

Jürgen Grützmacher fror an den Ohren. Wie an jedem der vergangenen vier Tage hatte er sich nach dem Frühstück zu seinem Wagen begeben, war bis zur Promenade gefahren, hatte das Auto abgestellt und seinen Weg zu Fuß fortgesetzt. Den Feldsteig zum Sund hatte er bereits an seinem Ankunftstag entdeckt. Er begann hinter einer Siedlung aus Reihenhäusern, die jemand aus dem Baukasten zusammengesetzt haben mußte, und verzweigte sich bei einem landwirtschaftlichen Gut, auf dem Jürgen Grützmacher noch nie eine Menschenseele gesehen hatte; nur die Maschinengeräusche kündeten davon, daß hier gearbeitet wurde. Wenn er das Gut erreicht hatte, brauchte Jürgen Grützmacher noch fünf Minuten bis zum Sund. Dort war er am Ziel. Manchmal ging er stundenlang an dem Gewässer entlang, das Falster von Lolland schied, und war allein.

Jürgen Grützmacher war nicht zum erstenmal in Nykøbing. Vor einigen Jahren hatte ihn seine Frau, die aus Norddeutschland stammte und daher von einer besonderen Zuneigung zu Skandinavien erfaßt war, zu einem Herbsturlaub in Kopenhagen überredet. Schon damals war Jürgen Grützmacher über Rostock und Gedser gefahren, obwohl die Mauer noch stand und er sich die düstere Ostzone am liebsten aus dem Himmel besah, aber Leni hatte in Berlin studiert, und dies war einfach der kürzeste Weg gewesen. Jürgen Grützmacher preßte den Kragen seines Anoraks mit der rechten Hand zusammen. Freunde hatten einen Abstecher nach Nykøbing empfohlen, das ohnehin an der Strecke lag; das kleine Städtchen sei so reizend, man müsse es einfach gesehen haben, hatten sie behauptet, und dann folgte das blasierte Gerede von den freundlichen Dänen, das Jürgen Grützmacher nicht ausstehen konnte. Er fühlte sich immer etwas unbehaglich in Ländern, die unter der deutschen Besatzungsmacht gelitten hatten, und das war immerhin halb Europa gewesen, wenn nicht mehr. Nur in die Schweiz reiste er vorbehaltlos gern. Die Schweiz hatte von Nazideutschland profitiert.

Jürgen Grützmacher mußte sich wieder bewegen. Dagegen, daß er seine Ohren bald mit einem leichten Fingerschnipsen würde abbrechen können, konnte er nichts unternehmen, weil er seine Strickmütze im Auto vergessen hatte. Seine Füße hingegen würden sich mit jedem Schritt erwärmen. Jürgen Grützmacher streifte sich den Handschuh von der linken Hand und fuhr mit ihr in seine Hosentasche. Er förderte ein zerknautschtes Päckchen Marlboro zutage, übergab es in seine behandschuhte Rechte und klaubte eine Zigarette heraus. Nie hätte er für möglich gehalten, jemals wieder nach Nykøbing zurückzukehren. Bei seinem ersten Besuch war ihm die Stadt zum Sterben langweilig erschienen, obwohl es sogar eine Spielhalle gab, und Spielhallen hatten den jungen Grützmacher immer angezogen. Jetzt machte er sich nichts mehr aus den blödsinnig quäkenden Automaten. Einsatz und Ertrag waren schlechterdings lächerlich, verglichen mit den Möglichkeiten, die das Wirtschaftsleben bot. Das war zwar auch nur ein riesiger Spielautomat, aber man konnte ohne Stemmeisen und andere Kinkerlitzchen an sein verplombtes Inneres gelangen, wenn man nur geschickt genug war. Jürgen Grützmacher drehte seinen Rücken zum Wind und machte einen Buckel. Er steckte die Zigarette in den Mund, durchwühlte seinen Anorak nach dem Feuerzeug. Seine Suche blieb erfolglos.

Mit Kopenhagen hatte es begonnen. In der dänischen Hauptstadt hatte er die ersten Ferien mit seiner späteren Frau verbracht, und seither hatte er seinen Urlaub immer an Orten verlebt, die so anstrengend waren, daß er nach seiner Rückkehr ein paar Tage brauchte, um sich zu erholen. Leni war phantasielos. Immer wieder traf sie eine Wahl, die sich keinen Deut von den Urlaubszielen der grauen Masse unterschied. Mal waren es Großstädte wie Paris oder Amsterdam, so daß sich Jürgen Grützmacher auf einer Dienstreise wähnte, bei der allerdings die meiste Zeit für Parkplatzsuche und Einkaufsbummel draufging, oder sie entschied sich für die Menschenbratereien des Südens, in denen es von Touristen wimmelte. Resigniert steckte Jürgen Grützmacher die Zigarette wieder in die Schachtel. Leni war eben eine Proletentochter, und das blieb sie trotz Studiums und Graduierung.

Den Entschluß, für zwei Wochen aus Berlin zu verschwinden, hatte Jürgen Grützmacher keineswegs spontan gefaßt. Schon lange sehnte er sich danach, der aus ihrem provinziellen Winterschlaf erwachten Stadt mit den verstopften Straßen, überfüllten Kaufhäusern und ruhelosen Bewohnern den Rücken zu kehren, um etwas zu finden, was es in seinem wie ein Uhrwerk funktionierenden

Leben nicht mehr gab: Stille. Immer wieder hatte er selbstvergessen auf der Toilette gehockt, einen Atlas auf den nackten Schenkeln, und war mit den Augen um die Welt gereist. Den Süden verwarf er zuerst. Er wollte kein mildes Klima, weil ihm die Wärme auf eine unbestimmbare Art laut vorkam. Auch alle Länder, in denen man sich hauptsächlich englisch verständigte, wischte er vom Tisch; er beherrschte diese Sprache zu gut und fürchtete sich davor, Zeuge einer Unterhaltung oder gar selbst in ein Gespräch hineingezogen zu werden. Er wollte taub sein, nur atmen und schauen. Deshalb entfielen auch Österreich und die Schweiz, und irgendwann hatte er sich auf Dänemark versteift, auf dieses flache, weite, ruhige Land. Hier konnte er alles Organisatorische in seiner Muttersprache abwickeln, im übrigen jedoch kannte er nicht einmal die landesüblichen Begrüßungsformeln.

Jürgen Grützmacher lenkte seine Schritte zurück zu seinem Wagen. Noch immer wurde ihm schwindlig von der frischen Luft, und wie ein Angetrunkener riß er die Augen weit auf, um einigermaßen sicher zu seinem Hotel zu gelangen. Sein Aufenthalt in Nykøbing war nicht nur ein gewöhnlicher Urlaub. Jürgen Grützmacher befand sich auf der Flucht.

2

Das Dezernat Delikte am Menschen der Berliner Kriminalpolizei glich der Quarantänestation eines Krankenhauses. In den Arbeitszimmern wurde gekrächzt, geschnauft, genäselt und gehustet, die Papierkörbe füllten sich mit leeren Pastillenschachteln, Hustensaftflakons und eitrigen Papiertaschentüchern, die Verwaltung widmete ihren Eifer der Bearbeitung von Krankenscheinen. Daß es Winter war, bemerkten einzig die Kalendarien. Draußen vor der Tür herrschte ein naßkalter Herbst, der bereits vor seiner Zeit begonnen und mittlerweile ein chronisches Stadium erreicht hatte. Es regnete am Tag, es goß des Nachts. Kriminalhauptkommissar Dietrich Kölling, der Chef einer Berliner Mordkommission, verbrachte seine Tage in einem halbdunklen Büro und las bis zum Mittag Zeitungen. Um seine vom Kettenrauchen verätzten Schleimhäute schlugen die Krankheitserreger einen weiten Bogen, und unangefochten gab er sich der Langeweile hin. Manchmal leistete ihm sein Mitarbeiter Becker dabei Gesellschaft.

»In dieser Stadt ist der natürliche Gang der Dinge unterbrochen«, stellte Dietrich Kölling nach einem melancholischen Blick auf das Fenster fest. »Jeder normale Mensch bekommt Depressionen bei solch trübem Wetter oder heckt einen Mordanschlag auf seinen Nächsten aus. Aber seit vierzehn Tagen habe ich keinen Tatort mehr besichtigt.«

»Ich kann über einen Mangel an Beschäftigung nicht klagen«, entgegnete Becker. »Es ist viel Liegengebliebenes aufzuarbeiten. Außerdem kann ich jedes Wochenende zu meiner Familie nach Leipzig fahren.«

»Liegengebliebenes aufarbeiten.« Dietrich Kölling schüttelte den Kopf, nahm seine Brille ab und legte sie vor sich auf den Schreibtisch. Die Brille paßte ihm nicht. Obwohl er bereits zweimal beim Optiker gewesen war, rutschte sie ihm noch immer von der Nase. »Es wird Zeit, daß Ihre Familie nach Berlin kommt.«

»Stellen Sie sich das nicht so einfach vor. Ich gebe mein halbes Monatsgehalt für Anzeigen aus und habe noch immer keine Arbeit für meine Frau gefunden.«

»Jaja.« Dietrich Kölling stand auf und ging zu seinem sandfarbenen Übergangsmantel, den er über einen Stuhl geworfen hatte. Der Mantel war längst aus der Mode, aber Dietrich Kölling hing an ihm. Obwohl er nicht geizig war, schreckte er davor zurück, sich von ihm zu trennen und einen neuen anzuschaffen. Noch tat der alte seinen Dienst.

»Ich mache mir nur Sorgen um die Statistik«, sagte er und suchte in den Manteltaschen nach Zigaretten. »Lesen Sie doch, was die Zeitungen schreiben. Die Gewalt steigt und steigt und steigt. Würden wir in einer Planwirtschaft leben, könnte man sagen, daß Berlin sein Gewaltsoll mit hundertzwanzig Prozent übererfüllt hat. Eigentlich müßte es Orden hageln.« Dietrich Kölling kehrte mit einer ungeöffneten Packung Lucky Strike zu seinem Platz zurück. »Sehen Sie«, er klopfe auf die Zeitungsseite, die er auf seinem Tisch ausgebreitet hatte, »hier steht wieder was über Gruppen gewaltbereiter Jugendlicher, die friedliche Bürger terrorisieren. Und wissen Sie, warum? Fehlende Zuneigung, fehlende Anerkennung, fehlende Jugendfreizeiteinrichtungen, fehlende Perspektive. Eine Art sozialer Vitaminmangel.«

»Oder Vitaminüberschuß«, sagte Becker uninteressiert. »Zuviel Liebe, zuviel Wohlstand.«

»Oder so.« Dietrich Kölling setzte sich. »Ich hätte ja eine Lösung für das Problem.«

Becker schwieg.

»Wollen Sie hören?«

Becker schüttelte den Kopf.

»Bei der Polizei hat man doch Perspektive, oder«, fuhr Dietrich Kölling unbeeindruckt fort, »die Jugendbanden verwandelt man einfach in polizeiliche Sondereinsatzkommandos, bei denen ist Gewaltbereitschaft schließlich gefragt. Und Gebäude hat die Polizei auch. Schauen Sie sich unser Haus an. Feinster Jugendstil. Jugendfreizeiteinrichtungsstil. Sie sind doch mit Utopien aufgewachsen, Sie müssen doch einen Nerv für Dietrich Köllings Sonnenstaat in der Keithstraße haben. Draußen ein architektonisches Wunderwerk, drinnen Vernehmungen, im Keller eine uniformierte Punkband. Multikultureller geht's nimmer.«

»Schade, daß Sie kein Buch darüber verfaßt haben«, meinte Becker.

»Bücherschreiben ist eine Sache für Pensionäre«, sagte Dietrich Kölling und riß die Zigarettenschachtel auf. »Ich bin Praktiker und möchte mit Ihnen das Leben an seiner Wurzel studieren. Wollen wir ein Bier trinken gehen?«

3

Eine Flucht für vierzehn Tage. Jürgen Grützmacher war von seinem Spaziergang so erschöpft, daß er sich, ohne eine Mahlzeit einzunehmen, zum Mittagsschlaf auf sein Zimmer verkroch. Kaum hatte er sich jedoch ausgestreckt, war er hellwach, und sein Magen knurrte. Bereits an seinem Ankunftstag hatte Jürgen Grützmacher den Kühlschrank untersucht und in der Folge mehrmals geöffnet und wieder geschlossen, weil ihm die Preise zu hoch erschienen. Mittlerweile unterließ er es, sie in seine Heimatwährung umzurechnen. Er nahm sich ein Tuborg und eine Tüte Erdnüsse, setzte sich an den kleinen quadratischen Holztisch und musterte das Telefon.

Das *Hotel Falster* war die einzige komfortable Herberge in Nykøbing. Zwar hatte Jürgen Grützmacher auf einer Wanderung durch den Ort noch ein weiteres Hotel entdeckt, dessen Parterrefenster waren allerdings mit Sperrholzplatten vernagelt, und eine Privatunterkunft lehnte Jürgen Grützmacher ab. Er haßte es, Toilette und Dusche mit Fremden teilen zu müssen. Auf Reisen brauchte er sein eigenes Reich.

Jürgen Grützmacher köpfte das Tuborg und trank aus der Flasche. Er blätterte das hoteleigene Telefonverzeichnis auf, suchte die Vorwahl für Deutschland und stellte fest, daß noch eine gesonderte Rufnummer für die DDR aufgeführt war. Offenbar verging die Zeit in Dänemark weniger rasch. Jürgen Grützmacher hob den Hörer ab, tippte die Ziffern. Dann legte er wieder auf.

Eigentlich hätte er seine Familie anrufen müssen, die noch immer nicht wußte, wo er sich aufhielt. Die ganze Sippschaft war ohnehin in Verwirrung geraten, als er ihr eröffnet hatte, er würde in einen Urlaub fahren, an dem nach ihrer Auffassung nichts stimmte: weder die Jahreszeit noch der Umstand, daß er allein reisen würde. So etwas hatte es noch nie gegeben. Immer hatte er die lästige Bagage mit sich herumgeschleppt oder sich von ihr herumschleppen lassen zu ihren öden Vergnügungen. Auch sein Ziel hatte Jürgen Grützmacher im vagen belassen. Nur daß es sich um Dänemark handelte, war daheim bekannt.

Eine Flucht für vierzehn Tage war keine richtige

Flucht. Es war nichts als das feige Ausbüchsen eines Schafs, das seiner Rolle als Wollieferant überdrüssig ist und das in den heimatlichen Stall zurückkehrt, bevor es Nacht wird. Am Abend spazierte Jürgen Grützmacher abermals auf der vertrauten Route an den Guldborgsund und erreichte ihn, als die Sonne sich anschickte, hinter den Wäldern bei Sundby zu verschwinden. Je tiefer sie sank, desto dunkler wirkte das Gefieder der Schwäne. Am Ende war es schwarz.

4

Dietrich Kölling war an den Tresen getreten und hatte zwei Pilsener vom Faß bestellt, während Becker einen Tisch auswählte, den er für gemütlich hielt. Außer den beiden Kripobeamten befand sich nur eine Gruppe von Zimmerleuten in der Kneipe, die offenbar wegen des Wetters nichts zu zimmern hatten und sich die Zeit mit Schnäpsen vertrieben.

Beckers Wahl fand Dietrich Köllings Lob. Das Bier kam rasch.

»Worauf heben wir unser Glas?« fragte Dietrich Kölling.

Becker zuckte die Schultern.

»Wenn seitdem nicht schon vier Wochen ins Land gegangen wären, könnten wir darauf anstoßen, daß Sie die Kommissarsprüfung bestanden haben. Ihre Kinder haben nun allen Grund, vor ihren Schulkameraden anzugeben.«

»Mit Bier stößt man nicht an«, umging Becker eine

Antwort. Der Sprung vom Obermeister zum Kriminalkommissar, mit Schulbankdrücken und einem Examen erkauft, bedeutete ihm weniger, als er erwartet hatte. Bekker, in Ostdeutschland geboren und aufgewachsen, war zu einer Zeit der Polizei beigetreten, da das Ende der DDR noch nicht abzusehen war. Er war Streife gelaufen, hatte sich hochgedient und war zur Kriminalpolizei versetzt worden, er hatte sich zur Leipziger Mordkommission gemeldet, als dort Leute gesucht wurden, hatte den Zuschlag bekommen und war darauf eingestellt gewesen, als ein Mann ohne Studium zwar langsam, aber stetig die Stufenleiter zum Offizier aufzusteigen. Wäre alles mit rechten Dingen zugegangen, er wäre zumindest Leutnant. Nun war er eben Kommissar, in Dietrich Köllings Kielwasser von Leipzig nach Berlin geschwommen und von diesem zu seiner Ausbildung ermuntert. Der neue Dienstrang jedoch konnte ihn nicht darüber hinwegtäuschen, daß er nicht für ein Leben in der Großstadt bestimmt war.

»Becker, lassen Sie den Kopf nicht hängen.« Dietrich Kölling unternahm einen schwachen Versuch, seinen Kollegen aufzurichten. »Mir geht es auch auf den Kranz, den ganzen Tag Zeitung zu lesen oder Liegengebliebenes aufzuarbeiten.«

»Darum geht es nicht«, sagte Becker. »Mich stinkt diese Stadt an.«

»Mich etwa nich? Dietrich Kölling leerte sein Glas und bestellte mit einem Wink zwei frische Bier. »Hier leben doch nur Wahnsinnige, und die öde Zeit treibt sie in den Kollaps. Da streiten sich diese Pfeifenköpfe von Abgeordneten bis zum Abwinken darüber, ob das Brandenburger Tor für den Individualverkehr freigegeben werden soll oder nicht. Schon diese Begriffe. Individualverkehr, pfui Teufel. Sagen Sie, berührt Sie das? Zerreißt es Ihre Seele, wenn Sie hören, daß dieser Klotz zusammenkrachen wird, wenn Autos hindurchtuckern? Natürlich zerreißt es Ihre Seele. Das Tor ist nämlich ein nationales Symbol, und Symbole muß man hegen und pflegen. Die Nazis haben dieses Monstrum schließlich auch geliebt.«

»Sie beschäftigen sich mit recht aberwitzigen Dingen«, stellte Becker fest.

»Habe ich alles aus den Gazetten«, sagte Dietrich Kölling stolz. »Aber wenn Sie mein Aberwitz stört, dann helfen Sie mir doch. Depressionen haben Sie schon. Nun müssen Sie nur noch einen klitzekleinen Mord begehen.«

Becker winkte ab.

»Wenn Sie einen Mord zu beackern haben, werden Sie trotzdem mäkeln und lamentieren.«

»Natürlich werd ich das«, meinte Dietrich Kölling und schlug sich vor die Brust. »Ich werde schimpfen wie ein Rohrspatz, weil jemand meine Ruhe stört. Aber ein Mord ist wenigstens eine klare Sache in diesem verwaschenen Land.«

5

Robert Grützmacher radelte durch den tropfnassen Grunewald. Als er das Rennrad aus der Garage geholt hatte, war gerade ein heftiger Regenguß niedergegangen, und seine Mutter hatte die Radtour untersagen wollen, aber

Robert Grützmacher ließ sich nichts mehr verbieten. Um die Mutter herauszufordern, hatte er über T-Shirt und Turnhose nur seinen dünnen Freizeitanzug gestreift, und seine knöchelhohen Sportschuhe trug er an den nackten Füßen. Auch über diese Sportschuhe ließ sich eine Ästhetik des Widerstands verfassen. Sie hatten zwar ein Vermögen gekostet, waren aber mittlerweile den Strapazen des Alltags erlegen. Was sie noch zusammenhielt, konnte höchstens der Schweiß sein. Zweimal hatte die Mutter sie in den Abfall geworfen, zweimal hatte Robert sie wieder herausgeklaubt. Die Alte ekelte sich vor ihnen, und das war für den Sohn Grund genug, in ihnen solange durch Berlins bessere Gegend zu latschen, bis sie zerfielen. Robert Grützmacher bedauerte sehr, nicht wie die meisten seiner Klassenkameraden unter Fußgeruch zu leiden. Selbst tagelanger Verzicht auf Wasser und Seife vermochte diesem Mangel nicht abzuhelfen. Damit seine ruinierte Fußbekleidung dennoch als Trophäe des Sieges zwischen den blitzblanken Schuhen der Eltern ihren Platz fand, hatte er seine Fahrradexpeditionen in das Berliner Umland ausgedehnt, war dort auf eine Rinderweide gestoßen, hatte sie entgegen dem aus Seuchenschutzgründen erlassenen Verbot betreten und in der Nähe der Viehtränke ein kleines Paradies vorgefunden. Dort stand der Kot zentimeterhoch. Selbstbewußt war Robert Grützmacher hindurchgewatet.

Der Junge benutzte nicht die für Sonntagsausflügler ausgebauten Wege. Wenn er schon beschlossen hatte, seine Wut auf die Flächenberechnung unter der Kurve einer mathematischen Funktion bei einer Amokfahrt abzureagieren, dann kamen dafür nur jene Nebenstege in Frage, die als Wege kaum zu erkennen waren. Mit Brachialgewalt jagte Robert sein zartbesaitetes Rennrad über Bodenwellen und durch das Unterholz. Das Gefährt würde dabei draufgehen, aber das störte ihn nicht. Er mußte nur eine gute Erklärung erfinden, und sein Vater würde ihm, falls er denn aus Dänemark zurückkehrte, ein neues kaufen. Robert besaß eine enorme Phantasie, wenn es um Ausreden ging. Die Rückkehr seines Vaters wünschte er nicht. Stattdessen stellte er sich vor, einen Anruf zu erhalten, der ihn nach Dänemark zu seinem Erzeuger rief. Davon träumte er jeden Abend zwischen Wichsen und Einschlafen.

Warum Robert Grützmacher bis zur Selbstaufgabe an seinem Vater hing, wußte er zwar, aber er ließ dieses Wissen nicht zu. Es waren die Anzüge. Wenige Wochen nach seinem Eintritt ins Gymnasium war Robert zum erstenmal verliebt gewesen. Wenn der Englischlehrer das Klassenzimmer betrat, konnte sich Robert nicht mehr konzentrieren. Aber nicht der Mann zog ihn in den Bann, sondern dessen Tuche. Zu jeder Stunde erschien der Lehrer mit Anzug, Seidenhemd und Lederschlips. Robert bekam in Englisch eine Vier.

Zweieinhalb Stunden war Robert Grützmacher unterwegs, allerdings nicht nur mit dem Fahrrad. Kurz vor seinem Ziel, dem Havelufer, gab es seinen Geist auf. Robert schleuderte es in ein Gebüsch. Nun würde er seinen Rückweg zu Fuß antreten müssen, aber das erfüllte ihn mit Genugtuung. Er wußte, daß in dem armseligen Verstand der Mutter seit seiner Abfahrt nur zwei Wörter kreisten: Lungenentzündung und Intensivstation. Sie sollte sich nicht umsonst grämen.

Trotz seines Gewaltmarsches vollkommen durchgefroren, erreichte Robert Grützmacher das Haus in Zehlendorf, das sein Vater erworben hatte, nachdem seine Firma ihren Sitz endgültig nach Berlin verlegt hatte. Robert besaß ein Zimmer unter dem Dach. Ohne in der Diele die Schuhe auszuziehen, wie es eigentlich von ihm verlangt wurde, hastete er die Treppe hinauf. Ihm stand der Sinn nicht nach einer Auseinandersetzung mit der Mutter, die im Wohnzimmer vor dem Fernsehgerät saß, was unüberhörbar war. Wahrscheinlich war sie wieder einmal eingeschlafen. Robert entkleidete sich. Er verfügte über ein separates Bad, das er nackt betrat. Während heißes Wasser in die Wanne lief, stellte er sich vor dem Spiegel auf. Ausgiebig betrachtete er seinen Körper. Er hatte noch etwas vor an diesem Abend.

6

Der Mann hatte mehrere Tage gebraucht, um eine günstige Position für die Erfüllung seines Auftrags ausfindig zu machen. Daß die Häuser in dieser vom Geldadel bewohnten Gegend in respektvoller Entfernung voneinander angeordnet und von großen Gärten umgeben waren, kam ihm zwar entgegen, aber zugleich war die dünne Besiedlung ein Fluch. Wer hier ein paarmal die gleiche Straße auf und ab schritt, fiel sofort auf. Natürlich hatte der Mann gewußt, wie er sich in einer solchen Situation verhalten mußte und hatte jeden Tag die Kleidung gewechselt.

Im übrigen war fast alles in Ordnung. Der Mercedes der Zielperson parkte auf einem Rasenstück zwischen Einfahrt und Garage, was entweder darauf schließen ließ, daß die Zielperson zu faul gewesen war, das Auto in seine Unterkunft zu stellen, oder darauf, daß sie in der Nacht noch einmal fortmußte. Dem Mann war es egal. Für seinen Auftrag war nur ausschlaggebend, was er in dem schmalen, längst den Flammen anvertrauten Dossier gelesen hatte. Nach diesem Dokument zu urteilen, war die Zielperson dermaßen von Arbeit überhäuft, daß sie Tag und Nacht schuften mußte, um überhaupt ein Zipfelchen Land zu sehen. Der Mann operierte am liebsten in der Dunkelheit. Zufrieden registrierte er, daß er auf die Minute genau im Zeitplan lag. Das Dossier allerdings hatte bereits bei der ersten Absprache sein Mißfallen erregt. Es war von einer Detektei erstellt worden, und private Ermittler rangierten in seinem Weltbild unter den Stümpern. Seine Hauptfeinde waren zwar die Bullen, aber obwohl sie seiner nie habhaft werden würden, waren sie immerhin Profis, und jede professionell ausgeführte Arbeit nötigte ihm Respekt ab. Der Mann mochte Polizisten. Sie kämpften auf verlorenem Posten, verfügten aber über eine beeindruckende Technik und in den Dimensionen, in denen er sich bewegte, sogar über Grips.

Exakt um zwanzig Uhr dreißig hatte der Mann seine Operationsbasis bezogen. Er war in den Garten des Grundstücks eingedrungen, das dem Haus der Zielperson fast lotrecht gegenüberlag, hatte das Dach der Garage erklommen und seine Instrumente ausgepackt. Wenn er sich in einem Winkel von ungefähr zwanzig Grad zur Dachkante auf den Bauch legte, hatte er das Arbeitszimmer der Zielperson im Blick. Noch war es dunkel.

7

Robert Grützmacher stand auf dem Treppenabsatz und lauschte nach den Geräuschen aus dem Erdgeschoß. Noch immer lief überlaut der Fernseher, und das war ein Zeichen dafür, daß die Mutter tatsächlich schlief. Robert Grützmacher war nicht nur vollkommen unbekleidet, er hatte sich auch nach seinem Bad nicht abgetrocknet und hinterließ flüchtige Spuren auf seinem Gang in das Schlafzimmer der Eltern. Der Raum war stockdunkel. Immer, wenn der Vater mehrere Tage abwesend war, zog die Mutter die schweren Vorhänge nicht auf. Robert brauchte kein Licht, um sich zurechtzufinden. Nach wenigen Schritten stieß er mit dem Schienbein gegen das Doppelbett. Nun mußte er sich nach links wenden, denn dort stand der Kleiderschrank. Robert öffnete die Tür und schob seine gestreckte Hand behutsam tiefer. Nach wenigen Augenblikken berührten die Fingerkuppen einen festen, glatten Stoff. Roberts Atem ging heftiger.

Mit seiner Beute floh der Junge die Treppe hinauf in sein Zimmer. Noch vor einem halben Jahr hatte er in den Anzügen des Vaters verloren gewirkt, aber währenddessen hatte sein Körper Maße erreicht, die ihn dem des Vaters ähnlich machten. Robert Grützmacher zog Hose und Jackett über die bloße Haut. Nun brauchte er nur noch ein Paar Halbschuhe. Sie zu beschaffen war gefährlicher, weil er an dem Wohnzimmer vorbei mußte, in dem seine Mutter jederzeit aus ihrem Koma erwachen konnte. Er konnte aber nicht warten, bis sie zu Bett gegangen war, denn zuvor würde sie auf sein Zimmer kommen und nach ihm schauen. Robert schlich in die Diele.

Mit einer raschen Bewegung riß er die schwarzen Slipper aus dem Schuhschrank und behielt sie in der Hand, während er in das Mittelgeschoß stieg. Erst vor dem Arbeitsraum des Vaters streifte er sie über.

Gleich würde er der Chef sein. Robert knipste die Schreibtischlampe an, ließ sich in den Sessel fallen und drückte seinen Rücken durch. In diesem Reich herrschte sein Vater über Akten und Papiere, aber wenn er unterwegs war, nahm Robert seinen Platz ein. Der Junge hob den Telefonhörer ab und befahl die Sekretärin zu sich. Er diktierte ein längeres Schreiben an den Direktor des Gymnasiums, die geringen Talente des Schülers Grützmacher in den Fächern Mathematik, Physik und Chemie betreffend, den die Sekretärin sofort nach Unterschrift per Eilboten zu expedieren hatte. Dann bereitete er sich auf eine Konferenz mit den Direktoren seines Konzerns vor. Zu diesem Zweck brauchte er einige Unterlagen aus dem Panzerschrank. Robert Grützmacher war stets der Überzeugung gewesen, am Gymnasium im falschen Film zu sein; sein handwerkliches Können hingegen war über jeden Zweifel erhaben. Nach mehreren Anläufen war es ihm jedenfalls gelungen, vom Safeschlüssel seines Vaters ein vollkommenes Duplikat zu feilen.

Ein Geräusch ließ Robert Grützmacher aufhorchen. Er hob den Kopf.

Zweites Kapitel

1

Der nächtliche Garten hinter den hüfthohen Hecken sah aus, als sollte dort eine Filmsequenz gedreht werden. Mehrere Scheinwerfer beleuchteten den Rasen und das Haus, und eine Gruppe von Männern stand wie zu einer Regiebesprechung genau dort, wo sich die Lichtkegel zweier Strahler trafen. Kommissar Becker lenkte den Wagen durch ein Tor und bremste vor der Garagenauffahrt. Auf dem Beifahrersitz hatte Frau Blissow Platz genommen, eine Kriminalkommissarin, die bereits bei der Berliner Mordkommission gearbeitet hatte, als Dietrich Kölling, wie er es selbst ausdrückte, in Hannover noch die Kühe gehütet hatte. Dietrich Kölling war fast zwanzig Jahre älter als sie. Er hockte auf der Rückbank und gähnte schamlos.

»Ich mag gar nicht fragen«, sagte er zu der Blissow, »aber wie spät ist es jetzt eigentlich?«

»Halb zwei.«

»Wissen Sie überhaupt, aus welch rosigen Träumen mich Ihr Anruf gerissen hat?«

»Woher soll ich das wissen?« Die Blissow öffnete ihre Tür. »Ich bin in Ihren Träumen nicht zu Hause. Weilten sie etwa am Strand von Teneriffa?«

»Nein, in einem Obdachlosenasyl.« Auch Dietrich

Kölling stieg aus. »Mein Hotel war abgebrannt, und vorübergehend wurde ich in diese Herberge einquartiert. Ich mußte nicht nur mein Zimmer mit fünf stinkenden Gestalten teilen, nein, sogar in meinem Bett schlief ein Penner. Nach solchen Träumen weiß man wenigstens das Kakerlakenzimmerchen zu schätzen, an dem sich der Senat reich spart.«

Allen Versicherungen der Polizeiführung zum Trotz mußte Dietrich Kölling noch immer in einem Hotelzimmer hausen, weil sich einfach keine Wohnung für ihn fand. Man hatte sogar einen Makler eingeschaltet, aber der hatte bisher nur Geld kassiert. Obwohl Dietrich Kölling das Leben in Hotels auf den Tod nicht ausstehen konnte, hatte er sich mittlerweile in sein Schicksal gefügt.

Dietrich Kölling begab sich auf gerader Linie zu den beratschlagenden Männern. Daß sich ihm dabei eine kleine Silbertanne in den Weg stellte, störte ihn nicht. Mit aller Gewalt trat er gegen ihren Stamm. Da weder Mörder noch Opfer auf seinen Nachtschlaf Rücksicht nahmen, fühlte er sich nicht bemüßigt, seinerseits rücksichtsvoll zu sein.

Die Männer wandten sich ihm zu und bildeten einen Halbkreis. Dietrich Kölling schüttelte jedem die Hand.

»Dann erzählen Sie mal.«

»Glatter Kopfschuß«, sagte einer der Männer und wies auf zwei erleuchtete Fenster im ersten Stock. »Durch die Scheibe hindurch. Sieht nach einem professionell vorbereiteten Anschlag aus.«

»Führen Sie mich hoch«, verlangte Dietrich Kölling.

Im Flur des Hauses nahm er flüchtig eine Frau wahr, die in einer Tür stand und schwankte. Dietrich Kölling warf einen Blick auf seine Begleiter.

»Die Mutter des Toten«, flüsterte einer. »Vollkommen besoffen.«

Dietrich Kölling nickte. Als er das Arbeitszimmer betrat, zogen sich die Polizeitechniker, die dort beschäftigt waren, diskret zurück. Auch Becker und die Blissow blieben vorerst draußen. Dietrich Kölling schloß die Tür. Er wollte allein sein mit dem Ermordeten und sich ungestört einen ersten Eindruck vom Tatort verschaffen.

Das Zimmer hatte einen nahezu quadratischen Grundriß und war unpersönlich möbliert wie ein beliebiges Büro. Seine Innenausstattung bestand aus Schränken und Regalen, die an den drei fensterlosen Wänden aufgereiht waren und trotz ihrer abgerundeten Kanten eckig wirkten. Ihre Oberfläche bedeckte eine graue, abwaschbare Plastikschicht, und grau war auch der Bodenbelag, allerdings etwas dunkler. Mitten im Raum stand ein Schreibtisch von simpler Konstruktion. Die Arbeitsplatte lagerte auf vier verchromten Stangen, und fest montierte Schubladen, wie es Dietrich Kölling von einem anständigen Schreibtisch erwartete, gab es hier nicht; statt ihrer befanden sich zwei Rollschränkchen unter der Arbeitsplatte. Der Schreibtisch, in Material und Farbe mit den übrigen Möbeln identisch, und der dazugehörige Sessel waren vollkommen falsch positioniert. Zwar hatte derjenige, der dort saß, die Tür im Blick, aber das Tageslicht kam von rechts. Aus dem Einheitsgrau heraus fiel allein ein uralter Tresor aus massivem Stahl. Seine rauhe Außenhaut war schwarz lackiert.

Von dem Toten sah Dietrich Kölling nur den Oberkörper, den Rest verdeckte der Schreibtisch. Aus mehreren Schritten Entfernung wirkte der Erschossene, als hätte er sich über die Seitenlehne des Sessels gebeugt, um sich zu erbrechen. Sein Kopf hing herab, aber Dietrich Kölling entdeckte auf Anhieb den kleinen, dunklen Fleck über dem rechten Ohr, der harmlos aussah wie eine Bagatellverletzung. Das Ausmaß der Bescherung wurde erst wahrnehmbar, nachdem Dietrich Kölling um den Tisch herumgegangen war und sich niedergehockt hatte. Dort, wo das Projektil aus dem Schußkanal ausgetreten war, hatte es Knochen, Fleisch und Haar zu Brei vermengt und ihn dann auf Teppich und Möbeln verteilt. Alles war mit den Partikeln einer ehemals lebenden Substanz besprenkelt, und unter dem Kopf war der Bodenbelag von Blut durchtränkt. Dietrich Kölling vollführte eine akrobatische Glanzleistung, um von dem Gesicht des Toten sehen zu können, was noch übrig war, ohne dessen Lage zu verändern. Offenbar handelte es sich um einen sehr jungen Menschen, der einen Anzug trug wie ein Konfirmand. Dietrich Kölling rief nach Becker und der Blissow. Als die beiden eintraten, hatte er sich wieder aufgerichtet.

»Schauen Sie mal«, sagte er und wies mit dem Daumen nach dem Sessel. »Der Bursche hat kein Hemd an unter dem Jackett.«

Nun war die Reihe an Becker und der Blissow, ihr artistisches Können unter Beweis zu stellen. Dietrich Kölling begab sich mittlerweile zum Fenster. Das Zimmer wurde nicht durch Gardinen gegen unerwünschte Beobachter abgeschirmt, sondern durch eine Jalousie aus Blechlamellen. Sie war so weit aufgezogen, daß sie nur ein Drittel der Fensterscheibe bedeckte. In der Scheibe klafften zwei kreisrunde Löcher, nicht größer als eine Fingerkuppe, die vielleicht drei Zentimeter voneinander entfernt waren. Von den Durchschüssen ausgehend, durchzogen strahlenförmig feine Risse das Glas; zwei von ihnen jedoch, die bei dem rechten, etwas tieferliegenden Loch begannen, erstreckten sich nur bis zu jenen Rissen, die der linke Durchschuß verursacht hatte. Der zweite, wahrscheinlich der tödliche Schuß, hatte die Scheibe also rechts durchschlagen.

Dietrich Kölling nahm die Brille ab und schaute in den Garten. Nach wie vor wurde er von den Scheinwerfern erleuchtet, die so aufeinander abgestimmt worden waren, daß Bäume und Büsche keine Schatten warfen, die nun aber völlig nutzlos den Nachtstrom verzehrten. Dietrich Kölling hob den Blick. In dem gegenüberliegenden Haus war es hinter allen Fenstern dunkel, aber auf dem Treppenpodest vor der Haustür stand eine junge Frau mit langen, ungeordneten Haaren. Sie hatte eilig einen Wintermantel über ihr Nachthemd geworfen und trat von einem Bein aufs andere. Wahrscheinlich war sie von den Polizeisirenen geweckt worden und wollte sich nichts entgehen lassen von dem Spektakel, das in das ansonsten ruhige Leben dieses Viertels etwas Aufregung brachte. Dietrich Kölling ließ sie nicht aus den Augen.

»Würden Sie einen Profi engagieren, um ein Kind zu erschießen?« fragte die Blissow plötzlich.

»Ein Kind ist es ja nicht mehr«, sagte Dietrich Kölling langsam. Die Frau knöpfte ihren Mantel zu. »Von einem Fachmann erwarte ich allerdings, daß er eine präzise Arbeit leistet.«

»Wie meinen Sie das?«

Dietrich Kölling spürte, daß sich die Blissow und auch Becker ihm näherten, drehte sich um und trat neben das Fenster.

»Der Killer hat erst mit dem zweiten Schuß getroffen«, stellte er fest.

2

Frau Grützmacher war, während sie auf ihre Befragung durch die Polizei wartete, in einer Position zwischen Sitzen und Liegen eingeschlafen. Auf dem Glastisch vor dem Sofa stand eine Kognakflasche, die allerdings noch nicht angebrochen war. Becker beugte sich über die Frau und rüttelte an ihrer Schulter. Dietrich Kölling nahm Platz. Es dauerte eine geraume Zeit, bis die Frau zu sich kam. Als sie in Dietrich Kölling einen der Polizeibeamten erkannte, die sich seit einigen Stunden in ihrem Haus ausbreiteten, brach sie in Tränen aus. Dietrich Kölling zündete sich eine Zigarette an.

»Hier dürfen Sie nicht rauchen«, sagte Frau Grützmacher sofort. Für eine Betrunkene artikulierte sie ungewöhnlich klar. Erschrocken drückte Dietrich Kölling seine Zigarette in einem Obstschälchen aus. Frau Grützmacher schüttelte den Kopf und machte Anstalten, sich zu erheben. Dietrich Kölling kam ihr zuvor.

»Bitte, Kommissar Becker«, sagte er, »schaffen Sie diese mißbrauchte Schale hinaus.«

Becker gehorchte mit einem zur Schau gestellten Widerwillen. Nachdem er das Zimmer verlassen hatte, beugte sich Dietrich Kölling ein wenig vor.

»Frau Grützmacher«, setzte er zu einer längeren Rede an, »wenn ich Ihnen jetzt mein Beileid aussprechen würde, würden Sie es mir ohnehin nicht abnehmen. Und falls doch, machte es das Geschehene nicht rückgängig. Insofern denke ich, es ist für alle Beteiligten das Beste, ich stelle Ihnen jetzt meine Fragen, Sie antworten so knapp wie möglich, und wir bringen es rasch hinter uns. Sind Sie –«

»Er ist tot«, sagte Frau Grützmacher, die offenbar gar nicht zugehört hatte. Jetzt hatte sie Mühe, ihre Stimme unter Kontrolle zu halten. »Warum ist sein Fahrrad nicht da?«

»Sein Fahrrad?« Dietrich Kölling zupfte an seiner Zigarettenschachtel. Die Frau war durcheinander. »Was hat das Fahrrad mit dem Tod Ihres Sohnes zu tun?«

»Es ist weg«, wiederholte Frau Grützmacher und betrachtete die Kognakflasche. »Es müßte aber in der Garage stehen. Ist Robert nicht oben?«

»Aber Frau Grützmacher«, sagte Dietrich Kölling, dann kehrte Becker zurück. In seiner Rechten hielt er einen Aschenbecher.

»Nein«, Frau Grützmacher richtete sich auf, »nein, in diesem Zimmer ist das Rauchen nicht erlaubt.«

»In Ordnung.« Dietrich Kölling gab Becker mit einem Wink zu verstehen, daß er sich setzen und still verhalten sollte. »Bewohnten Sie dieses Haus allein mit Ihrem Sohn?«

»Mein Mann«, sagte Frau Grützmacher nur.

»Wo befindet sich Ihr Mann?«

»Auf Dienstreise.«

»Haben Sie ihn schon verständigt?«

Frau Grützmacher schüttelte den Kopf.

»Seitdem er das Rauchen aufgegeben hat«, sagte sie, »ist das Wohnzimmer für Raucher tabu.«

3

»Sehen Sie irgendwo einen Pfeil, der auf eine Raucherinsel verweist?« fragte Dietrich Kölling, der gemeinsam mit Becker das Haus verlassen hatte. Becker verneinte. Endlich konnte sich Dietrich Kölling eine Zigarette anzünden. Die Frau aus dem gegenüberliegenden Haus stand nicht mehr vor ihrer Tür.

»Mit Frau Grützmacher kommen wir erst weiter, wenn sie die Sache überschlafen hat«, stellte Dietrich Kölling fest.

»Vielleicht sollten wir ihr einen Arzt rufen«, meinte Becker.

»Unsinn, wenn sie sich den Kognak eingeholfen hat, schläft sie wie ein Murmeltier.« Dietrich Kölling hatte Becker unmerklich vor die Garage dirigiert. »Ich möchte wissen, was es mit dem Fahrrad auf sich hat.«

»Fahrrad?«

»Frau Grützmacher vermißt das Rad ihres Sohnes, und das ist offenbar eine mittlere Katastrophe.«

»Wird teuer gewesen sein«, vermutete Becker.

»Wahrscheinlich. Die Anschaffung eines Sohnes ist vergleichsweise preiswert. Aber bedenken Sie die Unterhaltskosten. Ein Sohn, der teure Anzüge trägt.«

»Und nichts darunter«, ergänzte Becker.

»Was, zum Teufel, soll das wieder bedeuten?«

»Unter dem Anzug war Robert Grützmacher splitterfasernackt.«

4

Der Mann wartete in Tegel auf die Bereitstellung seiner Maschine. Aus einem Automaten hatte er sich ein Freßpaket gezogen, aber es lag unberührt auf dem Tisch, weil der Mann keinen Bissen hinunterbekam. Eigentlich war fast alles nach Plan gelaufen, und dennoch war er wütend auf sich selbst. Er hatte sich überschätzt. Eigentlich war er immer davon überzeugt gewesen, sich von unvorhergesehenen Zwischenfällen nicht aus der Ruhe bringen zu lassen, aber dann hatte ihn ein weder ungewöhnliches noch lautes Geräusch zu einer unbeherrschten Reaktion veranlaßt.

Auf dem Garagendach liegend, hatte der Mann gerade sein Präzisionsgewehr mit Zielfernrohr und Schalldämpfer versehen, als in dem Zimmer, dem sein Interesse galt, das Licht eingeschaltet wurde. Der Mann beachtete es kaum. Noch nahm ihn die Einrichtung seiner Waffe in Anspruch, und sein Beruf erlaubte ihm nicht, jemals überstürzt zu handeln. Die Zielperson würde ihm nicht fortlaufen. Für gewöhnlich hielt sie sich bis Mitternacht oder gar länger in ihrem Kabinett auf. Jetzt war es ein Viertel nach neun. Seitdem der Mann seine Operationsbasis bezogen hatte, hatte sich kein Mensch auf der Straße sehen lassen. Offenbar vermieden es diese reichen Leute, ihre Festungen nach Einbruch der Dunkelheit zu verlassen. Der Mann lächelte. Auch er war wohlhabend, aber wenn er einen Auftrag hatte, war er rund um die Uhr im Einsatz.

Das Fernrohr holte das Arbeitszimmer der Zielperson auf Armlänge heran. Der Mann, der in wenigen Augen-

bar ist auch, daß Mutti nachschauen wollte, ob Söhnchen nicht etwa heimlich unter der Bettdecke liest oder schmutzige Bilder anguckt. Aber was macht er in diesem Raum? Wie in einem Kinderzimmer sieht es hier wahrlich nicht aus.«

»Ist es auch nicht«, erklärte die Blissow. »Robert wohnte unter dem Dach. Hatte fast eine kleine Wohnung für sich.«

»Ist jemand oben?«

Die Blissow nickte. Dietrich Kölling war schon auf dem Weg zur Tür, als sich ihm ein Polizeitechniker in den Weg stellte.

»Wir haben die Projektile gefunden«, sagte er. »Stekken in den Wandschränken dort. Die exakte Schußposition können wir Ihnen erst später mitteilen, aber daß der Schütze von dem Grundstück auf der anderen Straßenseite aus gefeuert haben muß, dürfte klar sein.«

»Das hätte ich Ihnen auch ohne die Projektile sagen können«, meinte Dietrich Kölling und verließ den Raum.

Robert Grützmachers Zimmer, das man als Kinderzimmer nicht mehr bezeichnen konnte, war ebenso abwaschbar ausgestattet wie der Arbeitsraum seines Vaters, aber die Plakate, die die Wände bedeckten, verliehen ihm noch obendrein den Charme einer Diskothek. Zwei Männer machten sich gerade an den Schubladen zu schaffen, welche die Geheimnisse des jungen Lebens von Robert Grützmacher bargen. Hauptsächlich handelte es sich um Schulschnellhefter. Dietrich Kölling beachtete sie nicht weiter. Ihn zog das Tohuwabohu an, das die Männer auf dem Bett hinterlassen hatten. An die zwei Dutzend Versandhauskataloge verflossener Jahrgänge lagen teils neben-, teils übereinander auf der Bettdecke, und auf ihnen thronten zwei über und über mit braunen Flecken übersäte Geschirrtücher, die steif und geradezu zerbrechlich aussahen.

»Sie haben wirklich eine ekelhafte Arbeit«, sagte Dietrich Kölling ohne echte Anteilnahme.

»Deshalb stellt uns der Staat auch diese formschönen Gummihandschuhe zur Verfügung«, entgegnete einer der Männer. »Der Kram steckte im Bettkasten.«

»Nun ja, wegen übertriebener Liebe zu Katalogen wird kaum jemand umgebracht. Sonst noch was?«

»Kaum. Schulmaterialien, Bücher, seine Klamotten, Kassetten, Videospiele, das übliche für ein so junges Gemüse. Einen riesigen Schlüsselbund, der einen ausgewachsenen Kriminalhauptkommissar neidisch machen würde. Und dann diese Mappen, die wir aufs Fensterbrett gelegt haben. Womöglich auch für die Schule angelegt. Irgendwas über Sport.«

Dietrich Kölling griff unwillkürlich in die Hosentasche. So viele Schlüssel hatte er gar nicht bei sich. Dann begab er sich zum Fensterbrett. Es waren sechs Mappen von einem verwaschenen Rot, die die beiden Beamten dort aufgestapelt hatten. Dietrich Kölling schlug die oberste auf und blätterte in ihr.

»Moment mal«, rief er plötzlich. »Wo lagen diese Dinger?«

»Hier.« Die Männer öffneten ein Schubfach. »Unter Comics und Videokassetten.«

Dietrich Kölling nahm die zweite Mappe und schlug auch sie auf. Wieder war er eine Zeitlang in seine Lektüre vertieft, hob schließlich den gesamten Stapel auf und klemmte ihn unter den Arm.

»Nach Schularbeiten sieht das nicht aus«, meinte er. »Eher wie Stasi-Dossiers.«

Die beiden Männer, die sich gerade ein Briefmarkenalbum anschauten, nickten abwesend.

6

»Tja«, mehr sagte Becker nicht.

Dietrich Kölling, die Blissow und der frischgebackene Kommissar waren vom Tatort sogleich in die Dienststelle gefahren und hockten nun ratlos an Dietrich Köllings kleinem Konferenztisch, an dem sie ihre Beratungen abzuhalten pflegten. Die Blissow hatte Kaffee gekocht, aber bisher hatte ihn noch niemand angerührt. Zumindest für Dietrich Kölling war das ungewöhnlich.

»Sie haben wohl«, fragte er Becker, »von Frau Grützmachers Likören genascht?«

»Wieso?« Becker stocherte nervös zwischen den Mappen.

»Ihre Nase ist so rot.«

Wie um sich zu rechtfertigen, zog Becker ein Taschentuch aus seiner Hose und schneuzte sich. Dietrich Kölling goß sich nun doch eine Tasse von dem Kaffee ein. Die Blissow hielt eines der Blätter vor ihre Nase und las, was sie mittlerweile fast auswendig kannte.

»Ich verstehe nichts von Sport«, bekannte sie dann.

»Ich etwa?« Dietrich Kölling schnipste lustlos seine Zigarettenschachtel über den Tisch. »Und Sie, Becker?«

»In Torgau hab ich aktiv Fußball gespielt. Kreisklasse.

Aber nur um Sport handelt es sich doch wohl nicht.« Becker klopfte mit dem Fingerknöchel auf eines der Dossiers. »Alexander Golubow«, zitierte er, »geboren am 23. Januar 1934 in Leningrad, IOC-Mitglied seit 1978, Mitglied des Zentralkomitees der KPdSU von 1974 bis 1986. Trainer der sowjetischen Turnerauswahl zu verschiedenen internationalen Meisterschaften zwischen 1965 und 1972. Verheiratet mit Professor Irina Golubowa, Sportmedizinerin, arbeitete als wissenschaftliche Beraterin im früheren sowjetischen Leichtathletikverband. Golubow hat drei erwachsene Kinder, liebt aber offenbar den Seitensprung. Hält sich eine Geliebte in Marseille, zu der er gelegentlich reist, um ein Wochenende mit ihr zu verbringen. Seiner Frau sind diese Ambitionen offenbar unbekannt.« Becker legte das Blatt zur Seite und nahm ein weiteres zur Hand. »Oder das hier: Felipe Esteban Bruguera, geboren am 6. Mai 1941, Geburtsort unbekannt. IOC-Mitglied seit 1985. Offizier der argentinischen Luftwaffe, demobilisiert 1974 im Range eines Hauptmanns. Bekannter Fußballspieler, allerdings ohne internationale Meriten. Alkoholiker und Kettenraucher, soll unter einer schweren Lebererkrankung leiden. Ein Beweis dafür konnte nicht erbracht werden. Liebt opulente Gelage. Bruguera ist passionierter Antiquitätensammler.«

»Vielleicht soll Lasterhaftigkeit als neue olympische Disziplin eingeführt werden«, vermutete die Blissow.

»Wenn sich diese eigenartigen Personalakten nicht als pure Spinnerei erweisen«, meinte Dietrich Kölling, »gehören sie jedenfalls nicht in Kinderhand. Was trieb dieser Robert eigentlich zu seinen Lebzeiten?«

»Gymnasium«, antwortete Becker.

»Und die Eltern?«

»Die Mutter ist Hausfrau. Und über den Alten wissen wir noch nichts.«

»Noch nichts. Das Noch betont. Frau Blissow, das ist etwas für Sie. Ich habe nämlich Lust, mich mit einer jungen Frau zu treffen.« Dietrich Kölling massierte sich den Nacken und warf Becker einen zweifelnden Blick zu. »Kreisklasse«, sagte er langsam, »dann sind Sie ja unser Fachmann. Stellen Sie doch mal fest, ob es diese Typen tatsächlich gibt.«

7

Am und um das Haus der Familie Grützmacher hatte sich nichts verändert; noch immer waren die Fenster in den oberen Stockwerken erleuchtet, und auch die Scheinwerfer hatte man nicht abgeschaltet. Dietrich Kölling parkte auf der Straße. Die Polizeitechniker waren jetzt auf dem gegenüberliegenden Anwesen beschäftigt und lehnten gerade eine Leiter an die Garagenwand, während die Frau, auf die es Dietrich Kölling abgesehen hatte, eine Thermoskanne aus dem Haus trug. Dietrich Kölling hob grüßend die Hand.

»Zu Ihnen möchte ich«, sagte er.

»Das hab ich erwartet.« Die Frau sprach unaufgeregt, mit einem kühlen, distanzierten Unterton. »Sie wollen wissen, was ich gesehen, gehört, gerochen und gefühlt habe.«

»Haben Sie denn etwas gesehen, gerochen oder gefühlt?«

»Nein. Ich bin erst von dem Heidenlärm erwacht, den Ihre Leute machten.«

»Und dann sind Sie vor das Haus getreten und haben die Leute beobachtet, die mir allerdings nicht gehören.«

»Bin ich nun verdächtig?«

»Wenn Sie jetzt ein Gewehr mit Zielfernrohr unter ihrem Mantel hervorziehen, dann ja.«

Die Frau lachte kurz auf.

»Sie trauen einer Vertreterin des schwachen Geschlechts zu, unter dem Mantel ein Gewehr mit Zielfernrohr zu tragen? Als Phallusersatz womöglich?«

Dietrich Kölling fiel weder eine schlagfertige noch überhaupt eine Antwort ein. Um seine Verlegenheit zu verbergen, musterte er die Thermoskanne.

»Möchten Sie Tee«, fragte die Frau. »Oder können Sie sich an Ihren Gedanken erwärmen?«

»Bei solchem Wetter ziehe ich es vor, mich in geheizten Räumen aufzuhalten.«

Die Frau nickte. Sie übergab die Kanne dem nächststehenden Beamten und wies Dietrich Kölling mit einer einladenden Geste den Weg ins Haus. Bereits auf der Schwelle bemerkte der Hauptkommissar, daß die Frau einen vollkommen anderen Geschmack hatte als die Grützmachers. Für sie bedeutete ein Haus offenbar ein Nest, das man mit allerlei Textilem auspolstern mußte, mit Teppichen, Wandbehängen, Läufern und künstlichen Fellen, die die Füße gegen die Kälte schützten und vielleicht den ganzen Körper, sofern die falsche Eisbärpelle auch als Liebeslager diente. Dietrich Kölling mußte in einem riesigen Sessel Platz nehmen, während sich die Frau einen Stuhl an seine Seite rückte. Für einen unberufenen Betrachter mußte sie wirken wie eine Tochter, die ihrem Vater gerade eine Beichte ablegt.

»Bewohnen Sie dieses Haus allein?« fragte Dietrich Kölling.

»Wo denken Sie hin. Ich bin nur die Schwiegertochter.« Die junge Frau war in der Lage zu lächeln, und wenn sie es tat, bildeten sich kleine Grübchen auf ihren Wangen. Wahrscheinlich war sie eine gutaussehende, von vielen Männern begehrte Frau. Vor allem aber war sie eine Zeugin, und Dietrich Kölling hielt Kriminalkommissare, die ein Verhältnis mit Zeuginnen begannen, schlichtweg für Märchenfiguren.

»Wenn Sie nur die Schwiegertochter sind«, folgerte er mit behutsamer Ironie, »dann gehören zumindest Schwiegereltern und ein Ehegatte zu diesem Haus.«

»Messerscharf geschlossen.« Die Frau lehnte sich zurück und schlug das linke über das rechte Bein. »Alle drei sind bei Verwandten in der Eifel.«

»Ohne Sie?«

»Die Universität macht Examenstermine nicht von Reiseplänen ihrer Studenten abhängig.«

Dietrich Kölling nickte verständnisvoll und kam sich dabei wie ein Greis vor, der das Leben hinter sich und alles gesehen hat, was man während eines Lebens sehen kann. Die Studentin hatte offenbar denselben Eindruck von ihm, jedenfalls prustete sie los. Dietrich Kölling schwieg beleidigt.

»Entschuldigen Sie.« Die Studentin beugte sich zu ihm vor. »Sie sahen eben so altväterlich aus. Um Ihrer nächsten Frage zuvorzukommen, ich studiere, was alle studieren, denen nichts Richtiges einfällt: Germanistik, Theaterwissenschaft und ein bißchen Geschichte.«

»So ungeheuer interessiert mich das nicht«, sagte Dietrich Kölling und bemerkte nicht einmal, daß er log. »Ich glaube Ihnen unbesehen, daß Sie nichts sehen und nichts hören, während Sie schlafen. Aber tagsüber? Sie wissen sicher das eine oder andere über Ihre Nachbarn.«

»Wenig. Ich habe noch nicht einmal mitbekommen, was überhaupt passiert ist. Ihre Leute«, sie verbesserte sich, »die Herren in unserem Garten sprachen nur vage von Straftat und Spurensicherung. Dieser Polizeiquark eben.«

»Robert Grützmacher ist erschossen worden«, erklärte Dietrich Kölling knapp.

»Erschossen? Der Sohn von gegenüber?« Die Frau riß die Augen auf, als müsse sie sich plötzlich im Dunkeln orientieren. »Und was machen Sie in unserem Garten?«

»Dort stand der Schütze.«

8

Kommissarin Blissow konnte sich kaum mehr auf den Beinen halten. Durchwachte Nächte waren für sie zwar nichts Ungewöhnliches, aber dies war nun schon die zweite Nacht, in der sie auf Schlaf verzichtete. Einen Tag zuvor hatte sie am Abend eine Verabredung mit jenem Mann gehabt, für den sie gegenüber Fremden keinen Begriff fand. Ihn als ihren Freund, als ihren Geliebten oder gar als Lebensgefährten zu bezeichnen, war ihr schon albern vorgekommen, als sie ihn kennengelernt und sich entschlossen hatte, mit ihm ein sogenanntes festes Verhältnis einzugehen. Freundschaft schloß nicht unbedingt auch eine körperliche Beziehung ein, unter einem Geliebten verstand sie eher einen jüngeren Mann, den man sich hielt wie ein exotisches Tier, und Lebensgefährte klang ihr zu amtlich. Dieser Mann war einfach da, und das seit vier Jahren. Er hatte einen Namen und brauchte nicht obendrein noch eine Kategorisierung.

Der Abend hatte mit einem fürstlichen Essen begonnen, war dann in einer Bar fortgesetzt worden, und schließlich hatte sich die Blissow dazu überreden lassen, in eine Diskothek zu gehen. Sie tanzte gern, fand sich jedoch für Diskothekenbesuche zu alt. Martin schleppte sie denn auch an einen Ort, an dem nur Grünschnäbel verkehrten, aber die machten sich nicht etwa lustig über das aus ihrer Sicht angejahrte Paar, sondern applaudierten, als die Blissow sie mit ihren Tanzkünsten in die zweite Reihe verwies. Die Blissow war kein Nachtschwärmer. Sie bekam einen Schreck, als sie, durchgeschwitzt und erschöpft in einem Taxi sitzend, auf die Uhr schaute. Vier Stunden waren ihr geblieben, bis sie wieder dem Griesgram Kölling ins vom übermäßigen Fleischgenuß gedunsene Gesicht blicken mußte, das Wichtigste dieser Nacht stand ihr noch bevor, und die Blissow haßte es, aus Gründen der Zeitökonomie einen raschen Orgasmus vorzutäuschen. Sie war zu spät ins Amt gekommen, aber Dietrich Kölling war nicht in seinem Büro gewesen, sondern trank Bier in einer Kneipe.

Trotz ihrer starken Übermüdung legte die Blissow den weiten Weg von der Keithstraße zu Roberts Schule in Zehlendorf mit dem Wagen zurück, weil sie die Fahrt mit den heruntergekommenen S-Bahnzügen verabscheute. Sie hatte sich telefonisch mit Roberts Klassenlehrer verabredet, der trotz einer Freistunde sofort bereit war, in die Schule zu kommen; seine Rufnummer hatte die Kommissarin vom Direktor erfahren, den sie vom Frühstückstisch fortgeklingelt hatte. Das Arndt-Gymnasium in der Königin-Louise-Straße, ein spätwilhelminisches, kasernenartiges Bauwerk mit Schindeldach und Uhrturm, betrat die Blissow von der Hofseite aus. Noch war der Hof leer.

Im Lehrerzimmer wurde die Blissow von einem Herrn Manthey, der Mathematik und Physik unterrichtete, in Empfang genommen. Obwohl er noch nicht wußte, was vorgefallen war, wirkte er besorgt, als hätte er früher oder später damit gerechnet, daß wegen Robert Grützmacher die Polizei auftauchen würde. Die Blissow hatte ein leichtes Spiel. Herrn Manthey genügte der Hinweis auf eine Routineüberprüfung, und er kam gleich zur Sache.

Robert schien an seiner Schule ebenso unbeliebt zu sein wie seine Eltern, oder wie seine Mutter, denn den Vater kannte man hier kaum. Er war seit seinem Eintritt in das Gymnasium ein unruhiger und unkonzentrierter Schüler gewesen, dem selbst mit Geduld nicht beizukommen war. Insbesondere die naturwissenschaftlichen Fächer waren ihm ein Buch mit sieben Siegeln. Sie waren Herrn Mantheys Element. Nahezu minutiös schilderte er der Blissow, wie er Robert immer wieder einfache, dem Niveau seiner Klassenstufe eigentlich unangemessene Aufgaben gestellt und deren Lösung persönlich überwacht hatte, damit der Junge, wenn er schon nicht den Anschluß schaffte, wenigstens die Kluft zu seinen Kameraden nicht vergrößerte. Robert war stets gescheitert, was Herrn Manthey zu der Überzeugung veranlaßt hatte, der widerwillige Schüler sei auf einem Gymnasium am falschen Ort. Außerdem habe sich Robert nie den Grundanforderungen an die schulische Disziplin beugen können. Er sei während der Stunde einfach aufgestanden, habe Mitschülern Bücher und Hefte entrissen, sei davongerannt. Wahrscheinlich, Herr Manthey kratzte sich am Kopf, habe der Junge einen psychischen Schaden. In seiner Klasse war er isoliert. Die anderen Kinder stammten aus Elternhäusern, in denen sie zu Höchstleistungen angehalten werden, und verhielten sich dementsprechend. Er wolle nichts Schlechtes über die Familie Grützmacher sagen, immerhin übe der Vater eine anerkennenswerte Funktion aus, aber irgendwie müsse in ihr ein Wurm nagen.

Herr Manthey senkte die Stimme. »Leider«, sagte er, »leider. Und wir konnten nie mit jemandem darüber sprechen. Die Mutter hat alles abgeblockt. Für sie war ihr Kind ein Goldjunge, ausgeliefert unfähigen und verständnislosen Pädagogen. Wie eine Glucke hat sie ihn in Schutz genommen. Ehrlich gesagt«, Herr Manthey wurde noch leiser und schlug einen verschwörerischen Ton an, »ehrlich gesagt, besonders helle ist sie auch nicht. Na, wenn er was ausgefressen hat, fliegt er. Aber geflogen wäre er sowieso bald.«

»Hatte er Feinde«, wollte die Blissow wissen.

»Feinde? Glaub ich nicht. Natürlich waren ihm die meisten nicht grün. Aber Feinde, das klingt wie Krieg.«

»Könnte ihm jemand nach dem Leben getrachtet haben?«

»Wie?« Herr Manthey schaute die Blissow verständnislos an. »Nach dem Leben? Ja, wo sind wir denn?«

»In Berlin«, sagte die Blissow leichthin.

»Aber nicht in Kreuzberg, Wedding oder Hohenschönhausen«, entgegnete der sanfte Herr Manthey mit ungewöhnlicher Schärfe.

»Gewalt an den Schulen«; der Referatsleiter in der Senatsschulverwaltung ließ sich die Worte auf den Zunge zergehen, als hätten sie einen Geschmack, der ihm angenehm war. »Gewalt an den Schulen ist derzeit ein großes Modethema. Natürlich gibt's die. Und überall. Zehlendorf macht da keine Ausnahme.«

»Unlängst versuchte jemand bei mir den Eindruck zu erwecken, daß die Kinder wohlhabender Leute allesamt brave Schafe sind«, sagte die Blissow.

»Ich bitte Sie.« Der Referatsleiter grinste süffisant. »Arme Kinder prügeln sich, weil sie arm sind und sich minderwertig fühlen, und reiche Kinder, weil andauernder Reichtum langweilt.«

»Und Mörder töten aus Mordlust oder weil sie als Kinder Bettnässer waren«, sagte die Blissow und ging davon.

9

Wie bei allen Menschen, denen die Nachricht von einem Mordfall in ihrer Nachbarschaft überbracht wird, wechselten bei der Studentin Erschrecken und Neugierde einander ab. Dietrich Kölling hielt sich bedeckt und verhielt sich wie ein durchtriebener Gauner, der in einer Befragung nur verriet, was der andere ohnehin herausgebracht hatte oder leicht in Erfahrung bringen konnte. Außerdem wußte er gar nicht so viel mehr als die Studentin. Nachdem er ihr mit ein paar Worten die Tatortsituation skizziert hatte, riß er das Gespräch wieder an sich.

»Erzählen Sie mir einfach, was Ihnen über die Familie Grützmacher bekannt ist. Auch scheinbar Nichtiges kann wichtig sein. Und Ihr subjektiver Eindruck. Was sind das für Leute?«

»Die typische Ein-Kind-Ehe, nicht wahr«, begann die Studentin, als wäre damit alles klar. »Das sind Leute, die mit einem zweiten Sprößling nicht mehr zu Rande kämen. Der Kerl rackert wie ein Berserker, die Alte hockt den ganzen Tag zu Hause und wartet auf ihn. Nicht mal mit dem Putzen hat sie zu tun, das macht eine Hausangestellte, na ja, dafür mischt sie sich ständig in das Leben ihres Kindes ein und verdirbt natürlich alles. Wahrscheinlich hat auch sie mal gearbeitet und würde gern wieder, aber inzwischen hat sie es verlernt. Radfahren verlernt man nie, aber arbeiten. Und Sex auch.«

»Sie verfügen über ein enormes Maß an Lebenserfahrung«, stellte Dietrich Kölling mit leisem Spott fest, »allerdings bin ich mir nicht sicher, ob das Erfahrungen aus zweiter Hand sind. Aus Fernsehserien beispielsweise.«

»Ich kann Ihnen nur sagen, was ich sehe.« Die Studentin schien nicht im geringsten beleidigt zu sein. »Dazu gehören die Fernsehserien vor meinem Fenster. Mein Mann und ich bewohnen das erste Stockwerk, und die Fenster unseres Schlafzimmers gehen zur Straße. Die Details meines Liebeslebens erspare ich Ihnen, es ist jedenfalls ziemlich heftig. Nach vollzogener Ehepflicht liebe ich es zu rauchen, und da mein Mann Zigarettenqualm im Schlafzimmer nicht erträgt, muß ich meine Lust am offenen Fenster befriedigen. Es ist gleichgültig, zu welcher Nachtzeit dies geschieht, im Arbeitszimmer von Herrn Grützmacher brennt immer Licht.«

Dietrich Kölling war erstaunt über die Offenheit der jungen Frau, die ihn sogar ein wenig verlegen machte. Bisher war er nur Zeugen begegnet, die zwar alle möglichen Dummheiten von sich gaben, um ihre sexuellen Aktivitäten aber einen großen Bogen schlugen, es sei denn, es handelte sich um angeberische Luden, die mit ihrer Potenz protzen wollten. Bei der Studentin hingegen klang das alles natürlich und ungezwungen. Dietrich Kölling brach der Schweiß aus allen Poren.

»Aus dem Licht in Herrn Grützmachers Arbeitszimmer schließen Sie zwei Dinge. Zum ersten sind Sie sicher, daß er sich in diesem Raum auch aufhält, wenn das Licht brennt, zum zweiten nehmen Sie es als Indiz für ein disharmonisches Eheleben. Manche Menschen, nun ja, manche Menschen – sind eben lieber am Tag beieinander.«

»Schwere Geburt, ja?« Die Studentin lächelte wieder. »Ursprünglich wollten Sie doch sagen: Vögeln lieber am Tag. Tun Sie sich keinen Zwang an. Allerdings ist Ihre Bullenlogik bestechend. Grützmacher ist wirklich in dem Zimmer, das schwöre ich. Wenn ich am Fenster stehe, sehe ich seine Konturen hinter der Scheibe.«

»Sie meinen, er beobachtet Sie.«

»Ich meine gar nichts. Darf ich weiter im Text? Haben Sie sich die Frau einmal angesehen? Die wirkt doch zehn Jahre älter, als sie ist. Außerdem kommt sie mir immer leicht angesoffen vor. Und die führt ein glückliches Leben, ja?«

»Trinker befinden sich wahrscheinlich nicht gerade in Eintracht mit der Welt«, bemerkte Dietrich Kölling vorsichtig.

»Na also. Sie sind bildungsfähig.«

»Gut. Haben Sie auch eine Theorie über den Sohn?«

Die junge Frau schüttelte den Kopf und zuckte die Schultern.

»Da kann ich Ihnen wirklich nur sagen, wie er aussieht, und das wissen Sie selbst.«

»Zur Hälfte«, sagte Dietrich Kölling und erhob sich. »Das genügt mir. Eine allerletzte Frage, wenn Sie gestatten. Woher wissen Sie eigentlich, welches das Arbeitszimmer von Jürgen Grützmacher ist?«

10

»Scheint ja eine verkorkste Familie zu sein«, sagte Bekker, mit dem Dietrich Kölling von seinem Wagen aus telefonierte. »Frau Blissow hat gerade angerufen. Söhnchen kam in der Schule nicht mit und gehörte zu den hypermotorischen Kindern.«

»Kennen Sie sich mit so etwas aus?« fragte Dietrich Kölling. Becker fand, daß sich sein Chef gereizt anhörte.

»Ein wenig. Das sind Kinder mit übermäßigem Bewegungsdrang. Oftmals sehr intelligent, aber leider nicht in der Lage, sich zu konzentrieren. Nach dem zu urteilen, was Sie mir eben berichtet haben, liegen die Ursachen in einer beschissenen Familiensituation.«

»Becker, wenn wir immer was auf das Gerede von Nachbarn geben würden, hätten wir bei manchen Fällen Dutzende von Mördern. Mich interessiert dieser Kram kein bißchen. Im Kreml brennt noch Licht, das kennen

Sie doch. Und nun wissen Sie also, daß Lenin impotent war.«

»War es nicht Stalin?«

»Das ist mir scheißegal. Was gehen mich die Konzentrationsstörungen von Robert Grützmacher an. Konzentrationsstörungen sind kein Hinrichtungsgrund. Vielleicht hätte Frau Blissow die naheliegende Frage stellen sollen, wie Roberts Freunde hießen, anstatt sich das schräge Weltbild von Paukern einzuverleiben. Eines kann ich Ihnen nämlich beweisen: Der Killer hatte keine Konzentrationsstörungen.«

Becker schwieg eine Weile.

»Warum sind Sie wütend?« fragte er dann schüchtern.

»Weil ich keinen Schwachsinn hören will. Arbeiten wir denn an einem Übungsfall? Ich will Namen, Namen, Namen. Umgangskreis, Kontakte, Freunde. Das kennen Sie doch.«

»Ich fürchte, es gab keinen Umgangskreis«, entgegnete Becker.

»Reden Sie kein Blech.« Dictrich Kölling brüllte beinahe.

»Nicht verausgaben«, sagte jemand neben ihm. »Sie haben gleich Grund, noch lauter zu schreien.«

Dietrich Kölling fuhr auf und stieß sich den Kopf. Einer der Männer, die Roberts Zimmer untersucht hatten, beugte sich zu ihm herab. Der Mann reichte ihm einen Zettel und einen Briefumschlag. Der Zettel war ein Überweisungsauftrag der Berliner Sparkasse. Eine Agentur Späth & Partner ließ einem Konto bei der Commerzbank zehntausend Mark gutschreiben. Das Kuvert enthielt ein Bündel Hundertmarkscheine.

»Was ist das?« fragte ein konsternierter Dietrich Kölling.

»Fünftausend Eier, in Umlauf gebracht von der Deutschen Bundesbank. Steht so drauf auf den Lappen.«

»Sie sind heute schon der Dritte, der mich verscheißern will. Oder wollen Sie mich bestechen?«

»Wir haben beides in Roberts Zimmer gefunden«, erwiderte der Kriminaltechniker. »Gut versteckt übrigens.«

11

»Freunde?« Frau Grützmacher wiegte nachdenklich den Kopf. Sie war jetzt nüchtern, aber die dunklen Augenringe und die roten Äderchen, die ihre Wangen durchzogen, deuteten darauf hin, daß sie es nicht lange bleiben würde. »Sicher hatte er Freunde. Manchmal brachte er Jungen mit. Er ging aber sofort auf sein Zimmer mit ihnen und hat sie mir nie vorgestellt. Wenn ich ihnen Kaffee hochbringen wollte, fand ich die Tür verschlossen. Ich hab das Tablett auf den Boden gestellt.«

»Frau Grützmacher«, Dietrich Kölling war wieder so gedankenlos, daß er seine Zigarettenschachtel auf den Tisch legte und sich einen mißbilligenden Blick von der Hausherrin einfing, »Frau Grützmacher, wenn Ihr Sohn einen Gast hatte, Freund oder Mitschüler, dann hat dieser doch irgendwann das Haus wieder verlassen müssen. Haben Sie denn nie beobachtet, wer da ging?«

Frau Grützmacher schaute sich nervös im Zimmer um. Als sie die Kognakflasche ausgemacht hatte, richtete sie sich auf und legte ihre Hände auf den Glastisch. Offenbar wollte sie sich aufstützen, um sich aus ihrem niedrigen Sessel drücken zu können. Als sie Dietrich

Köllings Miene sah, nahm sie Abstand von ihrem Vorhaben.

»Natürlich«, gab sie zur Antwort. »Den einen oder anderen werde ich wohl gesehen haben. Aber glauben Sie mir, ich kann mich an niemand erinnern.«

»Wurde Robert denn nicht mal abgeholt? Zum Spielen, zu Radausflügen, zum Fußball, was weiß ich?«

»Spielen? Robert war achtzehn.« Der Blick der Mutter verschleierte sich. »Sein Fahrrad ist ja weg«, sagte sie plötzlich.

»Das scheint Sie sehr zu beschäftigen«, sagte Dietrich Kölling.

»Robert ist gestern mit dem Rad weggefahren. Bei dieser Kälte, und dann so leicht bekleidet. Aber er hat immer das Gegenteil von dem gemacht, was ich ihm geraten habe. Wahrscheinlich hätte ich ihm sagen müssen, daß er nackt fahren soll.« Frau Grützmacher weinte. Dietrich Kölling schaute auf den Boden, schwieg und gierte nach einer Zigarette. »Und als er wiederkam –«

»Wann war das?«

Frau Grützmacher hob die Schultern.

»Sie waren doch daheim?«

»Ja«, sagte Frau Grützmacher und dehnte das Wort, als müsse sie erst mühsam seinen Sinn erfassen. »Ja, ich war hier. Aber diese Müdigkeit. Das Wetter macht schläfrig.«

»Sie haben Ihren Sohn zum letztenmal lebend gesehen, als er davonradelte«, vergewisserte sich Dietrich Kölling.

Frau Grützmacher nickte. Und dann lachte sie. Sie bäumte sich auf wie ein Pferd, das seinem Reiter durchging, wieherte, bis ihr Schaum vor dem Mund stand. Dietrich Kölling rannte zum Telefon. Als er den Notruf wählen wollte, hatte sich Roberts Mutter wieder beruhigt.

»Bringen Sie mir Schnaps«, befahl sie, nach Luft schnappend.

Dietrich Kölling brachte ihn. Frau Grützmacher goß einen schmierigen Kognakschwenker bis zur Hälfte voll, ließ das Glas aber unangerührt.

»Für welche Türen besaß Ihr Sohn einen Schlüssel?« wollte Dietrich Kölling wissen.

»Für das Gartentor, für Haus- und Garagentür«, sagte Frau Grützmacher. »Und für sein Zimmer natürlich.«

»Wir haben diesen Schlüsselbund in seinem Zimmer gefunden.« Dietrich Kölling packte ihn auf den Tisch. Ratlos klaubte Frau Grützmacher die Schlüssel auseinander.

»Dazu kann ich nichts sagen«, entschied sie schließlich.

Dietrich Kölling legte eine Rauchpause ein und begab sich in den Vorgarten. Nur an den Stellen, auf denen der nasse Rasen zerquetscht worden war, erkannte man noch eine Spur vom Wirken der Kriminaltechniker. Auch vom gegenüberliegenden Grundstück waren sie abgezogen. Auf der Straßen standen drei Frauen und unterhielten sich. Alle drei warfen einen verstohlenen Blick auf das Grützmachersche Haus, dann setzten sie ihre Wege fort. Als Dietrich Kölling zu Frau Grützmacher zurückkehrte, hatte sie das Glas geleert.

»Nicht einer dieser Schlüssel kommt Ihnen bekannt vor?« Dietrich Kölling blieb neben der Frau stehen.

»Leider nicht. Der Junge hat schon als Kind allerlei gesammelt. Vielleicht auch Schlüssel.«

Dietrich Kölling war mit der Antwort nicht zufrieden,

wollte aber nicht weiter auf eine wahrheitsgemäße Auskunft insistieren. Dazu war später noch Zeit; die Frau würde ohnehin in den nächsten Tagen keine Ruhe vor ihm haben.

»Was trug Robert, als er mit dem Rad fortfuhr?«

»Einen Trainingsanzug. Und seine alten, stinkenden Turnschuhe, die ich schon ein paarmal weggeschmissen hatte.«

»Und als Sie ihn fanden?«

Frau Grützmacher starrte Dietrich Kölling einen Augenblick verständnislos an, dann begriff sie.

»Einen Anzug, nicht wahr?«

»Haben Sie dafür eine Erklärung?«

»Nein.«

»Und dafür, daß er sich im Arbeitsraum Ihres Mannes aufhielt?«

»Oh, da war er gern. Er hatte seltsame Vorlieben.«

»Inwiefern?«

»Schon als kleiner Junge konnte er stundenlang auf dem Schoß meines Mannes ausharren und ihm zuschauen, wie er arbeitete.«

»Seine Lehrer behaupten aber, daß er nicht stillsitzen konnte.«

»Das behaupten die, ja. Zu Hause war er anders.«

Dietrich Kölling hatte zunehmend das Gefühl, in Watte zu greifen. Lange würde er diese maulfaule Frau nicht mehr ertragen können, obwohl ihm noch viele Fragen auf den Nägeln brannten.

»Ist Ihr Mann mittlerweile informiert?«

»Nein. Ich erreiche ihn nicht.«

»Geben Sie mir seine Telefonnummer. Ich muß ihn sprechen.«

»Die Nummer hab ich nicht.«
»Seine Adresse.«
»Weiß ich nicht.«
»Wo hält er sich überhaupt auf?«
»In Dänemark.«
»Wo in Dänemark?«
»Keine Ahnung.«

12

In Nykøbing fiel Schnee. Jürgen Grützmacher hatte sich einen Stuhl an das Fenster seines Hotelzimmers und damit vor die Heizung gerückt, auf seinen Knien lag ein Buch, aber er las nicht, sondern schaute hinaus. Die Aussicht war nicht besonders schön. Jürgen Grützmacher hatte eine Front des Hotels im Blick, den Parkplatz und ein Stück Straße. Der Schnee blieb nicht liegen. Jürgen Grützmacher dachte über nichts Bestimmtes nach.

Während er zu Mittag aß, entschloß er sich, in der Heimat anzurufen und Mitteilung von seinem Aufenthaltsort zu machen, jedoch nicht seiner Familie. Von der Internationalen Auskunft erbat er sich eine Vorwahlnummer, die er im Telefonverzeichnis des Hotels notierte. Das Gespräch kam erst nach dem dritten Versuch zustande und dauerte zweieinhalb Minuten.

Jürgen Grützmacher war leichenblaß, als er an der Rezeption die Rechnung verlangte.

Drittes Kapitel

1

Die Blissow legte ihrem Chef den Handelsregisterauszug vor, der die Firma von Jürgen Grützmacher betraf. Das Unternehmen, eine Gesellschaft mit beschränkter Haftung, trug den wohlklingenden Namen IFIMAS, der eine Abkürzung war und Institut für internationale Marktanalyse bedeutete. Als Firmenzweck war die Beratung von Unternehmen der Werbewirtschaft angegeben, als ihr Sitz eine Adresse im Schöneberger Teil der Potsdamer Straße zwischen Bülow- und Pallasstraße. Das IFIMAS war allerdings nicht in Berlin gegründet worden, sondern in Frankfurt am Main, von wo man sie 1985 in die Frontstadt verlegte. Einer der Firmengründer war Jürgen Grützmacher, der zweite hieß Johannes Holzkamp. Ursprünglich eine Gesellschaft bürgerlichen Rechts, hatte man das IFIMAS mit der Verlegung 1985 in eine GmbH mit fünfzigtausend Mark Stammkapital verwandelt. Gesellschafter waren Grützmacher, Krüger und ein Herr Dieter Scherson, Grützmacher fungierte obendrein als Geschäftsführer. Die Namen Holzkamp und Scherson waren Dietrich Kölling während der bisherigen Ermittlungen noch nicht untergekommen.

»Institut für internationale Marktanalyse«, fand Dietrich Kölling, »hört sich nach Wissenschaft an.«

»Das soll es wohl auch. Ein seriös wirkender Name, hinter dem man Fachkenntnis und Kompetenz vermutet.«

»Fachkenntnis und Kompetenz«, Dietrich Kölling seufzte, »ist das nicht eine Tautologie? Außerdem dachte ich, daß man heutzutage nur mit poppigen Namen Furore machen kann. Wer läßt sich schon von einer Firma beraten, die so etwas Hausbackenes wie Analyse anbietet? Aber vielleicht ist das Schräge auch schon wieder durch.«

»Von diesem Metier und seinen Trends verstehen wir eben nichts«, gab die Blissow unumwunden zu.

»Wovon verstehen wir überhaupt was?« Dietrich Kölling konnte sich ein paar Sottisen nicht verkneifen. »Unser Metier ist zweifellos die Jagd auf böse Buben. Während im Tierreich in überjagten Revieren die Tiere einfach aussterben, nehmen die Bösewichter zu. Rätselhafte Verkehrung der Natur, nicht wahr? Womöglich ist das der Trend. Die Spitzbuben werden immer dreister, und die Polizei weiß auch nicht weiter.«

»Wenn Sie Ihre Philosophien endlich der Führungsebene zugänglich machen würden«, meinte die Blissow spitz, »würden Sie an der Fachhochschule für Verwaltung und Rechtspflege den Lehrstuhl für Demotivation bekommen. Analyse und Beratung jedenfalls sind für die IFIMAS nur noch Nebentätigkeiten. Die Firma hat sich nämlich selbst zu einer Werbeagentur gemausert, die dasselbe treibt wie einst die von ihr betreuten Unternehmen.«

»Was Sie wissen«, staunte Dietrich Kölling.

»Von der Gewerbeaufsicht«, erklärte die Blissow.

»Gewerbeaufsicht?«

»So ist es. Nachdem der Eiserne Vorhang gefallen war, haben sich Grützmacher und Kompagnons Hals über Kopf auf das Ostgeschäft geworfen. Insbesondere über Polen fielen sie her. In Stettin haben sie eine Partnerfirma.«

»Und«, fiel ihr Dietrich Kölling ins Wort, »boomt das Ostgeschäft?«

»Schwer zu sagen. Ist offenbar nicht leicht, Werbestrategien für Firmen zu entwickeln, die nichts Rechtes anzubieten haben.«

»Kapier ich nicht.« Dietrich Kölling warf der Blissow seine Zigarettenschachtel zu und griente. »Für nichts zu werben und die Leute davon zu überzeugen, daß sie mit nichts am glücklichsten sind, dürfte die ultima ratio der Branche sein. Jetzt geben die Bauernfänger wenig für viel aus. Vom Nichts kam man aber behaupten, es wäre alles.«

»Mir scheint, Sie mögen die Werbefachleute nicht.«

»Aber Frau Blissow, das hat mit der Berufsgruppe gar nichts zu tun. Sie wissen doch, daß ich ein Menschenfeind bin. Le Misanthrope.«

»Soll das Polnisch sein?«

»Ich fürchte, nein.«

Die Blissow betrachtete kritisch Dietrich Köllings Zigaretten.

»Konterbande?«

»Ich fürchte, ja.«

»Eine Zeitlang haben in der Grützmacherfirma zwei junge Polen gearbeitet«, fuhr die Blissow fort, nachdem sie sich eine steuerfreie Camel angesteckt hatte. »Offiziell galten sie als Praktikanten, aber irgendjemand kam die Sache nicht koscher vor. Er verzinkte Grützmacher beim Gewerbeamt, das sich daraufhin ein bißchen bei ihm umsah. Die Zeichen standen auf Schwarzarbeit. Man erlegte Grützmacher eine, wenn auch symbolische Geldstrafe auf, und obwohl die Beweisdecke eher dünn war, zahlte er anstandslos. Seinem Ruf und seiner Karriere hat das jedoch nicht geschadet.«

»Karriere? Wohin kann denn der geschäftsführende Gesellschafter eines Unternehmens noch aufsteigen? In den Olymp?«

»Bingo. Sie liegen richtig. Olympia macht's möglich.«

»Wie?« Dietrich Kölling traute seinen Ohren nicht. »Mit Olympia hatten wir es doch gerade.« Er riß den Telefonhörer vom Apparat und wählte eine kurze Nummer. Angespannt lauschte er dem Rufzeichen. Niemand nahm ab. »Wo mag bloß dieser verdammte Becker stekken? Frau Blissow, bitte treiben Sie ihn auf. Lebendig und mit frischen Erkenntnissen. Offenbar schließt sich gerade ein Kreis.«

2

Becker hatte sich an einen Ort zurückgezogen, an dem er ungestört war, in das Büro von zwei Kollegen, die mit Grippe das Bett hüten mußten. Vor ihm auf dem Schreibtisch lag das große Wochenendrätsel der *Morgenpost.* Schon seit Tagen wartete es darauf, von ihm in Angriff genommen zu werden. Gerade brütete er über dem amerikanischen Begriff für eine Großeinkaufsanlage, als auf dem Flur nach ihm gerufen wurde. Becker verhielt sich still. Erst als sich Dietrich Köllings Stimme zu überschlagen drohte, ging er zur Tür und steckte seinen Kopf hinaus.

Dietrich Kölling hatte seine engsten Mitarbeiter zu sich bestellt, um das zu tun, was er das Zusammentragen bisheriger Erkenntnisse nannte. An dem Arrangement auf dem kleinen Konferenztisch seines Chefs erkannte Becker, daß die Beratung mehrere Stunden dauern würde. Zwei Kannen Kaffee, eine ungeöffnete und eine noch halbvolle Schachtel Zigaretten waren der deutliche Beweis. Die Zigaretten würde allerdings nicht ausreichen. Selbst wenn Dietrich Kölling eigens für ihre Zusammenkunft eine ganze Stange erworben hätte, am Ende müßte er doch Becker zum Automaten schicken, um noch eine Packung zu ziehen. In wenigen Dingen war Dietrich Kölling so berechenbar wie beim Rauchen.

»Herr Becker«, begann er seine Rede, »Sie sind zwar nunmehr Kommissar, aber noch immer Beamter auf Probe. Kindisch zu werden und in einem Dienstgebäude der Polizei Verstecken zu spielen, können Sie sich noch nicht leisten. Wenn Sie eines Tages am Platz der Luftbrükke im Faultierhaus sitzen, ist es natürlich was anderes. Zuvor müssen Sie sich eine gehörige Portion Meriten verdienen. Und da frage ich gleich, was die Überprüfung von Roberts ominöser Personaldatei ergeben hat.«

Becker ließ den Anranzer über sich ergehen, ohne mit der Wimper zu zucken. Er führte zwar keine Strichliste, war sich aber gewiß, schon öfter nach Dietrich Kölling gesucht zu haben, als dieser nach ihm.

»Ob die Details zutreffen, weiß ich nicht«, erwiderte er auf Dietrich Köllings Frage, »aber die Namen stimmen exakt.«

»Gut. Wir werden vorgehen wie immer, also in Quizmanier. Nur damit ich meine Gedanken ordnen kann. Ich stelle eine Behauptung auf, und Sie antworten mit Ja oder Nein. Alles klar?«

Becker und die Blissow warfen sich einen Blick zu, die Blissow verzog kurz den Mund, und dann schwiegen die beiden.

»Was soll das wieder heißen? Haben Sie Ihre Stimmen verloren?«

»Sie haben eine Frage gestellt, und wir sollen nur auf Behauptungen reagieren«, erklärte die Blissow.

»Äußerst spitzfindige Polizisten haben wir.« Dietrich Kölling goß sich die erste Tasse Kaffee ein. »Nun aber zur Sache. Ein achtzehnjähriger Gymnasiast namens Robert Grützmacher ist im Arbeitszimmer seines Vaters mit einem Scharfschützengewehr vom Kaliber sieben Komma sechs zwei durch Kopfschuß getötet worden. Das Opfer ist etwas eigenartig. Es leidet an einer Konzentrationsschwäche, hat keine Freunde und trägt mit Vorliebe die Anzüge seines Vaters. Bevor es ermordet wurde, hat es eine mehrstündige Radtour unternommen, von der es ohne sein Rennrad zurückkehrte. Wohin es fuhr, wissen wir nicht. Wo das Rad geblieben ist, wissen wir nicht. Was es in Vaters Kabinett getrieben hat, liegt im dunkeln. Soweit richtig?«

Die Blissow nickte.

»Wie üblich, lassen wir das Zimmer des Toten durchsuchen. Neben Hinweisen auf eine intensive sexuelle Betätigung unter Zuhilfenahme von Kaufhauskatalogen finden wir einen Briefumschlag mit fünftausend Mark, einen Überweisungsschein, ausgestellt von einer Firma Späth & Partner zugunsten einer noch unbekannten Person, Mappen mit den Personalien von Sportfunktionären des Internationalen Olympischen Komitees und einen großen Schlüsselbund. Nicht einmal die Mutter kann uns sagen, um welche Art von Schlüsseln es sich handelt. Ich aber weiß es.«

Dietrich Kölling zog ein Blatt Papier aus einem Stapel von Dokumenten und blickte triumphierend in die Runde. »Fünf Schlüssel haben eine erklärbare Herkunft: der Schlüssel für das Gartentor, der für Haustür und Garage, der Fahrradschlüssel und der Schlüssel für Roberts Zimmer. Darüber hinaus gibt es einen Autoschlüssel für einen Mercedes, drei Schlüssel für Vorhängeschlösser, sieben Sicherheitsschlüssel, von denen wir nicht wissen, welche Türen sie uns öffnen, drei Schlüssel für Schreibtische oder andere Büromöbel und einen Tresorschlüssel für einen Safe, der in den dreißiger Jahren hergestellt wurde. Ein Teil dieser beeindruckenden Sammlung besteht nachweislich aus Duplikaten.«

»Wenn ich mehr als Ja und Nein sagen darf«, ließ sich Becker vernehmen, »vielleicht war Robert ein Einbrecher, der mit Nachschlüsseln auf die Pirsch ging.«

»Denkbar«, gab Dietrich Kölling zu. »Aber erinnern Sie sich bitte. Der Wagen von Jürgen Grützmacher ist ein Mercedes, und in seinem Arbeitsraum steht ein alter Tresor.«

»Sind Sie dem nachgegangen?« fragte die Blissow.

»Soeben veranlaßt. Der Bericht ist gerade dreißig Minuten alt.« Dietrich Kölling griff nach der Kaffeekanne und den Zigaretten. Er bot der Blissow eine an und gab ihr Feuer. Becker hustete demonstrativ.

»Dieser Überweisungsauftrag«, sagte die Blissow, »ist auch so eine seltsame Sache. Eine Firma Späth & Partner gibt es nicht, jedenfalls nicht in Berlin. Das Geld wurde aber von einem Konto der Berliner Sparkasse abgebucht, und zwar, indem der Kontoinhaber das Auftragsformular einfach in einen Kasten für die Bankpost warf. Eingegangen ist das Formular bei einer Filiale in Mitte, das Konto wird allerdings in Tegel geführt. Wem es gehört, mochte man mir nicht sagen. Und auch den Empfänger des Geldes kennen wir nicht.«

»Vielleicht kann der Staatsanwalt da was drehen«, schlug Becker vor. Dietrich Kölling verzog bloß das Gesicht.

»Mit dem habe ich Besseres vor, der soll seine Hebel in Bewegung setzen, um sich und uns über den Leumund, das Geschäftsgebaren und vor allem die Liquidität der Grützmacherfirma ins Bild zu setzen. Womit wir bereits beim nächsten Punkt wären, ohne daß wir über die fünftausend Mark nachgegrübelt hätten. Fünftausend Mark in Hundertern wohlgemerkt. Keine fortlaufenden Seriennummern. Für ein Taschengeld ist das wohl zu hoch.«

»Es soll achtzehnjährige Porschefahrer geben«, wandte Becker zaghaft ein.

»Was heißt, soll? Die gibt's schon«, meinte die Blissow.

Dietrich Kölling brummte vor sich hin, und die beiden Kommissare wurden wieder still.

»Damit kommen wir vorerst nicht weiter«, sagte er. »Wir sollten noch einmal mit der Mutter reden, und am besten ist, Frau Blissow wagt den zweiten Anlauf. Von Frau zu Frau geht es womöglich leichter. Diese Firma von Jürgen Grützmacher beschäftigt mich momentan ohnehin viel mehr. Da sind diese merkwürdigen Stasi-Dossiers, oder was immer das ist, und da ist die Werbeagentur mit dem hochtrabenden Namen, deren Geschäftsführer Herr Grützmacher ist. Oder war. Denn nun hat er die Geschäftsführung seinem Prokuristen übertragen, weil höhere Aufgaben mit erheblichem Gemeinnutz auf ihn warten. Und Sie wissen ja, Becker, Gemeinnutz geht vor Eigennutz. Was Sie nicht wissen: Herr Grützmacher ist neuer Geschäftsführer der Olympia Marketing Gesellschaft.«

»Nein.« Becker war von den Socken. »Da ist der Wurm drin«, sagte er dann überzeugt.

»Aber welcher Wurm? Wir stehen wieder einmal wie Ochsen vorm Tor, und Herr Grützmacher hält sich an einem unbekannten Ort in Dänemark auf. Dienstlich, behauptet seine Frau. Vielleicht aus Gründen der Revanche für die verpatzte Fußball-Europameisterschaft.«

»Wir können ihn über Interpol suchen lassen.«

»Ja, Becker, kümmern Sie sich darum. Ich fürchte, wir rennen uns die Köpfe ein, solange wir den Mann nicht haben.«

»Nun ist aus unserem Quiz doch ein Pingpongspiel geworden«, bemerkte die Blissow.

Dietrich Kölling schaute abwesend auf den Tisch.

»Becker, besitzen Sie ein Fünfmarkstück?«

3

Die Blissow hatte sich sofort auf den Weg zum Anwesen der Grützmachers begeben, Dietrich Kölling ließ den Kaffeerest in seine Tasse tröpfeln, der Wind erwarb sich seine Qualifikation zum Sturm dadurch, daß er den Regen gegen die Fensterscheiben klatschte. Für einen Moment gab es Krach auf dem Flur, dann wurde es wieder still. Dietrich Kölling wußte, daß auch in einigen anderen Kommissariaten noch gearbeitet wurde. In einer Wohnung in Hellersdorf hatte man zwei junge Männer gefunden, die offenbar zusammen gesoffen hatten. Seit dem Vormittag lagen sie mit zerstochenen Leibern in der Gerichtsmedizin.

Völlig durchnäßt betrat Becker das Zimmer und legte eine Packung Zigaretten auf den Tisch. Dietrich Kölling rührte sie nicht an.

»Zwei Dinge lassen mir keine Ruhe«, bekannte er, ohne Becker anzusehen. »Ich denke schon seit Stunden darüber nach, ohne daß ich einen Zipfel zu fassen kriege.«

Becker setzte sich. Er wußte, daß er jetzt nichts zu sagen brauchte.

»Vielleicht ist der Killer gar nicht so professionell, wie wir vermuten. Er hat zweimal schießen müssen. Warum nicht auf den Falschen?«

Becker verstand seinen Chef sofort.

»Und die zweite Sache«, fragte er nach einer Weile.

»Ich bekam heute nachmittag einen Anruf. Der Staatsschutz möchte über unsere Ermittlungen unterrichtet werden. Angeblich auf allerhöchsten Wunsch.«

4

Es war schon oder schon wieder dunkel, aber noch nicht die Zeit, da die Büros und Geschäfte geschlossen wurden. Die Blissow parkte ihren Wagen vor der Einfahrt zur

Garage der Grützmachers, die während ihrer Anwesenheit ohnehin nicht benutzt werden würde, stieg aus und knöpfte ihren Mantel zu. Im Haus brannte kein Licht, aber das bedeutete nicht, daß Frau Grützmacher abwesend war; das Wohnzimmer lag nicht zur Straßenseite, sondern zum Garten. Die Blissow klingelte lange an der Gartenpforte, bis endlich jemand den Summer betätigte und gleichzeitig die Haustür einen Spaltbreit öffnete. Es war Frau Grützmacher. Sie steckte ihren Kopf durch den Spalt und nickte, als sie die Kommissarin erkannte. Die Blissow grüßte, Frau Grützmacher entgegnete nichts. Sie stieß bloß die Tür weit auf, drehte sich um und ging voraus.

»Bitte«, sagte sie und wies der Besucherin den Weg in das Wohnzimmer, den diese längst kannte.

Der Raum war penibel aufgeräumt, selbst die Glasplatte auf dem Tisch glänzte, aber nachdem die Blissow Platz genommen hatte, sah sie ein paar Schlieren von dem Putzmittel. Auch Frau Grützwacher setzte sich, um sogleich wieder aufzuspringen und ihren Gast nach seinen Wünschen zu fragen. Die Blissow wünschte einen Kaffee. Frau Grützmacher verließ das Zimmer. Die Kommissarin nutzte die Gelegenheit, um sich, der Gewohnheit aller Polizisten entsprechend, in ihm umzusehen. Offenbar diente es nicht nur als Begegnungsraum der Familie, sondern auch als Bibliothek. Zwei Wände wurden von Regalen eingenommen, die bis zur Decke reichten. Die Bücher auf diesen Regalen waren nach Sachgebieten und der Größe nach sortiert. Es gab eine Unmenge von Gesetzestexten und juristischen Kommentaren, Literatur zur Wirtschaft und zur Politik, Reisebücher, Kunstbildbände, farbige Prachtausgaben zu den Olympischen Spielen der vergangenen Jahrzehnte, selbst den Münchner von 1972 hatte man offenbar schöne Aufnahmen abgerungen, es gab zwei Lexikonausgaben von Brockhaus, eine bibliophile und eine aktuelle, und so viel Belletristik, das sie einen Schöngeist verriet oder vortäuschte. Die Blissow wußte, daß Frau Grützmacher eine studierte Biochemikerin war. Naturwissenschaftliche Literatur fand sie nicht.

Frau Grützmacher brachte die Kaffeekanne, zwei Tassen, Zuckerschale und Sahnekännchen auf einem Tablett. Etwas deplaziert trug sie ein schwarzes, hochgeschlossenes Abendkleid und schwarze Strumpfhosen, dazu allerdings braungelb karierte Herrenpantoffel mit einem gelben Bommel. Vielleicht sollte das ihrer Trauer Ausdruck verleihen, vielleicht war sie schlichtweg verrückt. Auf die Blissow machte sie jedoch einen nüchternen Eindruck.

»Tut mir leid, daß ich Sie noch einmal quälen muß«, sagte die Blissow ernsthaft.

»Quälen?« Frau Grützmacher lachte schief. »Was soll's? Zuerst quälen einen die Lebenden, dann die Toten.«

»Das klingt«, die Blissow überlegte genau, was sie sagte, »das klingt verbittert.«

»Mein Seelenzustand tut nichts zu Sache«, sagte Frau Grützmacher eisig. »Selbst wenn ich verbittert wäre, würden Sie doch nicht annehmen, daß ich meinen Sohn durch ein Fenster erschieße. Und selbst wenn ich einen Grund hätte, fehlte mir das Know-how.«

»Hätten Sie einen Grund?«

»Sie wollen immer alles sehr genau wissen, was?« Frau Grützmacher schenkte mit der Gewandtheit der ewigen Gastgeberin den Kaffee ein.

»Immer und alles«, bestätigte die Blissow.

»Haben Sie Kinder?«

Die Blissow verneinte.

»Nun, egal.« Frau Grützmacher kontrollierte den Lack auf ihren Fingernägeln. Auch er war schwarz. »Als Frau können Sie sich vorstellen, wie es wäre, wenn Sie Kinder hätten. In Ihrer Phantasie sind Kinder etwas Kuscheliges, Anschmiegsames, bis zum Eichstrich gefüllt mit Mutterliebe. Ein Kind, das seine Mutter wie ein Stück Dreck behandelt, kommt in dieser Bilderbuchwelt nicht vor.«

»Ich bin Kriminalbeamtin.« Etwas Dümmeres fiel der Blissow nicht ein.

»Ach, natürlich, Sie kennen die Schattenseiten des Lebens. Sie registrieren sie und machen Akten daraus. Ich habe einiges beizusteuern.«

»Robert hat Sie verachtet«, sagte die Blissow im Ton einer Vermutung.

Frau Grützmacher betrachtete die Kommissarin feindselig wie einen Eindringling aus einer fremden Welt, der etwas zu begreifen suchte, was er nie verstehen würde. Dann lehnte sie sich zurück, legte ihre Beine über Kreuz und spielte mit dem Saum ihres Kleides.

»Sie wissen ja, was die Menschen entzweit«, sagte sie schließlich. »Das liebe Geld. Robert war in allem das Abziehbild seines Vaters und hatte auch dessen Maßstäbe verinnerlicht. Das erste Gebot: Du sollst kein Geld haben, sondern es erwerben. Nur Geld, das man sich erschuftet und das man anderen abgetrotzt hat, ist etwas wert. Sehen Sie, ich habe das Pech, daß mir mein Sparstrumpf in die Wiege gelegt worden ist. Mein Mann gehört zu der Menschenrasse, die klein angefangen hat.

Was immer das heißt, klein anzufangen. Mit zusammengeborgtem Geld vielleicht. Für solche Menschen ist Wohlstand der Lohn der Mühe, der Preis für den Fleiß, niemals ein selbstverständliches Mittel zum Genuß. Du kannst saufen bis zum Umfallen, aber erst, wenn du bis zum Umfallen gearbeitet hast.«

»Darf ich das so verstehen, daß Ihr Mann Sie wegen Ihres Geldes geheiratet hat?« Die Blissow fand ihre Frage sehr behutsam. Frau Grützmacher fand sie ungehobelt.

»So dürfen Sie das nicht verstehen, und wenn Sie mir nicht bloß zugehört, sondern auch nachgedacht hätten, wüßten Sie, daß ein solcher Schritt nicht zu seiner Philosophie paßt. Wenn er mich aus einem anderen Grund als aus Liebe geheiratet hat, dann aus Neid.«

»Aus Neid?« Die Blissow bemerkte, daß sie sich in der Defensive befand und vermutlich keine ihrer Fragen mehr loswerden würde. »Ich wußte gar nicht, daß Neid ein Ehegrund ist.«

»Und ich dachte, Sie kennen sich mit den Abgründen der menschlichen Seele aus.« Frau Grützmacher hatte so viel Oberwasser, daß sie sich ein arrogantes Lächeln gestattete. »Der Grützmacherclan besteht seit Generationen aus Akademikern, die sich mehr schlecht als recht durchs Leben schlugen. Man hat gebüffelt, um die Gunst der Professoren gebuhlt, Nächte hindurch die Examensarbeiten höherer Semester abgeschrieben und doch immer bloß Krümel gekackt. Wissen Sie, was mein Vater war, bevor er das Vermögen anhäufte, von dem auch ich profitierte? Ein popeliger Lastwagenfahrer. Auch jemand, der klein anfing, aber er hat davon nie viel Aufhebens gemacht. Als es ihm finanziell gut ging, hat er sich zur Ruhe gesetzt und sich seinen Steckenpferden gewidmet. Ein Grützmacher könnte das nie. Ein Grützmacher wäre ohne Arbeit ein Krüppel. Die größte Erniedrigung für ihn besteht allerdings darin, daß er Geld von dem Lastwagenfahrer annehmen mußte, um aus seiner kleinen eine große Firma zu machen. Er war auf die Taler angewiesen, aber verwinden wird er diese Schande nie.«

Die letzten Worte der Frau klangen wie ein Schlußplädoyer, aber die Blissow wagte noch einen Vorstoß.

»Ich bin nicht hier, um von Ihnen gemaßregelt zu werden. Ich möchte Ihnen wichtige Fragen zu einem kaltblütigen Mord stellen.«

»Fragen Sie den Mörder.« Frau Grützmacher nahm sich ein Stück Zucker, steckte es in den Mund und lutschte darauf herum. Offenbar machte es ihr Spaß, die Blissow zappeln zu lassen. »Ich weiß gar nicht, warum Sie ihn finden wollen, wahrscheinlich sind auch Sie nur besessen von Ihrem Job. Aber bitte, in welchen Wunden möchten Sie noch herumstochern?«

»Was hatte Robert im Arbeitszimmer Ihres Mannes zu suchen?«

»Das kann ich Ihnen beim besten Willen nicht sagen. Er war oft dort. Sie kennen die landläufige Meinung, daß Söhne in erster Linie an ihrer Mutter, Töchter an ihrem Vater hängen. Nicht so bei Robert. Er liebte seinen Vater abgöttisch. Vielleicht deswegen die Maskerade. Er wollte wie sein Vater sein.«

»Ich verstehe eines nicht.« Die Blissow hatte sich wieder in der Gewalt. »In der Schule sagte man mir, daß Sie Ihren Sohn immer bis aufs Messer verteidigt haben. Auch gegenüber meinem Kollegen ließen Sie nichts auf Robert kommen. Jetzt machen Sie ihn nieder. Woher rührt diese Kehrtwendung?«

»Ich lese gelegentlich etwas über Heimkinder in der Zeitung«, sagte Frau Grützmacher und beugte sich vor. »Da gibt es einen erstaunlichen Umstand. Kinder kommen aus den übelsten Verhältnissen, wurden zu Hause verdroschen und lieblos in die Ecke gefeuert, aber wenn man etwas Schlechtes über ihre Eltern sagt, rasten sie aus. Liebe Frau, das gilt auch andersherum. Draußen ist Krieg, falls Sie das nicht bemerkt haben sollten, und eine Mutter bleibt eine Mutter, die ihren Nachwuchs schützt. Ihr Kollege war mir unangenehm. Er wußte, daß er hier nicht rauchen darf, und hat es trotzdem immer wieder versucht.«

»Ich bin Ihnen nicht unangenehm?«

»Sie sind eine Frau. Man hat Sie zu mir geschickt, weil man annimmt, daß sich Frauen besser verstehen. Die Wahrheit ist, daß Sie mir gleichgültig sind. Man vertraut sich in der Regel nur Wänden an.«

Die Blissow wurde feuerrot. Was ihr in der letzten Stunde begegnet war, hatte sie noch nicht erlebt. Kaltschnäuzigkeit war ihr schon oft begegnet, aber nie in dieser Form. Diese Frau war offensichtlich nur vom Alkohol zu Gefühlen zu bewegen.

»Haben Sie noch was?« Frau Grützmacher deutete mit einer Handbewegung an, daß sie das Gespräch zu beenden wünschte.

»Leider ja. Wir haben in Roberts Zimmer diesen Überweisungsauftrag gefunden. Und fünftausend Mark in bar.«

Die Blissow schob das Formular über den Tisch. Frau Grützmacher warf nur einen flüchtigen Blick darauf.

»Und?« fragte sie.

»Können Sie etwas damit anfangen?«

»Nein. Und nun bitte ich Sie zu gehen. Ich bin erschöpft. Sie sollten Rücksicht auf meine Trauer nehmen und nicht so bald wiederkommen. Sagen Sie das auch Ihren Kollegen. Am Nachmittag waren zwei dieser Herren hier, die im Haus herumgeschnüffelt haben, und wollten einen von Roberts Schlüsseln ausprobieren. Es mag sein, daß er zum Panzerschrank meines Mannes paßt, aber diesen Schrank öffnen Sie erst, wenn mein Mann seine Einwilligung gibt.«

»Dazu muß er aber wieder in Berlin sein«, wandte die Blissow ein.

»Dann treiben Sie ihn auf.«

5

Dietrich Kölling hatte sich hinter Büchern verschanzt. Die Bücher bildeten eine Barriere zwischen ihm und seinen Besuchern. Dietrich Kölling döste über einer Hochglanzbroschüre.

»Sieht aus, als ob Sie sich auf einen Lehrgang vorbereiten wollen«, meinte Becker und nieste.

»Nehmen Sie Olympia«, sagte Dietrich Kölling, der ein Foto mit fröhlichen Kindern betrachtete.

»Gibt es etwa ein Heilmittel dieses Namens?«

»Olympia ist gut für uns«, erklärte Dietrich Kölling und hielt die Broschüre hoch. »Olympia löst alle Probleme, das Verkehrsproblem, die Wohnungsfrage, alles.«

»Wer's glaubt, wird selig.« Becker setzte sich zu seinem Chef.

Dietrich Kölling durchwühlte die obere Schublade seines Schreibtisches nach Zigaretten und fand eine zerknautschte Packung West. Angeekelt zog er eine Zigarette heraus.

»Dieses Elaborat stammt aus der Werbemanufaktur des Herrn Grützmacher. Für Sie, Becker, muß es vertraut klingen wie eine Parteitagsrede der Kommunisten. Und die Bildchen erinnern mich fatal an, tja, wie hieß das bei euch? Weltfestspiele? Pioniertreffen? Lauter lachende, glückliche, fähnchenschwenkende Menschen.«

»Sie scheinen mir ein Olympiagegner zu sein«, sagte Becker. »Keine karrierefördernde Haltung für einen Staatsdiener.«

»Weil mir die Jacke näher ist als der Rock?« Dietrich Kölling schnupperte trübsinnig an der Zigarette. Dann zog er einen Bildband unter dem Bücherstapel hervor. »Machen Sie sich überhaupt eine Vorstellung davon, was Olympia für uns bedeutet? Sehen Sie, ich habe mir heute diesen Prachtband über die letzten Spiele in Barcelona aus der Bibliothek geholt. Siebenundvierzigtausend Polizisten waren im Einsatz. Der reinste Ausnahmezustand. Und dann kommen trotzdem irgendwelche fanatischen Killer und erledigen eine halbe Olympiamannschaft. Wem wird dann wohl die Verantwortung zugeschanzt? Uns natürlich. Zu wenig Einsatzkräfte.«

»Die Staatsanwaltschaft hofft jedenfalls sehr, daß Berlin den Zuschlag bekommt«, meinte Becker. »Man hat nämlich versprochen, für sie ein schönes, neues Gebäude zu errichten. Staatsanwälte machen sich in Baracken nicht sonderlich gut.«

»Sag ich doch: Jacke oder Rock. Keiner will Sport, aber jeder möchte sein Stück vom großen Kuchen. Hatten Sie Erfolg bei unserem verehrten Oberstaatsverwalter? Oder haben Sie nur Klagearien über das Leben in Baracken zu bieten?«

Becker hob die Schultern.

»Das hab ich erwartet.« Dietrich Kölling zückte sein Feuerzeug. Als er seine Zigarette in Brand setzte, klingelte das Telefon. Becker nahm den Hörer ab und reichte ihn Dietrich Kölling.

»Hier ist die Frau von gegenüber«, meldete sich die Anruferin.

»Soll ich aus dem Fenster schauen und winken?«

»Sie wissen doch, die Studentin«, erklärte die Frau.

»Ich habe Sie an Ihrer Stimme längst erkannt.« Dietrich Kölling rückte seine Brille zurecht. »Schön, daß Sie anrufen.«

»Sie wollten doch wissen, woher ich Grützmachers Arbeitszimmer kenne. Mir ist eingefallen, von wem ich es weiß. Vom Umweltamt.«

»Ein redseliges Amt«, stellte Dietrich Kölling fest.

»Vor acht, zehn, zwölf Wochen vielleicht hatte ich Besuch. Ein Herr vom Umweltamt kam zu mir und wollte Erkundigungen einziehen. Er erzählte mir, Nachbarn hätten sich über die Grützmacher beschwert, weil die ständig nachts Lärm verursachen. Für mich war klar, daß jemand die Familie verleumden wollte, deshalb hab ich Auskunft gegeben. Es ist eine merkwürdige Familie, aber laut ist sie nie. Der Mensch vom Umweltamt hat die Anzeige ebenfalls für Nonsens gehalten, aber er muß ja solchen Dingen nachgehen. Wir haben ziemlich lange geplaudert. War ein netter, älterer Herr. Seriös wirkend.«

»Wie ich?« erkundigte sich Dietrich Kölling. Die Studentin lachte.

»Viel seriöser«, sagte sie. »Ich hab ihm jedenfalls erzählt, daß bei Herrn Grützmacher zwar nächtelang Licht brennt, aber daß aus dem Haus nie ein Laut dringt. Das mit dem Licht hat den Umweltfritzen seltsamerweise auch interessiert. Licht im Arbeitszimmer, hat er immer wieder gefragt. Sehen Sie, ich hatte diese Begegnung einfach vergessen. Aber dieser Mann war so überzeugt, daß es sich um das Arbeitszimmer handelt, und ich habe mir diese Überzeugung zu eigen gemacht. Unbewußt.«

»Wollte denn dieser überaus seriöse, um nicht zu sagen distinguierte Herr noch mehr von Ihnen wissen?«

»Wie gesagt, wir haben geplaudert. Über dies und das. Über Eifersüchteleien und Neid zwischen Nachbarn, über die deutsche Blockwartmentalität.«

»Schöne Themen haben Sie.« Dietrich Kölling nahm seine Brille ab und fuhr mit dem Zeigefinger über die Druckstelle auf dem Nasenrücken. »Hat sich der graumelierte Herr ausgewiesen?«

»Er war schwarzhaarig. Ausgewiesen hat er sich nicht. Ich war überrascht, außerdem trat er sehr überzeugend auf.«

»Aber Sie wissen doch, daß kleine Mädchen keine fremden Onkel in die Wohnung lassen dürfen.«

»Sie habe ich auch eingelassen«, sagte die Studentin.

»Ich habe einen Ausweis gezeigt. Auf die Idee, daß die Geschichte mit dem Umweltamt eine Finte sein könnte, um Sie auszuhorchen, sind Sie nicht gekommen?«

»Damals nicht.«

»Gut. Beschreiben Sie mir den Mann, und innerhalb der nächsten Tage reden wir noch einmal miteinander.«

Dietrich Kölling notierte sich die Angaben der Frau, Becker schaute ihm aufmerksam dabei zu.

»Riecht nach Arbeit«, stellte er lakonisch fest.

»Allerdings. Und ich hatte mich so auf ein pädophiles Altherrenvergnügen gefreut.«

»Mit wem?«

Dietrich Kölling klopfte auf den Bildband.

»Mit dem Tagebuch der Franziska von Almsick.«

6

Der Prokurist des IFIMAS hieß Berthold Ross und war bereit, die Blissow unangemeldet zu empfangen. Die Geschäftsräume der Grützmacherfirma am Savignyplatz enttäuschten die Kommissarin; das Unternehmen hatte eine halbe Etage angemietet, teilte sie sich allerdings mit einem Steuerberater, und wenn sich die Blissow nicht irrte, besaß es nur drei oder vier Büros. Das Arbeitszimmer des Prokuristen war winzig und vollkommen mit Möbeln zugestellt, zwischen denen sich Berthold Ross hindurchschlängeln mußte, um die Blissow zu begrüßen.

»Ich bin erschüttert«, sagte er, »zutiefst erschüttert.«

»Haben Sie Robert denn gekannt?«

»Gemocht«, sagte der Prokurist. »Netter Junge.«

Eine junge Frau mit einem riesigen Gehänge am linken Ohr betrat den Raum und brachte zwei Tassen Kaffee. Als sie diese auf dem Schreibtisch des Prokuristen abstellen wollte, wäre sie fast über einen Aktenstapel gestürzt, der auf dem Boden lagerte.

»Danke, Fräulein Gäde«, sagte Ross.

»Frau Gäde«, berichtigte ihn das Kaffeemädchen und ging hinaus.

»Können Sie mir sagen, wie ich Herrn Grützmacher erreiche«, fragte die Blissow.

»Leider nicht. Jürgen hat vollauf mit Olympia zu tun und ist ständig unterwegs. Bekanntlich hat er mich beauftragt, hier die Geschäfte zu führen. Natürlich sprechen wir uns von Zeit zu Zeit ab, aber über seine Reisepläne bin ich nicht informiert.«

»Er soll sich in Dänemark aufhalten.«

»Ja, so.« Der Prokurist wiegte den Kopf. »Vielleicht verhandelt er mit einem Sponsor? Wer Sport treibt, kennt Tuborg?« Ross lächelte.

»Finden Sie nicht, daß es dafür noch zu früh ist?«

»Ich bin wirklich nicht orientiert. Jürgen nimmt seine Aufgabe sehr ernst. Es mag sein, daß er gerade das dänische IOC-Mitglied davon überzeugt, die Spiele an Berlin zu vergeben. Falls es ein dänisches IOC-Mitglied gibt. Glauben Sie mir, ich bin ahnungslos.«

»Ruft Herr Grützmacher Sie von seinen Reisen nicht an?«

»Gelegentlich schon.« Der Prokurist blätterte in seinem Terminkalender. »Aus Basel hat er sich gemeldet. Vor drei Wochen.«

»Seitdem nicht?«

»Doch, wir haben uns nach seiner Rückkehr getroffen. Zur Gesellschafterversammlung.«

»Welche der Gesellschafter waren anwesend?«

»Alle.«

»Was heißt, alle«, fragte die Blissow sofort. Ross betrachtete sie mißtrauisch und zögerte.

»Das wissen Sie nicht?«

»Ich möchte es von Ihnen hören.«

Der Prokurist nippte von seinem Kaffee.

»Sie wollen mich auf die Probe stellen.« Ross lächelte wieder. »Nun, es hat ohnehin keinen Zweck bei Ihnen, sich zu zieren. Also bitte, an der Gesellschafterversammlung nahmen teil Jürgen Grützmacher, dessen Schwiegervater und Herr Holzkamp.«

»Schwiegervater?«

»Aha«, sagte Ross.

»Was heißt das?«

»Sie wissen doch nicht alles. Ja, der Schwiegervater von Grützmacher, der Herr Scherson, ist ebenfalls Gesellschafter. Und mit Herrn Holzkamp hat Jürgen seinerzeit das Unternehmen gegründet. Sind alte Schulfreunde, die beiden. Herr Holzkamp ist jedoch nicht mitgekommen nach Berlin. Die Stadt ist ja nicht jedermanns Sache. Wenn Sie es wünschen, notiere ich Ihnen die Namen und die Anschriften.«

»Das wünsche ich.«

Der Prokurist rollte sich auf seinem fahrbaren Schreibtischsessel vor ein Regal, entnahm diesem einen Leitz-Ordner, schlug ihn auf und heftete den Gesellschaftervertrag aus, mit dem er an seinen Arbeitsplatz zurückkehrte. Während er, offenbar um Papier zu sparen, die Angaben auf die Rückseite eines bereits bedruckten Blattes schrieb, erklärte er der Blissow, das Jürgen Grützmachers Schwiegervater erst später Teilhaber geworden war, als die Firma schon seit geraumer Zeit bestand. Man habe seinerzeit die Kapitaldecke erhöhen wollen, um den Start in Berlin finanzieren zu können. Der Schwiegervater habe denn auch eine erkleckliche Summe zugeschossen, wobei die Anteile unabhängig von der Einlage berechnet worden seien. Jeder der Gesellschafter halte ein Drittel.

»Großzügig und gerecht«, meinte die Blissow.

»Nicht wahr?« Ross reichte ihr das Papier. »Zufrieden?«

»Noch nicht. Ich frage mich nämlich, wie Herr Grützmacher zum Chef der Olympia Marketing Gesellschaft werden konnte. Daß er in der Werbebranche tätig ist, bedeutet nicht, daß er eine Beziehung zum Sport hat.«

»Leute, die Werbung für Bier machen, müssen auch keine Trinker sein«, sagte Ross. »Aber Jürgen hat durchaus eine Beziehung zum Sport, wie Sie es nennen. Wir unterstützen die Nachwuchsarbeit eines Hockeyvereins mit großzügigen Zuwendungen.«

»Uneigennützig?«

»Vollkommen. Unser Schriftzug ziert weder die Trikots noch die Banden. Der Verein hat ohnehin kein eigenes Stadion, ist aber sonst vorzeigbar. Türkische, deutsche und jugoslawische Jugendliche spielen in einem Team. Jürgen ist der Vizepräsident. Ehrenamtlich natürlich.«

»Wieviel geben Sie denn aus für diese Nationalitätenharmonie?«

»Das ist Geschäftsgeheimnis.«

»Vielen Dank«, sagte die Blissow schnippisch. »Damit zwingen Sie mich zu einem Gang aufs Finanzamt. Die Spenden von der Steuer abzusetzen, werden Sie sich kaum entgehen lassen.«

»In den letzten beiden Jahren waren es insgesamt dreiundvierzigtausend Mark.« Ross gab sich resigniert, spielte den Mann, der einer starken Frau unterliegt.

»Immerhin«, meinte die Blissow. »Geht denn die internationale Marktanalyse gut?«

Der Prokurist schaute sie verständnislos an.

»Ihre Umsätze werden Sie mir nicht verraten«, fügte die Blissow erklärend hinzu, »aber ein allgemeines Bild Ihrer Geschäftslage können Sie mir sicher geben.«

»Glänzend«, sagte der Prokurist. »Wir ersticken in Aufträgen und Arbeit. Wir haben sieben Angestellte, könnten aber weit mehr gebrauchen. Aber Sie wissen ja, die hohen Personalkosten.« Ross setzte die Miene eines Trauerredners auf.

»Na, dann.« Die Blissow erhob sich. »Dank für die Auskünfte. Nur eines interessiert mich noch. Kennen Sie eine Firma Späth & Partner?«

Der Prokurist überlegte eine Zeitlang, schüttelte dann den Kopf.

»Nie gehört«, sagte er überzeugt.

Der Mann von der Industrie- und Handelskammer lachte lauthals, als hätte ihm die Blissow den köstlichsten Witz erzählt, den er je gehört hatte.

»Gute Auftragslage beim IFIMAS«, er schüttelte den Kopf, »damit wollte Ihnen der Herr Ross einen Bären aufbinden. Und um im Tierreich zu bleiben: Die Spatzen pfeifen von den Dächern, daß sich Grützmacher mit seinen ominösen Osteuropageschäften vertan hat. Der neue Posten bei Olympia war wie ein rettender Strohhalm. Gut dotierter Job, sag ich Ihnen. Na, Grützmacher hat sich mächtig verrenkt, um ihn zu bekommen.«

»Inwiefern«, wollte die Blissow wissen.

»Hat sich der Berliner CDU-Spitze förmlich an den Hals geschmissen. Wie ein Vampir.«

»Ist er in der Partei?«

»Ich bitte Sie.« Der Mann taxierte die Blissow wie eine Ware, die nicht einmal verdient, ausgelegt zu werden. »Einer wie Grützmacher hält sich alle Optionen offen, damit er am Ball bleiben kann, wenn es wieder anders kommt. Wenn Sie wollen, ist er ein freichristdemokratischer Sozi. Ein Mann ohne politische Auffassungen. Braucht er auch nicht. Das Seltsame ist, daß er trotz seiner verfehlten Unternehmensstrategie als ausgewiesener Werbefachmann gilt. Grützmacher ist kein Fachmann, sondern ein dienstbarer Geist. Mal ein Wahlkampfbroschürchen für die Zehlendorfer CDU, mal ein paar Werbesachen für den Berliner Osten. Die Ortsverbände dort lieben ihn geradezu. Viel bunt, viel Lächeln und Frohsinn, zu Freundschaftspreisen selbstverständlich. Kein Hinterbänkler, der sich für einen Spitzenpolitiker hält und der nicht zu Spielen von Grützmachers Hockeyklub eingeladen war. Der Klub ist wie sein Vizepräsident, steigt ganz langsam auf, aber steigt. Karriere als Politik der kleinen Schritte. Grützmacher wäre ein idealer Regierender Bürgermeister.«

»Und ein solches Federgewicht soll Berlin als Olympiastadt vermarkten?«

»Why not? Er verabreicht eben kleine Dosen, behutsam und ohne Krach. Daß die Olympia Marketing aus den Schlagzeilen verschwunden ist, verdankt man auch dem vorsichtigen Grützmacher. Sein Vorgänger hat das Kind mit dem Bade ausschütten wollen. Grützmachers Wunderwaffe ist die Überzeugung. Er redet so lange mit leiser Stimme auf die Leute ein, bis sie glauben, im Wasser könne man nicht ertrinken.«

Die Blissow nickte und dachte nach. Im Gegensatz zu seiner Frau war Jürgen Grützmacher offenbar ein wohltemperiertes Wesen, das keine seelischen Erschütterungen kannte, sondern unerbittlich und ohne emotionale Beteiligung seine Bahn zog, ein Machertyp, der mit kleiner Münze operierte und dennoch hoffte, eines Tages groß abzukassieren. Wenn Robert ihn vergöttert hatte, dann war er nicht nur der einzige Mensch, der dies tat, Grützmacher mußte seinen Sohn ebenfalls zum funktionsfähigen Mittelmaß erzogen haben. Allerdings hatte es Robert nur bis zum Mittelmaß gebracht und funktionierte nicht.

Die Blissow zündete sich eine Zigarette an, nachdem sie sich mit einem Blick versichert hatte, daß sie rauchen dürfe.

»Wem gehört eigentlich diese Olympia Marketing GmbH?«

»Hundertprozentig dem Land Berlin. Wobei die Drahtzieher eher im Olympia-Freundeskreis sitzen, der eine illustre Versammlung ist. Alles ausgemachte Sportsfreunde wie Immobilienfritze Klingbeil, der bekanntlich nur noch in Kunst macht. Dem Kreis der Freunde ist er nur beigetreten, weil seine Frau es für gut hielt. Sagt er. Verstehen Sie? Er spielt den harmlosen alten Herrn, der unterm Pantoffel steht.«

»Wenn man Sie reden hört, glaubt man gar nicht, daß Sie die Interessen von Industrie und Handel vertreten«, meinte die Blissow und machte einen tiefen Lungenzug.

»Ich bin mir nicht sicher, ob ich Interessen vertrete oder Interessenkonflikte verwalte. Was dem einen sin Uhl, ist dem andern sin Nachtigall. Angeblich soll ja der Mittelstand von Olympia profitieren. Aber rechnen Sie mal wie ein Milchmädchen: Für Tante Emma verdoppeln sich die Mieten und die Umsätze. Bloß, die höheren Umsätze hat sie während einiger Tage, die Mieten für immer.«

»Selbst meinem laienhaften Verständnis kommt diese Rechnung kindisch vor.«

»Tante Emma denkt so.«

»Die Emmas sind vom Aussterben bedroht.«

»Die halbe Berliner Bevölkerung wohl kaum.«

7

»Pro oder contra«, fragte die Blissow, die in Dietrich Köllings Dienstzimmer gestürmt war. Dietrich Kölling gähnte.

»Re«, sagte er dann.

»Sie sehen aus, als hätten Sie eine Spazierfahrt hinter sich.«

Dietrich Kölling nickte. Er hatte sich nicht nehmen lassen, in höchsteigener Person dem Zehlendorfer Umweltamt einen Besuch abzustatten. Wie erwartet, wußte niemand etwas von einer Beschwerde über die Familie Grützmacher, und ein Mann, wie ihn die Studentin beschrieben hatte, wußte der Amtsleiter nicht unter seinen Mitarbeitern.

Die Studentin war einer Legende aufgesessen. Dietrich Kölling brauchte nicht viel Phantasie, um sich vorzustellen, was der Unbekannte gewollt, was er vorbereitet hatte.

»Wir haben eine Spur.«

»So?« Die Blissow setzte sich. Dietrich Kölling reichte ihr das Phantombild.

»Der Schlesier«, sagte er und gähnte abermals.

»Der Deckname eines berühmten Killers?«

»Vielleicht sein Assistent.«

»Beschäftigen Killer Assistenten?«

Dietrich Kölling schabte Grind von seinem Nasenrükken.

»Woher soll ich das wissen? Ein Berufsmörder wäre ein Versager, wenn er sich erwischen ließe. Ich habe noch keinen zwischen die Finger gekriegt. Unser Mann hier jedenfalls soll mit schlesischem Akzent gesprochen haben, wobei ich mich frage, woher ein Mädchen von zwanzig Jahren etwas über das Schlesische weiß.«

»Sie unterschätzen den Bildungsstand unserer Jugend«, meinte die Blissow.

»Das kann man nicht.« Dietrich Kölling betrachtete sehnsüchtig die Kaffeemaschine, die er aus dem Sekretariat der Mordkommission in sein Zimmer verfrachtet hatte, um sie immer in der Nähe zu haben. Der Preis für diese Innigkeit war, daß er nun selbst den Kaffee kochen mußte. »Gebildete Jugend gibt es nur in Ostdeutschland. Becker wird Ihnen das bestätigen. Sein Nachwuchs ist immer mächtig frustriert, wenn er mit unseren blasierten Westbälgern zusammentrifft. Denkfaul und eingebildet sollen sie sein.«

»Ich bezweifle, daß Sie überhaupt wissen, was für Kinder Becker hat.«

»Da er sich trendwidrig zwei zugelegt hat, nehme ich an, daß es sich um Junge und Mädchen handelt, um Stammhalter und Haushaltshilfe.«

»Pfui, Sie Chauvinist«, sagte die Blissow und reckte sich. »Passen Sie bloß auf, daß ich Ihnen nicht zur Strafe für Ihren Sexismus das Bonzenauto in die Luft jage.«

»Bin doch kein Türke«, entgegnete Dietrich Kölling.

»Rassist sind Sie obendrein.«

»Aus reinem Weltschmerz.« Dietrich Kölling stand auf und hob den Deckel von der Kaffeemaschine. Der Wasserbehälter war leer. »Das Ärgerliche ist, daß ich keine Lust habe, das Spitzenaroma meines feinen Hochlandkaffees mit zwei Vertretern von der Ideologiepolizei zu teilen.«

»Oho«, sagte die Blissow, »der Staatsschutz gibt sich die Ehre.«

»Wahrscheinlich wollen sie mich davon überzeugen, daß die Urheber des Attentats in autonomen Kreisen zu suchen sind. Im RAF-Umfeld. Für die Brüder steht von Anfang an alles felsenfest, trotzdem klären sie nie was auf.«

»Aber so abwegig ist diese Hypothese nicht.«

Dietrich Kölling rieb sich seufzend den Bauch.

»Hunger hab ich auch«, sagte er. »Wenn an der Hypothese etwas dran ist, werden wir das schon herausfinden. Wir ja. Aber erst nach einem opulenten Abendmahl.«

»Ach, Sie sind derjenige, der sich immer zweimal nach der Oblate angestellt hat.«

»Und den Meßwein ausgesoffen«, sagte Dietrich Kölling, griff nach der Kanne und holte Wasser.

Viertes Kapitel

1

Am nächsten Tag platzte die Bombe.

Dietrich Kölling hatte weder die Nachrichten gehört noch eine Zeitung gelesen, aber dennoch war er schon informiert, als sich Becker und die Blissow bei ihm einfanden. Der Lagedienst des Polizeipräsidiums hatte ihn in Kenntnis gesetzt.

»Scheiße«, sagte Becker sofort, der also auch im Bilde war.

»Allerdings«, meinte Dietrich Kölling.

»Was ist Scheiße?« Die Blissow kam aus dem Mustopf.

»Die Datensammelwut eines Olympiamanagers namens Jürgen Grützmacher ist heute Zeitungsthema.«

»Bitte?«

»Es kommt noch besser.« Dietrich Kölling drückte seine Zigarette in einem Aschenbecher aus, der bereits überquoll. »Der Artikel ist mit Faksimiles aus den Dossiers garniert, die in meinem Panzerschrank lagern.«

»Zu dem nur Sie einen Schlüssel haben? Das ist unmöglich«, sagte die Blissow.

»Wer weiß, wieviele Duplikate von diesem Material in der Gegend herumschwirren. Der Zeitungsschreiber ist jedenfalls davon überzeugt, daß die Olympiavermarkter un-

deren IOC-Mitgliedern vernommen haben wollte, zeigten ihm, daß Sydney auf der Liste der Bewerber ganz oben stand. Obwohl er nur einen geringen Anteil daran hatte, empfand es Golubow als einen persönlichen Erfolg. Ihn wurmte es noch immer, wie leichtfertig und feige Gorbatschow die europäische Machtposition Rußlands aufgegeben und die Russen damit in ein Volk von Bittstellern verwandelt hatte. Mittlerweile waren die Befreier Berlins gezwungen, bei den Nachfahren Hitlers um Brosamen zu betteln, ein durch und durch unerträglicher Zustand.

Für den Flug hatte sich Alexander Golubow vorgenommen, das Olympiabulletin zu studieren, aber bereits wenigen Minuten nach dem Start schlief er ein. Der Sitzungsmarathon der vergangenen Tage hatte ihn ebenso erschöpft wie das Antichambrieren in der Lobby seines Hotels. Er schlief traumlos, aber als er kurz vor Boston erwachte, fühltc cr sich müder denn je.

Bei der Atlantiküberquerung, dem langweiligsten Teil seiner Reise, verging die Zeit wider Erwarten rasch, weil Golubow in seinem Nachbarn einen interessanten Gesprächspartner gefunden hatte. Der Mitrciscndc war ein chinesischer Geschäftsmann aus Hongkong, der sich aus Furcht vor den Kommunisten eine Existenz in den Staaten aufzubauen gedachte. Golubow fragte ihn nach den chinesischen Sonderwirtschaftszonen aus, die die Pekinger Regierung gern als beispielhaft und mustergültig ausgab. Auch der Hongkonger Geschäftsmann schien von ihnen beeindruckt zu sein und pries unablässig die exorbitanten Zuwachsraten. Alexander Golubow haßte die Chinesen, die hinter ihrem kriecherischen Auftreten ein hinterhältiges und gefährliches Wesen verbargen.

Von ihrer Wirtschaftspolitik jedoch konnten womöglich auch die Russen etwas lernen. Überall, wo der russische Stern sank, und er sank allerorten, waren die Schlitzaugen auf dem Vormarsch. Schon deshalb kamen Olympische Spiele in Peking für Alexander Golubow nicht in Frage. Zwar hatten die Chinesen ihre Hoffnung auf ihn gesetzt, aber er würde sie enttäuschen, ohne daß sie es bemerkten.

Seinen Zwischenaufenthalt in Rom verkürzte sich Golubow mit einem Flirt. Am Schalter der Alitalia wurde er Zeuge einer Szene, die von einer jungen Französin ausgelöst wurde. Die Frau hatte ebenfalls einen Flug nach Marseille gebucht, war aber offenbar ein Opfer der italienischen Schlampigkeit geworden. Gestenreich und unter Aufbietung all ihrer Schulkenntnisse in der englischen Sprache versuchte sie einem trägen Angestellten klarzumachen, daß sie unter allen Umständen die nächste Maschine nehmen würde, gleichgültig, ob man sie in der Checkliste fand oder nicht. Alexander Golubow stand ihr bei. Er schimpfte mit ihr im Chor und auf Französisch, das der Angestellte nicht verstand oder nicht verstehen wollte, auf die notorische Unfähigkeit sämtlicher italienischen Verwaltungen, auf die Mafia, die Korruption und die Europäische Gemeinschaft, die dieses kriminell verseuchte Volk nicht mit eisernen Sanktionen belegte. Die unerwartete Rückendeckung brachte die Französin auf Hochtouren. Ihr Zornausbruch hielt die halbe Schalterhalle in Atem, und sie war drauf und dran, ihrem Gegenüber die Handtasche um die Ohren zu hauen. Alexander Golubow fiel ihr in den Arm. Ihr Ziel hatte die junge Frau ohnehin erreicht; der Mann von der Alitalia griff mit hochrotem Kopf nach einem Telefonhörer und wechselte ein paar hastige Worte mit jemand, der offenbar Entscheidungen fällen durfte. Nach fünf Minuten erschien die Flughafenpolizei.

Das Auftreten der beiden Uniformierten, die ihre Vorbilder in schlechten amerikanischen Polizistenfilmen gefunden haben mußten, brachte die Französin abermals auf die Palme. Die Beamten waren gerade dem Knabenalter entwachsen und verbargen ihre Unsicherheit hinter einem lümmelhaften Gehabe, das höchstens einem unreifen Mädchen aus dem Mezzogiorno imponieren konnte, nicht aber einer Frau aus der Weltstadt Marseille. Allerdings hatte sie ihre Strategie gewechselt; sie brüllte nicht mehr. Grinsend wies sie auf den Hals des einen Knaben, wo sie ein Goldkettchen entdeckt hatte, und raffte alles an italienischen Vokabeln zusammen, was sie kannte.

»Hübsch«, sagte sie.

Der Polizist bleckte geschmeichelt seine Zähne. Alexander Golubow hielt sich abseits und lachte sich ins Fäustchen.

»Und typisch italienisch«, setzte die Frau hinzu. »Zuhälter im Polizeidienst.«

Die Zähne des Polizisten waren echt, anderenfalls wären sie ihm nun herausgefallen. Mittlerweile hatte sich ein Kreis von Neugierigen versammelt, und ein paar klatschten Beifall. Alexander Golubow trat einen Schritt zurück. Die Frau war zu weit gegangen. Kein Polizist der Welt konnte es ausstehen, wenn man ihn nicht ernst nahm. Trotz lautstarken Protestes wurde die Französin abgeführt.

Alexander Golubow bedauerte diese Wendung, mochte sich aber mit der Polizei nicht anlegen. Statt dessen begab er sich zur Paßkontrolle, kaufte noch rasch einen *Le Figaro,* um sich auf Frankreich einzustellen, offerierte einem uninteressierten Beamten seine Papiere und ließ mit stoischer Ruhe die Neugierde zweier Zöllner über sich ergehen, die in seiner Aktentasche zumindest Geheimdokumente, wenn nicht gar ein Bündel Kernbrennstäbe vermuteten. Die Episode mit der Französin hatte ihn heiter gestimmt, und zufrieden ließ er sich von der Stewardess seinen Platz weisen. Er vertilgte ein gummiähnliches Sandwich und nahm sich den Zeitungsbericht über die IOC-Tagung in Atlanta vor, kam aber nicht über den ersten Satz.

»Gewonnen«, sagte jemand neben ihm. Die junge Französin war wieder da.

3

Als der Tresor von Jürgen Grützmacher geöffnet wurde, war sein Arbeitszimmer so voll mit Menschen, wie es wohl noch nie gewesen war. Nicht nur zwei Staatsanwälte hatten sich eingefunden, sondern auch Ermittler vom Staatsschutz und sogar der Chef der Direktion Verbrechensbekämpfung, der eigentlich eher ein Verwaltungsbeamter war. Seine Anwesenheit verhieß nichts Gutes.

»Hoffentlich nehmen sie dir den Fall nicht aus den Händen«, flüsterte die Frau, die neben Dietrich Kölling stand. Ebenso wie er leitete sie eine Mordkommission, und der oberste Streiter wider die Delikte am Menschen, ein Beamter im Range eines Polizeidirektors, hatte sie zu dem Ereignis hinzuziehen lassen, obwohl sie selbst alle Hände voll zu tun hatte. Wahrscheinlich hatte er es nicht freiwillig getan.

»Zumindest schmeckt dieser Aufstand nach einer Sonderkommission«, flüsterte Dietrich Kölling zurück. »Dann werden wir sowieso zu Statisten.«

»Die Sache stinkt, was?«

Dietrich Kölling winkte ab.

»An Gestank bin ich gewöhnt«, sagte er. »Wie läuft es bei euch?«

»Fragst du wegen der beiden abgestochenen Vietnamesen? Um im Bild zu bleiben: nicht mehr Gestank als üblich. Vielleicht Bandenkrieg, vielleicht Rechtsradikale. Weiß der Kuckuck. War kein schöner Anblick. Das reinste Hackfleisch.«

»Jedenfalls wird euer Schlachtfest nicht so hoch angebunden wie das unsere«, meinte Dietrich Kölling mit leisem Neid. »Und die Presseleute vor der Tür stimmt mich auch nicht gerade optimistisch.«

Der Polizeitechniker, der sich am Tresor zu schaffen machte, kam schnell zum Erfolg. Kaum stand die Tür offen, war für Dietrich Kölling von dem Panzerschrank nichts mehr zu sehen. Die Großkopfeten und die Staatsschutzleute stürzten sich augenblicklich auf den Inhalt, und Dietrich Kölling mochte sich nicht vor sie drängeln. Offenbar hatte der Zeitungsskandal den letzten Rest Vernunft vertrieben, den sogar Parteibuchpolizisten aufzubringen vermochten. Dietrich Kölling winkte Becker und die Blissow zu sich und verzog sich ans Fenster. Einer der Staatsschützer trug einen Arm voll Dokumenten zu Jürgen Grützmachers Schreibtisch und breitete sie dort aus. Im Zimmer war es mucksmäuschenstill.

»Wenn Sie alle Spuren vernichtet haben, würde ich auch gern einen Blick auf die Unterlagen werfen«, sagte Dietrich Kölling so höflich, wie er konnte. Erschrocken schauten die um den Tisch Versammelten zu ihm hin.

»Arbeitsteilung.« Dietrich Kölling zeigte auf die Straße. »Ich scheue bekanntlich die Öffentlichkeit, also geben Sie die Pressekonferenz und lassen mich meine Untersuchungen führen. Oder bin ich kaltgestellt?«

Sofort setzten die Dementis ein. Die Staatsschützer ließen ihre Finger von den Papieren, der Chef der Direktion Verbrechensbekämpfung kam mit erhobenen Armen auf Dietrich Kölling zu, als wolle er diesem um den Hals fallen. Dietrich Kölling sprang zur Seite. Der Grund für diese Reaktion war nur für die Blissow und für Becker erkennbar, denn sie hatten das Kabel auf dem Teppich im Blick, das die Fotolampen der Polizeitechniker mit Strom versorgte. Die Blissow verbiß sich ein Lachen, Becker, der eine gewisse Ehrfurcht vor der Polizeiführung empfand, erstarrte. Der höchste Berliner Verbrechensbekämpfer, der seinen Schwung nicht mehr bremsen konnte, stürzte dem verdatterten Probekommissar vor die Füße.

Dietrich Kölling genoß die Peinlichkeit der Situation. Er hatte sich mit einer für seine Körperfülle ungewöhnlichen Geschwindigkeit zum Schreibtisch begeben und thronte wie ein rachsüchtiges Kind, das sich am Unglück von Erwachsenen weidet, über dem Chaos.

»So gehört es sich«, kommentierte er den ungewöhnlichen Fall eines Leitenden Kriminaldirektors mit verständnisvollem Nicken. »Es ist eine wundervolle Geste, vor dem unbezahlbaren Fleiß seiner Subalternen im Staub zu liegen. Tausend Dank für diese rare Form der Anerkennung.«

Der Kriminaldirektor rieb sich das Knie und stand auf.

»Nun ja«, meinte er verlegen und schaute dabei Becker an, dessen Stirn feucht geworden war. Becker, vollkommen aus der Fassung, reichte ihm die Hand.

»Ich kenne Sie noch gar nicht«, sagte der Kriminaldirektor. Becker brachte kein Wort heraus.

»Das ist unser Alibi-Ostler«, meinte Dietrich Kölling fröhlich. »Tüchtiger Beamter, Familienvater und Fußballspieler. Das letzte Universalgenie.«

Becker wurde rot, der Kriminaldirektor, der mit ihm nichts anzufangen wußte, wandte sich unschlüssig seinem Gefolge zu, das zum Abgang bereit war. Schließlich nickte er allen zu und machte sich auf den Weg. Seine Equipe wieselte hinterdrein.

»Na, bitte.« Dietrich Kölling sprach den Polizeitechniker an, der nach wie vor neben dem Tresor stand. »Jetzt können wir mal probieren, ob einer von Roberts Schlüsseln für das Schränkchen paßt.«

Der Polizeitechniker präsentierte mit einem verschmitzten Lächeln den Schlüsselbund.

»Nicht nötig«, sagte er. »Ich habe den Safe damit geöffnet. Das Brimborium habe ich nur für die Chefs veranstaltet. Schließlich müssen die nicht alles wissen. Der Schlüssel ist übrigens kein Original, sondern mit mäßigem Talent nachgefertigt worden.«

»Endlich einmal gehen Erwartungen in Erfüllung. Na, kein Wunder bei einem Knaben, der in Papas Anzug und an Papas Schreibtisch Papas Rolle spielt. Dazu gehören natürlich auch Papas Papiere.« Dietrich Kölling ließ sich in den Schreibtischsessel fallen und fächerte die Dokumente auf dem Tisch auseinander. Er hob mit den Fingerspitzen einen Aktendeckel an und zog vorsichtig ein paar Blätter heraus. Es waren Honorarverträge für einen Fotografen, der Berliner Sehenswürdigkeiten abzulichten hatte. Angewidert schob Dietrich Kölling sie wieder zurück.

»Schauen Sie mal, ob Sie noch was Brauchbares an Spuren finden, bevor wir den Kram durchsehen«, befahl er dem Techniker und widmete sich dann seinen Mitarbeitern. Die Blissow war näher an den Tisch getreten und hatte neugierig die Verrichtungen ihres Chefs beobachtet. Becker hielt noch immer seine Position.

»Sie stehen da wie ein Ölgötze«, meinte Dietrich Kölling und machte dem Techniker Platz. »Mensch, Becker, freuen Sie sich. Sie haben jetzt einen Bekannten in der polizeilichen Führungsspitze. Ihre Kinder werden aufhören, mit ihren Mitschülern zu sprechen. Einen solchen Vater hat bestimmt keiner sonst.«

4

Bis zum Anflug auf Marignane war es Alexander Golubow gelungen, die Französin zu unterhalten. Das Pfund, mit dem er unerwartet wuchern konnte, war seine russische Herkunft; angeblich war der Großvater der jungen Frau in den Kreisen der Revolutionsemigranten ein und ausgegangen. Die Frau schwärmte für russische Literatur, insbesondere für die vorrevolutionäre, vor allem für Dostojewski. Golubow zitierte drei Sätze aus den *Brüdern Karamasow* in der Originalsprache, die Französin spendete ihm Beifall. Geschmeichelt stieß Golubow seinen Tagesplan um.

Im Bus, der die Fluggäste von Marignane in die Innenstadt von Marseille brachte, setzte sich Golubow abermals zu der Französin, deren Namen er noch immer nicht kannte. Er überreichte ihr seine Visitenkarte, die bei Eingeweihten oft Wunder wirkte, aber der Französin war das Kürzel IOC nicht vertraut; offenbar interessierte sie sich nur für Literatur, nicht für Sport. Um das Geheimnis der drei Buchstaben zu lüften, lud Golubow sie für den Abend zum Essen ein, und sie nahm an. Mit einem langen Winken verabschiedeten sie sich voneinander vor dem Gebäude der Air France.

Bei Natalie würde Golubow ein Geschäftsessen vortäuschen müssen, was ungewöhnlich war, da er stets nur als Privatmann nach Marseille kam. Natalie hatte er in Lausanne kennengelernt, wo sie als Dolmetscherin im IOC-Hauptquartier gearbeitet hatte. Vor einem halben Jahr hatte sie diesen Job aufgegeben und war in ihre Heimatstadt zurückgekehrt, um an der Marseiller Universität Geschichte und Psychologie zu studieren. Ihre Eltern waren wohlhabend, sie finanzierten das Studium und eine große Wohnung in der Nähe der Avenue de la Libération.

Golubow besaß einen Schlüssel für diese Wohnung, der ihm wieder einmal gute Dienste tat. Natalie war offenbar noch auf dem Campus. Golubow setzte sein Gepäck im Flur ab, begab sich ins Bad und ließ Wasser in die Wanne laufen. Er holte das Telefon aus dem Schlafzimmer, stöpselte es im Badezimmer in die Zweitbuchse, kramte sein Diarium aus dem Jackett, das er über einen Sessel geworfen hatte, und entkleidete sich. Alexander Golubow liebte es, so heiß zu baden, wie er es nur aushielt. Fünf Minuten lang lag er mit geschlossenen Augen im Wasser und dachte nichts. Dann griff er mit seiner krebsrot angelaufenen Rechten nach dem Telefon und erledigte zwei Ferngespräche.

Zweieinhalb Stunden später war er wieder in Marignane.

5

Dietrich Kölling war allein. Becker hatte er noch einmal in die Sparkassendirektion geschickt, denn mit einem Auftrag des Generalstaatsanwalts in der Tasche durfte es ein Leichtes sein, endlich Auskunft über den seltsamen Überweisungsauftrag zu erhalten. Nach der erfolglosen Suche nach Spuren hatten er und die Blissow einige Zeit damit verbracht, alle Unterlagen durchzusehen, während Dietrich Kölling noch einmal mit der Frau von gegenüber gesprochen hatte. Der angebliche Umweltbeamte wurde ihm immer wichtiger. Daran, daß er den Tatort ausbaldowert hatte, konnte es keinen Zweifel mehr geben; ob er auch der Killer war, blieb dahingestellt. Dietrich Kölling hatte sein Phantombild an die Personenfahndung weitergegeben, und nun war es unterwegs zu allen Polizeidienststellen, zum Bundesgrenzschutz und zu Interpol. Die Angaben der jungen Frau waren sehr präzise gewesen, und eigentlich war es nur eine Frage der Zeit, bis der Gesuchte geschnappt werden mußte, falls er sein Aussehen nicht verändert hatte. Dietrich Kölling gönnte sich eine Pause. Mißmutig registrierte er das Kratzen in seinem Hals.

Auch im Panzerschrank von Jürgen Grützmacher hatten die Signalements von IOC-Mitgliedern gelegen. Diese Dossiers waren umfangreicher als jene, die bei Robert gefunden worden waren und die höchstwahrscheinlich Kopien darstellten. Robert hatte, aus welchen Gründen auch immer, eine Auswahl getroffen, aber auch Jürgen Grützmachers Datensammlung enthielt überwiegend Belangloses: Aufzeichnungen zu Gewohnheiten und Schwächen, biographische Notizen, Anschriften und Rufnummern. Daß dieses Material jemandem gefährlich werden konnte, schloß Dietrich Kölling aus. Denkbar war natürlich, daß es unvollständig war und alles Brisante an einem anderen, sichereren Ort lagerte.

Dietrich Kölling goß sich einen Kaffee ein und widmete sich Unterlagen, die ihm der Staatsschutz zur Verfügung gestellt hatte. Nach wenigen Minuten betrat die Blissow sein Zimmer.

»Aufregende Lektüre?« fragte sie.

»Ein Kinderbuch«, sagte Dietrich Kölling und fuhr sich über die Lymphdrüsen. »Der Jahresbericht der Berliner Autonomen. Sehr hübsch.«

Die Blissow beugte sich über den Tisch.

»Sogar illustriert«, stellte sie fest. »Und enorme Zuwächse bei allen Aktionen. Da bestehen sicher erhebliche Verdachtsmomente.«

»Für den Staatsschutz ja. Ich halte das für harmlos. Lausbubenstreiche, mit viel Ideologie zu revolutionären Taten aufgeblasen. Wem entsteht denn schon ein ernsthafter Schaden? Nicht einmal den Versicherungen. Die setzen einfach die Prämien herauf. Nein, aus diesem Umfeld kommt kein Killer. Unseren Mann müssen wir auf der professionellen Ebene suchen, nicht bei Hilfsrevoluzzern.«

»Aber die Brandanschläge auf die beiden Kaufhäuser«, wandte die Blissow ein, »das sind keine Streiche mehr.«

Dietrich Kölling schüttelte den Kopf und schob den Bericht beiseite.

»Diese Anschläge gefallen mir auch nicht, aber aus anderen Gründen. Wissen Sie, bisher haben es die Olympiagegner mit kleinen Nadelstichen versucht, mal ein Buttersäureattentat, mal ein Dutzend zerstochener Reifen. Diese Brände haben eine Dimension, die mich eher an einen Agent provocateur denken läßt. Außerdem passen sie zu gut ins politische Konzept des Senats. Eine Woche vor dem Besuch einer hochkarätigen IOC-Delegation solche Feuerchen, das ist eine gute Gelegenheit, die Lausbuben als Kriminelle zu verteufeln. Warten Sie nur ab, aus Berlin wird ein Heerlager werden. Aber lassen Sie uns mit Realien operieren, nicht mit Fiktionen. Irgend etwas an den Materialien des ehrenwerten Herrn Grützmacher ist oberfaul. Was sagt denn seine Gattin?«

»Sie weiß weder etwas von den Dossiers noch davon, daß Robert einen Schlüssel zu Vaters Tresor besaß.«

»Was weiß diese Frau überhaupt. Ihr Mann verreist, sie weiß nicht, wohin. Der Sohn stöbert in den Papieren seines Vaters und lichtet sie sogar ab, sie merkt nichts davon. Wühlen Mütter denn nicht gern in den Sachen ihrer Kinder?«

»Vielleicht unterschätzen wir sie. Sie spielt uns die Trinkerin vor und kocht derweil ihr eigenes Süppchen. In lichten Momenten wird sie jedenfalls zur Hyäne.«

»Wie schlecht Sie von diesen armen Tieren denken.« Dietrich Kölling schneuzte sich. Ein aufgeregter Becker kam herein.

»Wir haben es«, sagte er hastig. »Jetzt wissen wir, von

wo nach wo die zehntausend Mark überwiesen wurden. Halten Sie sich fest.«

»An wem?«

Becker ignorierte Dietrich Köllings Einwurf.

»Späth & Partner ist keine Firma, wie wir bisher annahmen«, fuhr er fort. »Die Inhaber des Kontos sind eine Corinna Späth und deren Lebensgefährte. Sie ließen das Geld einem Konto gutschreiben, das sich ein gewisser Robert Grützmacher drei Tage nach seinem achtzehnten Geburtstag bei der Commerzbank zulegte.«

Dietrich Kölling und die Blissow starrten Becker an, als hätte er sich vor ihren Augen in ein Monster verwandelt. Der Kommissar zur Anstellung genoß seinen Triumph. Er ging zur Kaffeemaschine, nahm die noch halbvolle Glaskanne von der Heizplatte, füllte sich eine Tasse und goß auch den beiden anderen nach.

»Das ist noch nicht alles«, verkündete er stolz. »Der Lebensgefährte dieser Corinna heißt Maxim Korth.«

»Sagt mir nichts.« Dietrich Kölling stiebitzte der Blissow eine Zigarette.

»Sehen Sie einfach nach, wer den Zeitungsartikel über die Olympiadossiers gezeichnet hat.«

6

Alexander Golubow traf am späten Abend in Kloten ein. Er war so überstürzt von Marseille aufgebrochen, daß er kein Hotelzimmer reserviert hatte, und damit der ohnehin verdorbene Tag nicht in einer Katastrophe endete, nahm er am Flughafen einen Mietwagen. Mit der Kaution waren Alexander Golubows Bargeldreserven erschöpft. Er fuhr mehrere Hotels an, in denen er bei früheren Aufenthalten in Zürich übernachtet hatte, und kam schließlich in einer mittelmäßigen Pension in der Nähe des Hauptbahnhofs unter. Die Gegend mißfiel ihm sehr, weil sie von Drogensüchtigen und Polizei wimmelte, aber da er nur eine Nacht bleiben würde, konnte er sich mit diesen Feldlagerbedingungen arrangieren.

Trotz seiner Erschöpfung bekam Golubow bis in die Morgenstunden kein Auge zu. Zweimal in der Nacht mußte er aus seinem durchgelegenen Bett aufspringen, weil sein Magen rebellierte. Es dämmerte bereits, als er endlich einschlief, aber nach drei Stunden war er wieder wach. Alexander Golubow verzichtete auf das Frühstück, von dem er ohnehin keinen Bissen hinunterbekommen hätte, behauptete gegenüber dem Portier, er würde noch eine Nacht bleiben, und begab sich in die Seitenstraße, in der er seinen Wagen abgestellt hatte. Nicht einmal über einen Parkplatz verfügte die armselige Läusepension.

Als Golubow den Schlag öffnen wollte, stellte er erschrocken fest, daß er vergessen haben mußte, die Tür abzuschließen. Dann aber entdeckte er die unscheinbare Delle in dem Gummi, der das Fenster einfaßte. Alexander Golubow riß die Tür weit auf. Das Autoradio fehlte.

Alexander Golubow schaute sich nervös um, als erwarte er Hilfe von einem beliebigen Passanten. Kein Mensch war in der Nähe. Golubow setzte sich verzweifelt hinter das Lenkrad. Bevor er den Wagen zum Verleih zurückbrachte, mußte er den Diebstahl anzeigen, aber würde er das sofort tun, versäumte er seinen Termin, der fast lebenswichtig war. Alexander Golubow war ratlos. Er startete den Wagen und kurvte eine Zeitlang durch das Bahnhofsviertel. Er fuhr langsam an zwei abgerissenen Jugendlichen vorbei und verfluchte den Bodensatz dieser Stadt. Am liebsten hätte er die beiden Jungen über den Haufen gefahren, damit sein Haß ihn nicht überwältigte. Alexander Golubow riß sich zusammen. Er durfte unter keinen Umständen die Beherrschung verlieren und sich zu einem falschen Schritt hinreißen lassen. Die Anzeige konnte warten.

Bei der Filiale der Zürcher Kantonalbank am seeseitigen Ende der Bahnhofsstraße hob er tausend Franken ab, dann lenkte er seinen Wagen nach Süden auf die Nationalstraße Nummer drei.

7

Dietrich Kölling ließ sich Zeit. Den Journalisten Maxim Korth hatte er telefonisch in die Keithstraße bestellen lassen, ohne ihm mitzuteilen, in welcher Angelegenheit er gehört werden würde. Natürlich würde es Korth sich denken können, aber mitunter hatte eine solche Vorladung selbst auf den abgebrühtesten Schmierfinken eine einschüchternde Wirkung. Mit Zeitungsleuten verhandelte Dietrich Kölling gern von einer Position der Stärke, da er sie allesamt für großmäulige Feiglinge hielt. Korth hatte der Aufforderung tatsächlich Folge geleistet und wartete in einem Nebenzimmer auf seine Einvernahme. Dietrich Kölling spielte den Beschäftigten. Er trat ein paarmal in das Zimmer und bat den Journalisten um Geduld. Der lächelte anfangs nur, aber nach einer halben Stunde riß ihm der Geduldsfaden.

»Wir können dann anfangen«, sagte er mit einem herrischen Unterton.

»Huch«, entgegnete Dietrich Kölling bloß.

»Was heißt das?«

»Ich bin zu Tode erschrocken. Bisher habe ich festgelegt, wann eine Vernehmung beginnt.«

»Dann sollten Sie mich auch zu den von Ihnen festgelegten Zeiten vorladen. Ich mag diese Polizistentricks nicht.«

Dietrich Kölling nickte verständnisvoll, hielt Korth zuvorkommend die Tür auf und führte ihn über den Flur. In seinem Büro angekommen, rückte er seinem Gast den Stuhl zurecht, bediente ihn mit einer Tasse Kaffee und stellte ihm einen Aschenbecher hin.

»Zuckerbrot und Peitsche?« fragte Korth.

»Sie durchschauen mich, Sie durchschauen mich.« Aufgeregt lief Dietrich Kölling zwischen Fenster und Tür hin und her. »Meine schöne Strategie machen Sie mir kaputt.«

»Die Strategie eines Gesprächspartners durch eine konterkarierende Strategie zu zerstören, ist schließlich mein Beruf«, sagte Korth.

Dietrich Kölling ließ sich in seinen Sessel fallen.

»Konterkarieren, was für ein schönes Wort. Womöglich kann man bei Ihnen Vernehmungstechniken lernen, Herr Korth. Ich bin gern bereit, mich weiterzubilden.«

Maxim Korth schwieg.

»Sie werden in einer Mordsache gehört«, sagte Dietrich Kölling hart.

»Das erwartet man, wenn man zur Mordkommission bestellt wird. Ich ahne sogar, daß es etwas mit den tödlichen Schüssen auf Robert Grützmacher zu tun hat.«

»Sie kannten ihn?«

»Nein.«

»Aber den Vater.«

»Von Pressekonferenzen. Herr Grützmacher ist schließlich eine stadtbekannte Persönlichkeit.«

»Wohl, wohl.« Dietrich Kölling bot dem Journalisten eine Zigarette an, der lehnte ab. Er mochte dreißig Jahre alt sein, aber sein Haar lichtete sich bereits. Lachfältchen in den Augenwinkeln verliehen ihm dennoch ein jungenhaft verschmitztes Aussehen.

»Und Sie sind nunmehr ein stadtbekannter Journalist.«

»Publizist. Das andere Wort mag ich nicht.«

»Publizist natürlich. Verzeihen Sie mir, ich flehe Sie an.«

»Keine Ursache.«

»Nein, nein.« Dietrich Kölling sprang auf. »Bitte, nehmen Sie noch etwas Kaffee. Oder möchten Sie einen Schnaps? Doch, einen Schnaps können Sie mir nicht abschlagen. Bitte, ich werde sofort einen meiner Kollegen losschicken.« Dietrich Kölling schloß das Fenster und zündete sich eine Zigarette an, die er hastig rauchte. Korth hob abwehrend die Hände.

»Ich habe noch zu arbeiten«, sagte er, »dafür brauche ich einen klaren Kopf.«

»Keinen Schnaps?« Dietrich Kölling sank enttäuscht auf einen Stuhl in unmittelbarer Nähe des Verhörten, drückte die Zigarette aus und nahm sofort eine neue. »Sie kennen Robert Grützmacher nicht?«

»Wie gesagt.«

»Schade.«

Ein paar Minuten lang sagte Dietrich Kölling nichts. Er rauchte eine dritte und eine vierte Zigarette und betrachtete gedankenverloren den Rauch.

»Aber mit Jürgen Grützmacher sind Sie zusammengetroffen?«

»Bei Pressekonferenzen, ja.«

»Sind Sie Sportreporter?«

»Ich schreibe über alles Lokale.«

»Skandale?«

»Auch.«

»Über alle Themen, die Geld bringen?«

»Ich habe ein festes Einkommen bei meinem Blatt.«

»Gutes Geld?«

»Man kommt aus.«

»Aha.« Dietrich Kölling beugte sich zu Korth. »Die Spesen stimmen?«

Korth wich zurück.

»Darüber spreche ich nicht.«

»Wieviel haben Sie eigentlich für die Dokumente aus Grützmachers Panzerschrank blechen müssen?«

»Kein Kommentar.«

»Kein Kommentar«, wiederholte Dietrich Kölling, schenkte Kaffee nach und brannte sich eine Zigarette an. »Quellenschutz?«

»Allerdings.«

Abermals sprang Dietrich Kölling auf und tanzte um Maxim Korth herum.

»Wie haben Sie die Echtheit der Dokumente überprüft?« wollte er nach einer Weile wissen.

»Die Quelle ist zuverlässig.«

»Heißt sie etwa Robert Grützmacher?«

»Nein, verdammt.«

»Verdammt, doch.«

Das Spiel währte eine Stunde, dann verließ Dietrich Kölling den Raum. Maxim Korth öffnete heimlich das Fenster. Der Hauptkommissar, der sich wie Rumpelstilzchen gebärdete, hatte den richtigen Zeitpunkt abgepaßt; noch eine Minute länger, und Korth wäre erstickt.

Als Dietrich Kölling zurückkehrte, war er nicht allein. Eine große, dunkelhaarige Frau von Mitte oder Ende dreißig, die Jeans, einen Rollkragenpullover und eine Kostümjacke trug, begleitete ihn.

»Lieber Herr Korth«, sagte der Hauptkommissar, »ich erlaube mir, Ihnen meine Kollegin Blissow vorzustellen. Leider können wir unser interessantes Gespräch nicht fortsetzen, da ich zu anderen Aufgaben gerufen werde. Frau Blissow wird meinen Part übernehmen. Das ist das Wunderbare an unserem Beruf; man hat einen Stellvertreter. Für einen originellen Publizisten hingegen kann niemand einspringen.«

Dietrich Kölling verabschiedete sich mit einer lässigen Handbewegung und verschwand. Die Blissow nickte Korth aufmunternd zu.

»Sie sind gleich erlöst«, sagte sie, während sie das Fenster wieder zudrückte. »Ich habe nur noch ein, zwei, vielleicht auch drei Fragen an Sie. Das Wichtigste haben Sie ja meinem Chef schon erzählt. Eines ist aber noch unklar. Wie sind Sie eigentlich mit Robert Grützmacher bekanntgeworden?«

Maxim Korth schlug mit der flachen Hand auf den Tisch.

»Mir reicht's jetzt«, brüllte er.

»Mir nicht«, sagte die Blissow mit gleichbleibender

Liebenswürdigkeit. »Wie sind Sie mit Robert Grützmacher bekanntgeworden?«

»Überhaupt nicht.« Korth war außer sich. »Nie, nie, nie.«

»Ja«, sagte die Blissow gedehnt und schob einen Zettel zu Maxim Korth hinüber, »das widerspricht natürlich der Tatsache, daß Sie mit Robert Grützmacher bekannt waren.«

Korth warf einen Blick auf die Kopie, die Dietrich Kölling von dem Überweisungsauftrag angefertigt hatte, und klappte zusammen.

8

In fünf Minuten würde der Wellenbetrieb beginnen. Alexander Golubow schwamm noch ein paar Bahnen, dann verließ er das Becken und begab sich in die Cafeteria. Bei jeder seiner Visiten in der Schweiz besuchte er das Freizeitbad *Alpamare* in Pfäffikon am Zürichsee, nachdem ihn das eidgenössische IOC-Mitglied, das zugleich im Exekutivkomitee saß, von Lausanne hierher entführt hatte. Am meisten imponierte Golubow das Jodbassin. Stundenlang konnte er in dem warmen, braunen Wasser liegen, das die Glieder entspannte und eine angenehme Müdigkeit bescherte. Wenn man es verließ, spürte man noch minutenlang die Schwere des eigenen Körpers.

Der Mann, auf den es Alexander Golubow abgesehen hatte, erwartete ihn bereits. Offenbar behagte es ihm nicht, seinem Auftraggeber in dieser Umgebung zu begegnen, die ihn dazu zwang, seinen enormen Leib in eine Badehose zu zwängen. Alexander Golubow lächelte zufrieden. Diese Erniedrigung wollte er dem Versager nicht ersparen.

»Noch ein Platz frei?« fragte er und setzte sich, als der andere mit einem knappen Nicken geantwortet hatte. Alexander Golubow studierte die Speisekarte. Sein Gegenüber beobachtete die Badenden. Golubow kannte ihn seit Jahren. Der Mann hieß Kolzow. Fast ein Jahrzehnt hatte er, im Sold des militärischen Nachrichtendienstes der UdSSR stehend, die Abwehrabteilung des Instituts geleitet, dem Golubows Frau noch immer vorstand. Kolzow war nicht gerade ein Freund der Familie gewesen, aber da Golubows Tochter und Kolzows Neffe dieselbe Schule besucht hatten, ergab sich immer einmal die Gelegenheit zu einem Gespräch, wenn Golubow seine Frau mit dem Wagen abholte und auf sie warten mußte. Seinen Job hatte Kolzow durch einen bösen Zufall verloren. Bei einer Auseinandersetzung, deren Hintergründe nie aufgeklärt wurden und die Golubow nicht interessierten, hatte er seinen drogensüchtigen Bruder erschossen, der als Kleindealer in einem Moskauer Vorort gelebt hatte. Golubow hatte ihm zur Flucht ins Ausland verholfen und ihn mit Startkapital für die Gründung einer neuen Existenz versorgt. Zu jener wirren Zeit hatte Golubow längst schon der vom Verbot bedrohten KPdSU den Rükken gekehrt, ohne sich Sorgen um seine Zukunft machen zu müssen. Das IOC war eine sichere Bank; sein Präsident vergaß den Russen auch nach dem Zusammenbruch der Sowjetunion nicht, daß sie ihm 1980 in den Sattel geholfen hatten. Davon profitierte auch Alexander Golubow.

Zu Kolzow unterhielt er weiterhin einen losen Draht. Golubow beurteilte Menschen nach ihrer Brauchbarkeit. Jemanden, der einem zu Dank verpflichtet war, konnte man jederzeit um eine Gefälligkeit angehen, und Kolzow hatte sein Kapital gut angelegt. Er betrieb ein weitverzweigtes Unternehmen, das in kein Handelsregister der Welt eingetragen war: Kolzow vermittelte Killer.

Alexander Golubow schlug die Speisekarte wieder zu.

»Können Sie mir etwas empfehlen?«

»Ich kenne Ihren Geschmack nicht«, antwortete Kolzow.

Golubow mimte Erstaunen.

»Nach Ihrem Akzent zu urteilen, sind Sie ebenfalls ein Slawe.«

»Russe«, sagte Kolzow. »Und Sie?«

»Russe.« Golubow lachte. Er bestellte ein Mineralwasser, und bis der Kellner es brachte, unterhielt er sich mit seinem Landsmann angeregt über ihre Heimatstädte und die Lage daheim. Dann verringerte er die Lautstärke.

»Was ist schiefgegangen?«

»Mein Mann hat den Falschen erwischt«, sagte Kolzow wütend.

»Beschäftigen Sie neuerdings Anfänger?«

Kolzow schüttelte den Kopf.

»Ich begreife es selbst nicht. Alles war gründlich vorbereitet. So eine Schlappe ist mir noch nie passiert.«

»Bei der horrenden Anzahlungssumme muß ich auf Nachbesserung bestehen«, sagte Golubow.

»Versteht sich.« Kolzow sah sich eine Zeitlang in der Cafeteria um. »Ich werde mich persönlich um die Sache kümmern, obwohl sie heikel geworden ist. Es operiert sich nicht gut unter den Augen von Polizei und Presse.«

»Presse?«

Kolzow reichte Alexander Golubow eine *Neue Zürcher Zeitung,* in der er einen Artikel angekreuzt hatte, den Golubow überflog.

»Ich bin kein Privatdetektiv«, sagte Kolzow, »bei mir müssen Sie kein berechtigtes Interesse nachweisen, wenn Sie mich beauftragen wollen. Ich weiß nicht, wie Sie in dieser Affäre drinstecken, und ich will es nicht wissen. Allerdings arbeite ich nicht gern unter Zugzwang.«

»Wie lange werden Sie brauchen?«

»Sie kennen meinen alten und Sie kennen meinen neuen Beruf. In beiden kann man sich Vertrauen nicht leisten. Ich genieße also mit Vorsicht, was ich von meinen früheren Freunden aus Karlshorst erfahren habe. Allerdings handelt es sich um Leute, die ihren Absprung vorbereiten und sich daher mit mir gutstellen wollen. Insofern mögen ihre Informationen ein Körnchen Wahrheit enthalten.«

»Und was besagen ihre Informationen«, fragte Golubow, der allmählich ungeduldig wurde.

»Das Vögelchen ist ausgeflogen.«

»Wer? Mir gegenüber brauchen Sie keine Decknamen zu benutzen.«

»Die Zielperson. Vielleicht hat sie Lunte gerochen, jedenfalls ist sie verschwunden.«

»Dann suchen Sie. Der Auftrag muß schnellstens erledigt werden. In vierzehn Tagen erwarte ich Vollzug.«

9

Nachdem der Damm gebrochen war, war Maxim Korth nicht mehr zu bremsen gewesen. Dietrich Kölling ging mit der Blissow das Vernehmungsprotokoll durch. Wie Robert Grützmacher ausgerechnet auf ihn verfallen war, wußte Korth nicht. Irgendwann im Spätherbst hatte Robert ihn unter einem falschen Namen angerufen und ihm geheimes Material über die Olympia Marketing GmbH versprochen. Da Korth häufig ähnliche Anrufe von Wichtigtuern bekam, die ihm brisante Enthüllungen versprachen, aber nur Banalitäten zu bieten hatten, war er reserviert gewesen und hatte verlangt, eine Kostprobe auf dem Postweg zugesandt zu bekommen. Zwei Tage später erhielt er einen absenderlosen Brief. Der zweiseitige Bericht, der in dem Kuvert steckte, behandelte einen italienischen Sportfunktionär, der für die mediengerechte Terminierung der Leichtathletikfinals in Seoul zweihunderttausend Dollar kassiert haben sollte. Korth hielt das für eine Ente, und als sich der Anrufer ein zweitesmal meldete, wimmelte er ihn ab. Bereits dessen jugendliche Stimme hatte sein Mißtrauen begründet.

Zwei Wochen später wurde der Fall des Italieners in mehreren anderen Zeitungen aufgerollt. Korth wurde gewahr, daß er einen Fehler begangen hatte; da er damit rechnete, die Scharte nicht mehr auswetzen zu können, verdrängte er die Angelegenheit und verreiste mit seiner Freundin nach Ibiza. Nach seiner Rückkehr fand er zwischen der Eingangspost auf seinem Schreibtisch einen zweiten Brief, der wiederum ein Dossier enthielt und ein handschriftliches Begleitschreiben, in dem der Absender fünfzehntausend Mark für weitere Dokumente forderte. Korth wurde abermals stutzig; wenn das Material wirklich echt war, dann war der andere entweder dumm, oder er hatte einen besonderen Grund, es für ein Butterbrot zu verschleudern. Korth wartete ab.

Zwischen Weihnachten und Neujahr meldete sich der Unbekannte abermals. Diesmal griff Korth zu. Er vereinbarte einen Treff am Silvestermorgen, der Anrufer schlug das *Chalêt Suisse* am Grunewald vor, Korth fuhr hin. Der Informant war tatsächlich ein Jugendlicher, der wie ein Eton-Schüler wirkte; er trug einen dunkelblauen Anzug und hatte eine blauen Krawatte umgebunden, auf die eine silberne Krone gestickt war. Als sich der Junge als Robert Grützmacher vorstellte, gerieten Korths Zweifel endgültig ins Wanken.

»Haben Sie denn nie wissen wollen, warum der Junge Ihnen das Material anbot«, hatte die Blissow gefragt, »schließlich gefährdete er damit die Position seines Vaters.«

»Familieninterna interessieren mich nicht«, hatte Korth geantwortet. »Die Sache war heiß, und sie war billig zu bekommen. Offenbar machte es dem Knaben Spaß, Konspiration zu spielen.«

Im *Chalêt Suisse* wurden die Konditionen ausgehandelt. Robert fütterte Korth mit einem weiteren Dossier an und verlangte fünftausend Mark auf die Hand. Da Korth so viel Geld nicht bei sich hatte, akzeptierte er, daß ihm die Summe zu einem späteren Zeitpunkt übergeben werden würde. Korth zahlte die Rechnung.

Am zweiten Januar trafen sich die beiden abermals. Robert kam mit dem Fahrrad zum Jagdschloß Grunewald, diesmal nicht als Eton-Schüler, sondern als Prolet verkleidet. Korth steckte ihm die fünftausend Mark zu und nahm einen Zettel entgegen, auf dem Robert seine Kontonummer notiert hatte. Die noch offenen zehntausend Mark überwies Korth noch am gleichen Tag, und bei der letzten Begegnung der beiden, die eine Woche darauf stattfand, bekam Korth alles, was Robert anzubieten hatte.

Drei Tage später wurde Robert Grützmacher erschossen. Der Wert des Materials, bereits zu einem Dumpingpreis erworben, stieg noch. Korth überprüfte es, soweit das möglich war, legte seinem Chef vor, was er recherchiert hatte, und wurde verdonnert, einen Titel zu schreiben. Korth saß einen Tag und eine Nacht am Computer, dann war der Artikel fertig und erschien sofort.

»Wenn Robert seinen Vater derart in den Arsch tritt«, meinte Dietrich Kölling, »kann es mit der abgöttischen Liebe nicht weit her sein.«

»Fünfzehntausend Mark sind für einen Pennäler eine Menge Geld«, sagte die Blissow.

»Aber die Grützmachers sind doch gutsituierte Leute«, warf Dietrich Kölling ein.

»Das behaupten sie. Vielleicht haben sie alle nur getäuscht. Der Prokurist des IFIMAS besingt die Liquidität der Firma in den höchsten Tönen, dann erfahren wir, daß Grützmacher und Kompagnons sich verspekuliert haben. Man müßte also noch mit allen Angestellten sprechen, um möglicherweise ein Zipfelchen Wahrheit zu erhaschen.«

»IFIMAS ist unwichtig«, behauptete Dietrich Kölling kategorisch. »Wir sollten mal Jürgen Grützmachers Stellung bei der Olympia Marketing unter die Lupe nehmen.

Als Geschätsführer eine so hochangebundenen Unternehmens verdient er bestimmt mehr als einen Appel und ein Ei.«

»Aber wenn das Haus in Zehlendorf nun mit einer Hypothek belastet ist? Außerdem ist denkbar, daß sein Geld noch in anderen Unternehmungen steckt. Vielleicht hat er hohe Schulden zu begleichen, vielleicht ist ihm jemand auf die Schliche gekommen und verlangt ein horrendes Schweigegeld.«

»Mich ekelt das alles«, sagte Dietrich Kölling und öffnete eine Flasche Bier. »Schon mit diesem Sportkram mag ich mich nicht beschäftigen, aber die Einkommens- und Besitzverhältnisse reicher Leute sind mir ganz und gar zuwider.«

10

Bei der einen Flasche Bier war es nicht geblieben, und als Dietrich Kölling gegen Mitternacht sein Hotelzimmer erreichte, schwankte er leicht. Er verzichtete auf liebe Gewohnheiten, duschte nicht, putzte sich nicht einmal die Zähne, sondern entkleidete sich sogleich, fiel ins Bett und war auch gleich eingeschlafen.

Als das Telefon klingelte, brauchte Dietrich Kölling geraume Zeit, bis er zu sich kam. Es war stockdunkel in dem Zimmer, und Dietrich Kölling erwog, so zu tun, als wäre er nicht da. Wenn man ihn nachts anrief, bedeutete das nichts Gutes. Schließlich nahm er aber doch den Hörer ab. Ein Beamter aus dem Lagezentrum verlangte ihn zu sprechen.

»Warum nur verderben Sie mir die Nachtruhe«, fragte Dietrich Kölling und drehte sich auf den Rücken.

»Tut mir leid, Hauptkommissar«, sagte der Diensthabende, »wir haben eben einen Notruf erhalten. Eine Frau aus Zehlendorf will Sie dringend sprechen. Ich habe ihr gesagt, daß sie eine Nachricht für Sie hinterlegen kann, aber darauf wollte sie sich nicht einlassen. Sie war sehr nervös.«

»Da ich nun schon zur Hälfte wach bin, wecken Sie mich getrost ganz. Was Eiliges hat die Dame denn mitzuteilen?«

»Sie sagt, der Schlesier wäre wieder aufgetaucht.«

Fünftes Kapitel

1

Über das Lagezentrum hatte Dietrich Kölling Becker und die Blissow rufen lassen, aber nur Becker meldete sich. Dietrich Kölling befand sich mit seinem Wagen unmittelbar vor dem Autobahndreieck Funkturm, das ihn noch immer ins Schwitzen brachte, als Becker anrief. Vom Verbleib der Kommissarin wußte er nichts, vermutlich nächtigte sie mal wieder bei ihrem Freund. Dietrich Kölling beorderte Becker nach Zehlendorf, und während er mit Mühe und Not die Abfahrt zur Avus bewältigte, wurde ihm klar, daß er keine Ahnung davon hatte, wie seine Mitarbeiter ihre Abende und Nächte verbrachten. Becker hatte in Ostberlin Unterschlupf bei einem seiner früheren Kollegen gefunden, der aus dem Polizeidienst ausgestiegen war und eine Privatdetektei betrieb. Dieser ehemalige DDR-Kriminalist lebte seit seiner Scheidung allein und hatte daher in seiner Wohnung genug Platz, um an Becker ein Zimmer abtreten zu können. Da Becker ein Familienmensch war, konnte sich Dietrich Kölling nicht vorstellen, daß die Junggesellenwirtschaft seinem Assistenten behagte. Außerdem hatte sein Wirt die Kripo verlassen, weil er sich nicht daran gewöhnen konnte, Fälle als Bagatellen abzulegen, die er früher so lange bearbeitet hatte, bis sie aufgeklärt waren. Becker hingegen hatte den Absprung geschafft; er war nicht nur bei der Polizei geblieben, sondern arbeitete bei der Mordkommission, was seinem Freund als ein Traumjob erscheinen mußte.

Dietrich Kölling bretterte mit hundertsechzig über die nächtliche Avus. Obwohl er mit Becker nie darüber gesprochen hatte, war er sicher, daß er seinen liebsten Mitarbeiter irgendwann verlieren würde. Eine Reihe von Indizien sprach dafür. Im Gegensatz zu seinem Chef kümmerte sich Becker nicht um eine Wohnung, er erzählte ständig von seiner in Leipzig zurückgebliebenen Familie und verachtete die Stadt, in der er seinen Dienst tat. Fast als Beweis sah Dietrich Kölling jedoch an, daß sich Becker über seine Beförderung nicht gefreut hatte. Selbst der kaltschnäuzigste Beamte war gerührt, wenn er eine Stufe höherstieg, Becker hingegen hatte eher deprimiert gewirkt, als erschwere ihm der neue Dienstgrad nur eine längst fällige Entscheidung. Irritiert von seiner plötzlichen Schwermut, zündete sich Dietrich Kölling eine Zigarette an. Wahrscheinlich war Becker zu integer für die korrupte Polizei einer korrupten Stadt, aber Dietrich Kölling eignete sich nicht als Seelentröster.

Vor dem Haus der Studentin wartete Dietrich Kölling in dem Audi 80, der Eigentum der Berliner Polizei war, bis Becker mit seinem Fiat Uno in die Seitenstraße bog. Dietrich Kölling blendete zur Bergüßung kurz auf, Bekker antwortete ihm mit dem gleichen Signal. Er parkte seinen Wagen in den äußerst knapp bemessenen Raum zwischen zwei protzigen Mercedes-Limousinen, stieg aus, kontrollierte den Abstand von Stoßstange zu Stoßstange und nickte zufrieden. Dietrich Kölling trat zu ihm.

»Feinarbeit«, sagte er.

»Wer hat, der kann«, meinte Becker und streichelte den Kotflügel seiner Rostlaube. Das Auto stammte aus dritter oder vierter Hand, war aber Beckers erster Westwagen, so daß er ihm trotz etlicher Macken nicht den Laufpaß geben mochte. Dietrich Kölling respektierte diese Treue, und er hatte noch nie gewagt, eine Bemerkung über das Knirschen des Getriebes oder das Klappern des Chassis fallenzulassen.

»Wir sollten gelegentlich einen Ausflug machen«, sagte Dietrich Kölling, ohne daran zu glauben. »Das Berliner Umland soll sehr schön sein.«

»Märkische Streusandbüchse«, sagte Becker verächtlich. »Kiefernmeer, Sandmeer, nichts mehr.«

Dietrich Kölling schaute ihn fragend an.

»DDR-Soldatenjargon«, erklärte Becker. »Beschreibt bestimmte Landschaften, in denen wir früher Krieg spielen mußten.«

»Ist das nicht komisch für Sie, daß Sie nun für den früheren Klassenfeind arbeiten?«

Becker antwortete nicht. Er wandte Dietrich Kölling den Rücken zu und steuerte entschlossen das Haus an.

Diesmal öffnete ein Mann. Offenbar hatte er die beiden Beamten kommen sehen, denn Becker hatte den Finger noch nicht von der Klingel genommen, da stand der Mann schon in der Tür. Er war ungefähr so alt wie die Studentin und trotz der späten Stunde vollständig angekleidet. Mit einer raschen Drehung gab er den Weg ins Innere frei.

»Meines Erachtens hätte diese ungute Angelegenheit Zeit bis morgen gehabt«, sagte er, »aber Katharina bestand darauf, Sie sofort zu informieren.«

»Recht getan«, entgegnete Dietrich Kölling. »War's schön in der Eifel?«

»Zum Sterben schön«, sagte der Mann und führte die Kriminalisten ins Wohnzimmer. Die Studentin hockte mit angezogenen Beinen auf der Couch und strahlte Dietrich Kölling an. Auch ihre Schwiegereltern waren da. Sie saßen abseits in zwei Sesseln und tranken heiße Milch.

»Wenn es so weitergeht«, sagte die Studentin zu Dietrich Kölling, »können Sie bei uns einziehen.«

»Bin ich denn seriös genug?«

»Jedenfalls pissen Sie sich nicht ein, wenn Sie Besuch von der Polizei kriegen.« Während sie sprach, warf die Studentin ihrem Mann einen Blick zu. Der verkroch sich bei seinen Eltern.

»Das ist tatsächlich ausgeschlossen.« Dietrich Kölling schaute in die Runde. Da ihm niemand einen Platz anbot, blieb er stehen. Becker hielt sich im Hintergrund. »Unser Freund, der Schlesier, ist also wieder aufgetaucht?«

»Ich glaube nicht mehr, daß er von dort stammt.«

»Aus dem heutigen Polen, meinen Sie?«

»Ja.« Die Studentin tippte auf die Sitzfläche neben sich. Dietrich Kölling gehorchte und setzte sich zu ihr.

»Und was, bitte, hat Ihren Glauben erschüttert?«

»Das Auto.«

»Das Auto also.« Dietrich Kölling nickte aufmunternd.

»Heute«, begann die Studentin ihre Erklärung, »heute war wieder ein blöder Tag. Zwei langweilige Vorlesungen, ein noch langweiligeres Seminar. Ich bin erst ziemlich spät aus der Uni gekommen. In der Dämmerung.

Aber trotzdem habe ich den Typen erkannt. Die zwielichtige Gestalt im Zwielicht.«

Dietrich Kölling lachte pflichtschuldig.

»Wo?« fragte er.

»Ich benutze von Dahlem aus immer die Argentinische Allee, um nach Hause zu fahren. An der Kreuzung zur Onkel-Tom-Straße hatte ich Rot, und da war dann dieser Wagen neben mir. Ein weißer Wagen, eines dieser kastenförmigen Russenautos.«

»Ein Lada«, schlug Becker vor.

»Ja, so heißen die wohl. Aber setzen Sie sich doch.«

Becker schaute sich um, entschied sich dann für einen Holzstuhl, der vor dem Fenster stand, und rückte ihn vor die Couch. Die Familie der Studentin beobachtete ihn dabei, als wäre er der Held einer Fernsehserie.

»Jedenfalls wären mir die beiden Männer nicht aufgefallen«, fuhr die Studentin fort.

»Die beiden«, fragte Dietrich Kölling. Die Studentin nickte.

»Ich lege an Kreuzungen immer dann den ersten Gang ein, wenn die Fußgängerampel umschaltet. Dieser weiße Lada hielt jedoch so, daß ich die Ampel nicht sehen konnte. Nur deshalb sind mir die Männer ja aufgefallen. Die zwei Männer, wie gesagt. Der auf dem Beifahrersitz war der Typ vom Umweltamt.«

»Welcher Typ vom Umweltamt«, mischte sich mit einemmal der Sohn des Hauses ein. Die Studentin würdigte ihn keiner Antwort. Wahrscheinlich war sie so in ihren Bericht vertieft, daß sie seinen Einwurf nicht gehört hatte.

»Sie können sich vorstellen, wie erschrocken ich war. Plötzlich steht ein Mörder neben einem. Das ist vielleicht ein seltsames Gefühl. Eiskalt wurde mir. Der Mann ist doch ein Mörder, oder?«

»Schön wär's«, sagte Dietrich Kölling gedankenlos.

»Schön? Ein Mörder?«

»Natürlich nur, ich meine, natürlich ist es nicht schön, wenn jemand ein Mörder ist«, stotterte Dietrich Kölling, der sich ertappt fühlte, ohne zu wissen, wobei.

»Es wäre schön, wenn sich der Mordfall auf diese Weise klärte«, sprang Becker in die Bresche.

»Ach, so.« Die Studentin hatte den Faden verloren und schwieg.

»Und was taten Sie dann«, fragte Becker behutsam, um ihr wieder auf die Sprünge zu helfen.

»Ich habe«, die Studentin senkte verlegen die Stimme, »ich habe ein bißchen Detektiv gespielt.«

Dietrich Kölling und Becker wechselten einen Blick. Becker verstand, daß er die Befragung fortsetzen sollte, nachdem Dietrich Kölling ins Fettnäpfchen getreten war.

»Detektiv?«

»Na, ich ließ die beiden ein Stück vorfahren. Sie hatten übrigens eine russische Nummer. Ich hab sie aufgeschrieben.«

»Grandios.« Dietrich Kölling hatte sich nicht bremsen können. Becker schüttelte verärgert den Kopf, die Studentin nahm ein Notizblatt vom Tisch und war unschlüssig, wem sie es übergeben sollte. Keiner der beiden Beamten machte Anstalten, es in Empfang zu nehmen, also ließ sie es in ihren Schoß sinken und schaute erst Dietrich Kölling, dann Becker an.

»Geben Sie es mir«, sagte Becker schließlich. »Und erzählen Sie bitte weiter. Sie haben sich ausgezeichnet verhalten.«

»Ich bin dem Wagen hinterher. Natürlich kann ich so etwas nicht so gut wie Sie, aber eine halbe Stunde war ich an ihnen dran. Sie kurvten durch die Gegend hier, sind zweimal durch unsere Straße gefahren. Und ich hab darum gezittert, daß vielleicht ein Streifenwagen auftaucht. Aber Sie wissen ja, wenn man die Polizei braucht, ist sie nie in der Nähe. Leider hab ich dann den Anschluß verloren. Sie waren plötzlich weg. Hoffentlich haben sie nicht bemerkt, daß ich sie verfolgt habe. War das richtig?«

»Vollkommen«, lobte Becker.

»Sind Sie wirklich sicher, daß es dieser Mann vom Umweltamt war«, meldete sich nun wieder Dietrich Kölling zu Wort.

»Hundertprozentig.«

»Daß Sie uns geholfen haben, ist über jeden Zweifel erhaben. Aber warum haben Sie erst so spät bei uns angerufen? Und warum über den Notruf?«

»Zuerst habe ich natürlich Ihre Nummer gewählt«, sagte die Studentin. »Ich hab's lange versucht, aber es war ständig besetzt, und dann ging keiner mehr ran. Das muß so gegen halb acht gewesen sein. Und weil ich dachte, daß diese Information für Sie sehr wichtig ist, bin ich hier in Zehlendorf zur Polizei gegangen.«

Dietrich Kölling spielte beschämt mit seinem Kugelschreiber und wagte nicht, die Studentin anzusehen. Gegen halb acht hatte er in einer Kneipe gesessen, Bier getrunken und sich mit zwei bereits besoffenen Männern gestritten, die aus irgendeinem ostdeutschen Kaff stammten und sich über die Bierpreise beklagten, die Dietrich Kölling ausgesprochen moderat vorgekommen waren. In ihrem Dorf jedoch schien das Bier noch um die

Hälfte billiger zu sein, und Dietrich Kölling hatte vergeblich versucht zu erklären, daß dies nicht so bleiben würde. Mittlerweile erschien es ihm vollkommen unglaubhaft, daß er sich über so etwas Dummes gestritten haben sollte. Er mußte betrunkener gewesen sein, als er sich eingestand.

»Von der Wache aus hätte man zumindest meine Kollegen verständigen können«, sagte er.

»Vielleicht. Aber ich wurde behandelt wie ein Idiot. Wahrscheinlich hatten die Typen dort keine Lust, sich mit einer komplizierteren Angelegenheit zu befassen. Sie haben mich eine Stunde warten lassen, und dann haben sie ein umständliches Protokoll aufgenommen, anstatt gleich bei Ihnen anzurufen. Ich wußte mir keinen Rat, deshalb telefonierte ich über Notruf. Später, als ich wieder draußen war. Das Protokoll habe ich nicht unterzeichnet. Dadurch war ich sowieso unglaubwürdig geworden.«

»Warum unterschrieben Sie nicht?«

»Es war mir peinlich.«

»Peinlich?«

»Nun ja, wie sag ich's meinem Kinde. Ihnen möchte ich nicht zu nahe treten, aber ich denke, allein wegen der Polizei brauchen wir eine Rechtschreibreform.«

2

In Malmö regnete es so heftig, daß die Scheibenwischer des Taxis die Windschutzscheibe nicht mehr freibekamen; stellenweise mußte der Chauffeur, ein junger Türke, im Schrittempo fahren, wofür er sich mit großen Gesten und ein paar Brocken Schwedisch entschuldigte. Jürgen Grützmacher hockte auf der Rückbank und fror. Sein Schulfreund und Teilhaber beim IFIMAS, Johannes Holzkamp, wollte mit der Frühmaschine in Sturup eintreffen, und Jürgen Grützmacher hatte versprochen, ihn abzuholen. Jetzt bedauerte er seine Zusage. Holzkamp, der offenbar zu dumm war, um einen Eimer Wasser umzustoßen, hätte getrost eine Taxifahrt aus eigener Tasche zahlen können, und Jürgen Grützmacher hätte noch ein Stündchen im Bett verbringen können. Der Landregen sprach sogar dafür, die Schlafstatt überhaupt nicht zu verlassen.

Der Türke brabbelte etwas in seinen Milchbart, was Jürgen Grützmacher nicht verstand, aber offenbar die Ankündigung darstellen sollte, daß man nunmehr am Ziel sei. Jürgen Grützmacher verließ den Wagen und bedeutete dem Fahrer auf Englisch, er möge warten. Der Türke sah ihn verständnislos an, und erst als Jürgen Grützmacher ihm mit einem Zeichen deutlich machte, was er verlangte, nickte er emsig. Jürgen Grützmacher betrat die Flughafenhalle und studierte die Anzeigetafel. Die Maschine aus Frankfurt am Main hatte eine Dreiviertelstunde Verspätung.

In den vergangenen beiden Tagen hatte Jürgen Grützmacher nicht einen Augenblick Zeit gehabt, sich zu sammeln und über das Geschehene nachzudenken. Holzkamp hatte ihm mitgeteilt, daß Robert erschossen worden war, und obwohl sie nur miteinander telefoniert hatten, hatte Jürgen Grützmacher doch gespürt, daß sein Kompagnon vor Angst schlotterte. Jürgen Grützmacher hatte ihn zuerst nach Kopenhagen bestellen wollen, sich dann aber für Malmö entschieden, denn falls man bereits nach ihm suchte, würde man sich vorerst auf Dänemark konzentrieren. Natürlich bot auch Malmö keinen Schutz. Jürgen Grützmacher war sich vollkommen darüber im klaren, was die Schüsse auf Robert bedeuteten und wer hinter ihnen steckte. Es war durchaus denkbar, daß sich die Killer längst an Johannes Holzkamp gehängt hatten. In diesem Fall würde Malmö für sie beide die Endstation sein.

Plötzlich begann Jürgen Grützmacher zu zittern wie ein Fieberkranker. Es war nicht nur die Angst, die ihm zu schaffen machte, sondern der Gedanke an Roberts Tod. Der Junge hatte an ihm gehangen wie eine Klette und war ihm daher oft lästig gewesen, aber immerhin war er sein eigen Fleisch und Blut, und auf seine besondere, zurückhaltende Art hatte Jürgen Grützmacher ihn wohl sogar geliebt. Nun hatte man ihn erschossen, einen Achtzehnjährigen, der das Leben noch vor sich hatte. Robert war für seinen Vater gestorben, ohne es zu wissen. Seine Mörder kannten keine Skrupel, für sie war wahrscheinlich nur ein Betriebsunfall, was Jürgen Grützmacher verzweifelt und zugleich wütend machte. Es hatte jedoch keinen Zweck, auf Rache zu sinnen; der Gegner war zu mächtig und kaum zu fassen.

Jürgen Grützmacher spazierte unruhig durch die Halle und stieß immer wieder auf ein Piktogramm, das den Weg zur Polizeiwache wies. Er kaufte eine Schachtel Zigaretten, riß die Cellophanhülle ab und warf sie in einen Papierkorb. Viereinhalb Monate hatte er ohne Tabak leben können, nun rauchte er wieder vierzig Zigaretten am Tag. Jürgen Grützmacher schaute sich die Tür der Polizeiwache an.

Auch die Polizei würde ihm nicht helfen können. Wenn er sich ihr anvertraute, war er gesellschaftlich erledigt, wenn er darauf verzichtete, kostete es ihn möglicherweise das Leben. Außerdem glaubte er nicht daran, daß die Polizei seine Sicherheit garantieren konnte. Die Leute, die ihm ans Fell wollten, hatten einen langen Arm. Jürgen Grützmacher wandte sich ab. Drei Uniformierte kamen ihm entgegen, die in einer schwarzen Ledermontur steckten und mit Pistolen und weißen Schlagstöcken bewaffnet waren. Sie unterhielten sich, und Jürgen Grützmacher wich ihnen aus.

Den türkischen Taxifahrer hatte er vergessen.

3

Ursprünglich hatte die Blissow vorgehabt, sich in der Keithstraße erst zu melden, wenn sie erledigt hatte, was mit Dietrich Kölling abgesprochen war; an diesem Morgen standen Besuche bei der Olympia Marketing GmbH und in dem Hockeyklub von Jürgen Grützmacher auf dem Plan. Was die Blissow veranlaßt hatte, von einer Telefonzelle aus bei Dietrich Kölling anzurufen, vermochte sie nicht genau zu sagen. Sie hatte keinesfalls vorausgesehen, daß die Ereignisse über Nacht eine neue Wendung genommen hatten, eher schon wollte sie sich vergewissern, daß sie nicht umsonst durch die halbe Stadt fuhr, nur weil ihr Chef etwas Neues ausgebrütet hatte. Dietrich Kölling wirkte, obwohl unausgeschlafen, seltsam sanft. Er berichtete von den Beobachtungen der Studentin und davon, daß Becker seit einigen Stunden erfolglos damit beschäftigt war, die Autonummer des weißen Lada zu überprüfen.

»Bisher gibt es keinen Hinweis darauf, daß jemand mit einem solchen Fahrzeug nach Deutschland eingereist ist«, sagte er. »Aber das hat nichts zu sagen. Sie wissen selbst, solche Überprüfungen brauchen Geduld.«

»Vielleicht gehört der Wagen auch dem Militär«, gab die Blissow zu bedenken, »oder die GUS-Streitkräfte haben ihn gerade abgestoßen, und er ist noch nicht umgemeldet worden.«

»Hoffentlich nicht. Dann wüßte ich nämlich nicht, wo ich eine Auskunft einholen sollte. Außerdem war es ein ziviles Fahrzeug.«

»Dienstwagen für Offiziere«, meinte die Blissow.

»Malen Sie den Teufel nicht an die Wand. Wenn Sie jetzt noch KGB sagen, lege ich auf.«

»Womöglich ist es besser, wenn ich jetzt reinkomme«, meinte die Blissow.

»Nein«, sagte Dietrich Kölling entschieden, »machen Sie alles wie abgesprochen.«

Der Stellvertreter von Jürgen Grützmacher war ein stattlicher Mann mit einem noch stattlicheren Schnurrbart, der offenbar nicht nur den Sport verwaltete, sondern selbst trainierte. Das einzige, was die Blissow sogleich abstieß, waren seine Solariumbräune und das Goldkettchen am Handgelenk. Da das Anpreisen und Verkaufen von Olympischen Spielen, deren Veranstaltungsort noch gar nicht feststand, ein hartes Geschäft war, hatte sich die Blissow für diesen Besuch einen Termin einholen müssen. Ihr Gegenüber war also auf ein Gespräch mit der Kripo vorbereitet.

»Kiefert«, stellte er sich vor und verbeugte sich leicht.

»Herr Doktor Kiefert«, ergänzte die Blissow im Frageton.

»Ach, lassen Sie doch die Formalitäten.« Kiefert versuchte, Verrtrauen zu gewinnen.

Wie überall wurde die Blissow mit Kaffee empfangen, und da Kiefert selbst Raucher war, hatte er einen Aschenbecher auf den runden Tisch drapiert, zu dem er die Blissow geleitete. Der Ascher war mit einer Banderole versehen, auf der in den vier Landessprachen für die Schweizerische Bankgesellschaft geworben wurde.

»Ein Mitbringsel vom Filmfestival in Locarno«, erläuterte Kiefert. »In meiner sündigen Jugend habe ich in der Filmbranche dilettiert.«

»Beim Sport sind Sie sicher besser aufgehoben.«

»Ich bin von Haus aus Jurist. So etwas braucht man hier mehr als jemanden, der etwas vom Sport versteht. Aber auch auf diesem Gebiet bin ich kein Anfänger. Sie haben sich bestimmt über mich informiert und kennen meine Vorgeschichte als Rechtswart des Leichtathletikverbandes.«

Die Blissow nickte vorsichtshalber, obwohl sie davon nichts wußte.

»Leider sind Sie nicht hier, um sich mit mir über die Körperkultur zu unterhalten«, stellte Kiefert betrübt fest. »Der Anlaß Ihrer Visite ist trauriger Natur. Sehen Sie, Sie brauchen eigentlich keine Fragen zu stellen. Sie möchten etwas über Herrn Grützmacher erfahren, unseren verehrten Geschäftsführer.«

»Zum Beispiel interessiert mich der Grund dieser Verehrung« sagte die Blissow lapidar.

»Das ist schnell erklärt. Für Sie als Zeitungsleserin wird es kein Geheimnis sein, daß der erste Geschäftsführer unseres Unternehmens für einige Skandale gesorgt hat. Er hat es wirklich nur gut gemeint, aber insbesondere die Öffentlichkeit hat seine Aktivitäten in den falschen Hals bekommen. Und ganz kann man ihm den Vorwurf des Protektionismus wohl nicht ersparen. Herr Grützmacher hat es sich zum Ziel gestellt, daß wieder Ruhe in unsere Arbeit einkehrt. Dieses Ziel hat er erreicht.«

»Wofür er sich Urlaub verdient hat«, setzte die Blissow hinzu.

»Sie sagen es.« Doktor Kiefert bot ihr eine Zigarette an, die die Blissow ablehnte, weil sie lieber ihre eigenen rauchte.

»Womit beschäftigen Sie sich eigentlich?«

»Mit vielerlei. Wir versuchen, verschiedene Interessenträger für unser Anliegen zu gewinnen: die Industrie, das Baugewerbe, den handwerklichen Mittelstand und natürlich die Bevölkerung. Das verlangt eine besonders sensible Herangehensweise. Viele Menschen sind bekanntlich skeptisch gegenüber Olympia eingestellt, und man muß ihnen diese Angst nehmen, die teilweise begründet ist, aber auch geschürt wird. Wir leisten Überzeugungsarbeit, das heißt, wir werben für die olympische Idee. Ich weiß natürlich, daß die Spiele als Dopiade und Kommerziade in Verruf geraten sind. Das ändert jedoch nichts daran, daß der Gedanke des friedlichen Miteinanders der Völker nichts von seiner ursprünglichen Schönheit verloren hat.«

»Ihr Pathos ist entwaffnend«, sagte die Blissow. »Hoffentlich vergessen Sie vor lauter Edelmut nicht die Vermarktung.«

»Ich will offen sein. Die Spiele sollen der Stadt Berlin

zugutekommen, also streben wir Einnahmen an, die weit über den Ausgaben liegen. Solange Berlin als Austragungsort nicht bestätigt ist, bewegen wir uns auf der Ebene der Sondierung und der Vorverhandlungen. Ich gehe davon aus, daß Berlin den Zuschlag erhält, aber das ist die demokratische Entscheidung des Internationalen Olympischen Komitees, auf die wir nur durch unsere Argumente Einfluß haben. Unsere Argumente sind überzeugend. Ob sie überzeugender sind als die anderer Bewerber, vermag ich nicht zu sagen.«

»Die Konkurrenz ist gnadenlos.«

»So würde ich es nicht formulieren. Jede Stadt, die sich beworben hat, verknüpft damit hohe Erwartungen. Doch wir alle sind gleichberechtigt, und das ist völlig in Ordnung. Glauben Sie, ich mißgönne jemandem die Spiele? Nehmen Sie Casablanca oder Brasilia. Das sind Städte im Trikont, und ich fände es sehr berechtigt, daß die Welt einmal ihre Augen dorthin richtet. Unter schwierigsten Bedingungen versucht man, den Anschluß an die Industrienationen zu schaffen, und das sollte unbedingt gewürdigt werden. Nur, es wird auch nach dem Jahr 2000 Olympische Spiele geben.«

Die Blissow blickte unverwandt auf den Olympiamanager, der sich in Begeisterung geredet hatte, und wartete auf eine Fortsetzung seiner Hymne. Die blieb jedoch aus, weil Doktor Kiefert sich offenbar verausgabt hatte.

»Ich wäre Ihnen verbunden, wenn wir den Olymp verlassen und uns den Niederungen des Alltags widmen könnten«, sagte sie nach einer Pause.

»Aber gern. Entschuldigen Sie, ich wollte Sie nicht belehren oder gar agitieren.«

»Meine Frage kommt mir plötzlich platt vor«, sagte

die Blissow. »Ich hätte nämlich gern gewußt, wo Herr Grützmacher seinen wohlverdienten Urlaub verbringt.«

»Darüber ist er mir keine Rechenschaft schuldig.«

»Unvorstellbar. Ein Mann in seiner Position muß erreichbar sein.«

»Ist er ja. Über seine Familie.«

»Die weiß auch nichts.«

»Nein?« Doktor Kiefert tat erstaunt.

»Nein«, wiederholte die Blissow. »Er soll in Dänemark sein.«

»Was soll ich sagen.« Doktor Kiefert zuckte die Achseln. »Wenn sein Urlaub endet, wird er schon wieder auftauchen. Er hat bereits mehrere Termine für den ersten Arbeitstag. Wichtige Termine im Senat.«

»Er hat mit keinem Wort erwähnt, wohin es ihn zieht?«

»Dänemark ist eigentlich kein Urlaubsziel für den Winter«, entgegnete Doktor Kiefert.

»Jedem Tierchen sein Pläsierchen. Sie haben meine Frage nicht beantwortet.«

Doktor Kiefert schien zu überlegen, dann schüttelte er den Kopf.

»Er hat nichts erwähnt.«

»Nicht einmal, daß er allein in den Urlaub fahren will?«

»Nein.«

»Ich wiederhole: ohne seine Familie?«

»Ich schwöre Ihnen, daß er mir nichts davon gesagt hat.«

»Schwören Sie lieber nicht.« Die Blissow legte den Kopf in den Nacken und betrachtete ihren Gesprächspartner mit unverhohlener Abwehr. »Wenn Sie es wirklich nicht wissen, dann können Sie auch nicht behaupten, er wäre über seine Familie erreichbar.«

»Sie haben recht.« Doktor Kiefert wich dem Blick der Kommissarin aus, die ihn in die Enge getrieben hatte. »Das war unüberlegt von mir. Ich gestehe, mir über die Erreichbarkeit von Herrn Grützmacher keine Gedanken gemacht zu haben.«

»Es ist herrlich, daß wir schon bei den Geständnissen sind«, sagte die Blissow. »Da muß ich aus meinem Herzen keine Mördergrube mehr machen. Was halten Sie von diesem klassischen Thema, Herr Doktor Kiefert? Mordmotive von Stellvertretern?«

4

Weil er während des Gesprächs, das er mit Holzkamp führen mußte, dessen Gesicht nicht sehen mochte, hatte Jürgen Grützmacher sich und seinen Kompagnon trotz des üblen Wetters zum Öresund chauffieren lassen. Seit einigen Minuten gingen die beiden Männer nebeneinander am Strand entlang, und keiner hatte bisher ein Wort verloren. Holzkamp fror jämmerlich, Jürgen Grützmacher tat so, als ob ihm die Kälte nichts ausmachte.

»Warum ausgerechnet Malmö«, fragte Holzkamp schließlich.

»Weil ich häßliche Angelegenheiten am liebsten an häßlichen Orten bespreche«, entgegnete Jürgen Grützmacher und war sogar ein wenig stolz auf seine Sentenz.

»Es tut mir leid«, sagte Holzkamp so leise, daß es für seinen Nebenmann kaum zu verstehen war.

»Ich frage mich nur«, sagte Grützmacher mit einer Ruhe, die seinen Kompagnon noch mehr verstörte, »ich frage mich nur, wie unsere mörderischen Freunde auf mich gekommen sind. Haben Sie dir ein Angebot gemacht? Für Geld wechselst du doch die Seiten.«

Holzkamp vertrat Jürgen Grützmacher den Weg und packte ihn am Mantelkragen.

»Das traust du mir zu?«

»Natürlich.« Jürgen Grützmacher stieß Holzkamp beiseite und gab sich keine Mühe, seinen Ekel zu verbergen. »Du hast diese angeblich seriöse polnische Agentur angeschleppt, die uns über den Tisch gezogen hat. Die einen deutschen Partner brauchte, um Gelder weißzuwaschen, über deren Herkunft ich nur spekulieren kann. Du warst es, der die beiden Praktikanten nach Berlin geholt hat. Mittlerweile, mein Lieber, haben die Detektive, die für mich arbeiten, mir einiges geflüstert. Natürlich waren diese ominösen Praktikanten bereit, für einen Hungerlohn bei uns zu arbeiten, natürlich. So konnten sie uns wunderbar kontrollieren und ausspionieren. Und als ich aus dem Geschäft aussteigen wollte, haben sie mich beim Gewerbeamt verzinkt. So stehen die Aktien, Johannes. Leider habe ich es zu spät begriffen. IFIMAS wird den Sommer nicht überleben. Dich habe ich in Verdacht, eine hübsche Vermittlungsgebühr kassiert zu haben. Unsere Firma, in der nur ein paar Piepen von dir stecken, war ein großer Fleischtopf für dich.«

Johannes Holzkamp dachte eine Weile nach. Er nahm ein paar Steine vom Boden auf und schleuderte sie ins Wasser, während sich Jürgen Grützmacher eine Zigarette anzuzünden versuchte. Regen und Wind machten sein Vorhaben zunichte.

»Du willst mich rauskanten«, stellte Holzkamp fest.

»Es gibt nichts mehr, wo ich dich rauskanten könnte«, sagte Jürgen Grützmacher. »Jetzt können wir nur noch eines retten, unser Leben nämlich. Deines ist mir egal, aber wie es aussieht, muß ich immer noch mit dir zusammengehen. Falls du nicht tatsächlich längst auf der anderen Seite der Front stehst und in deinem Gefolge die Killer hast. Aber womöglich erledigst du die Sache selbst? Wir stehen beide mit dem Rücken zur Wand. Nun ja, ein Tod am Meer hat etwas Literarisches.«

Jürgen Grützmacher beschleunigte seinen Schritt. Er ging einige Meter vor Holzkamp und bot ihm seinen Rükken dar. Holzkamp holte schnell auf.

»Wenn es wäre, wie du vermutest«, sagte er, »hätte ich bei dieser Erpressungsgeschichte nicht mitgemacht. Ich weiß, daß ich Scheiße gebaut habe. Die Scharte wollte ich jedoch auswetzen, und wenn die IOC-Mitglieder wirklich geblecht hätten, hätte ich keinen Pfennig davon haben wollen. Ich hätte alles in die Firma gesteckt. Du weißt nicht, daß ich vor Scherson auf den Knien gelegen habe, damit er noch mal eine halbe Million zuschießt. Warum wohl? Weil du nicht in der Lage bist, jemanden um etwas zu bitten. Du bist zu stolz, also wollte ich für dich die Drecksarbeit erledigen.«

»Soll ich mich bei dir bedanken? Deine Bettelei war nutzlos. Scherson rückt nichts mehr raus.«

»Du hast das IFIMAS geführt«, sagte Holzkamp und blieb stehen. »Und du hast die Zügel schleifen lassen, als der Job bei Olympia winkte.«

Jürgen Grützmacher wandte sich um.

»Soll das ein Vorwurf sein?«

»Das soll ein Vorwurf sein.« Johannes Holzkamp baute sich vor Jürgen Grützmacher auf, er hatte wieder Oberwasser. »Wir mögen beide Schweine sein, aber du bist die größere Sau. Das Geld hat dich gar nicht so sehr interessiert. Gut, wäre etwas abgefallen, hättest du es eingesteckt, aber eigentlich ging es um etwas anderes.«

»So? Worum dem? Was hat sich dein Spatzenhirn nun wieder ausgemalt?«

»Ich will ehrlich sein; bis zu dem Zeitpunkt, da Robert ermordet wurde, war ich mir nicht sicher, ob deine Informationen etwas taugen. Woher sollte ein kleines Licht wie du in Erfahrung bringen, daß die drei IOC-Mitglieder, die wir jetzt im Visier haben, Bestechungsgelder kassieren? Man kann an solche Informationen herankommen, aber sie sind verdammt teuer. Zwei Tage waren der Jugoslawe, der Russe und der Argentinier in Israel, und alle drei in verschiedenen Hotels. Um ihre Gespräche mit den Chinesen zu überwachen, waren mindestens sechs Leute notwendig, von den Vorrecherchen und von der eingesetzten Technik einmal abgesehen. Die Honorare konntest du nur aufbringen, indem du Firmengelder unterschlugst. Es ist aber vollkommener Blödsinn, das IFIMAS zu ruinieren, um Gelder zu erpressen, mit denen man es wieder saniert. IFIMAS war dir egal, weil du längst an einer anderen Karriere gebastelt hast. Du wolltest nicht die Knete, sondern die Zustimmung der drei IOC-Leute zu Berlin. Mich hast du dafür als Handlanger gebraucht, und wenn hier jemand den anderen umlegt, dann bist du es.«

5

Die Weisung des Chefs von Delikte am Menschen, auf einer Dienstbesprechung ausgesprochen, zwang Dietrich Kölling zu einem seiner Ansicht nach sinnlosen Ausflug ins Polizeipräsidium. Becker begleitete ihn. Im Präsidium am Platz der Luftbrücke residierte im Erdgeschoß der Staatsschutz, und der Kriminaldirektor hatte Dietrich Kölling verpflichtet, an einem Verhör teilzunehmen, das für den Mordfall Grützmacher von Bedeutung sein sollte. Der Vorgeladene war Mitglied eines Bündnisses, das sich Anti Olympia Koordination nannte, und um seiner Haltung zum Staatsschutz Ausdruck zu verleihen, erschien er zu spät zu seinem Termin. Dietrich Kölling und Becker bekamen die Gelegenheit, eine Wochenschrift der Berliner Autonomen durchzublättern, die ihnen ein Oberkommissar Heinrich zur Verfügung stellte. Aus dieser Schrift hatten die Staatsschützer den Jahresbericht der Autonomia AG kopiert, den Dietrich Kölling bereits kannte. Das Blatt enthielt aber noch verschiedene andere Berichte.

»Enormes Themenspektrum«, konstatierte Dietrich Kölling, »dagegen ist ein Gemüseeintopf eine übersichtliche Angelegenheit.«

»Was bewegt denn die Gemüter unseres revolutionären Potentials«, wollte Becker wissen.

»Olympia, sexueller Kindsmißbrauch, die Genmaus, Vergewaltigung, die RAF-Gefangenen, die Roma, Nordirland und der Wagensport.«

»Wagensport?«

»Brandsätze gegen Bonzenautos. Ich darf zitieren:

Daimler Benz flambiert, Faschoauto plattgemacht, Porsche abgefackelt, Klammer auf, Versuch, Klammer zu, sechs Luxuskarossen abgefackelt. Und so weiter und so fort.«

»Ein hartes Los für Oberkommissar Heinrich«, sagte Becker, der den Staatsschützer aus seinem Dienstzimmer treten sah.

»Vor allem für den Personenschutz. Ich möchte nicht wissen, wieviel Personal es bindet, jeder Genmaus einen Bodyguard zu stellen.«

»Wir können dann«, sagte der Oberkommissar.

»Heißen Sie wirklich Heinrich«, fragte Dietrich Kölling. Der Staatschützer schwieg beleidigt.

Ralph Morgenthau, der Antiolympier, war ein später Jüngling, der neben der Ausbeutung durch das Kapital offensichtlich nicht verkraftet hatte, die magische Grenze von dreißig Lebensjahren zu überschreiten. Er war unrasiert, hatte seine Haare zu Rastasträhnen verfilzt und bemühte sich erfolglos, seinen Bierbauch in eine Lederhose zu zwängen; beim Sitzen mußte er den Hosenknopf öffnen. Auf seinem schwarzen T-Shirt prangte eine rote Faust, die ein Hakenkreuz zerschlug, um den Hals trug er ein Palästinensertuch, an den Füßen schwarze Stiefel mit roten Schnürsenkeln. Seine brüchige Lederjacke hatte er über den Stuhl gehängt.

»Darf ich Ihnen zwei Kollegen von der Mordkommission vorstellen«, fragte Heinrich.

»Faschisten«, sagte Morgenthau und drehte sich weg.

»Wo«, fragte Dietrich Kölling interessiert.

Ralph Morgenthau fuhr herum.

»Ihr seid die Faschisten«, erklärte er.

Dietrich Kölling schaute an sich hinab.

»Verzeihen Sie mir«, sagte er, »aber einem ergrauten Herren müssen Sie zubilligen, altmodisch geschnittene Anzüge zu tragen. Ich habe es ja mit solchen Tüchern wie Sie versucht, aber sie stehen mir nicht.«

»Die israelischen Imperialisten vernichten die palästinensische Jugend, und Sie spotten noch.«

»Und das aus dem Munde von jemandem, der Morgenthau heißt.« Dietrich Kölling schüttelte theatralisch den Kopf.

»Ich führe die Vernehmung«, wandte Oberkommissar Heinrich flüsternd ein.

»Bitte sehr, ich will mich nicht vordrängeln.«

Heinrich nahm an seinem Schreibtisch Platz, Dietrich Kölling und Becker setzten sich abseits. Sie hatten das Profil des Antiolympiers im Blick, während er sie nur sah, wenn er den Kopf zur Seite wandte.

»Herr Morgenthau«, begann der Oberkommissar, »uns ist bekannt, daß Sie ein aktives Mitglied der Anti-Olympia-Bewegung sind. Mir liegt eine umfangreiche Dokumentation der Schweizer Polizei vor«, Heinrich pochte mit dem Fingerknöchel auf eine dicke Akte, »die Sie in voller Aktion zeigt. Sie erinnern sich gewiß an Ihre Reise nach Lausanne, wo Sie die Übergabe der Berliner Olympiabewerbung an das IOC stören wollten. Es sind schöne Fotos darunter.« Der Oberkommissar schlug die Akte auf. »Wirklich eindrucksvoll. Herr Morgenthau beim Besprühen eines Lausanner Hotels. Herr Morgenthau, der Farbe in einen Springbrunnen kippt. Herr Morgenthau, aggressive Parolen rufend.«

»Sie haben wohl sprechende Bilder«, fragte Morgenthau wütend. Der Staatsschützer ließ sich nicht aus der Ruhe bringen.

»Ein weiterer Bericht vermerkt, daß Sie sich bei einem Besäufnis im Mehringhof damit gebrüstet haben, an mehreren Buttersäureanschlägen beteiligt gewesen zu sein. Buttersäure scheinen Sie zu mögen, was?«

Morgenthau hielt es für unter seiner Würde, darauf zu antworten.

»Vielleicht haben Sie all das nur für Spaß gehalten, aus Ihren Publikationen geht schließlich hervor, daß auch Lustgewinn zu diesen Aktionen gehört. Ich verzichte darauf, den Schaden zu beziffern, den Sie angerichtet haben, nur soviel, die Millionengrenze ist längst überschritten. Daß Sie allerdings dazu übergegangen sind, Menschen zu töten, finde ich nicht mehr witzig.«

Die Rede des Staatsschützers hatte Eindruck gemacht, und Ralph Morgenthau schaute erst ihn, dann die beiden anderen Kriminalbeamten hilflos an. Dietrich Kölling begegnete seinem Blick mit einem gewichtigen Nicken.

»Was wollt ihr mir anhängen«, fragte der Antiolympier nach einer Schweigeminute.

»Wir haben noch kein Bierchen zusammen gekippt«, meinte der Staatsschützer nur.

»Das wird auch nie geschehen.«

»Dann kommen wir niemals zum Du«, sagte Heinrich. Dietrich Kölling gönnte ihm seinen Triumph. »Herr Morgenthau, die Befragung in dieser netten Runde hat den Mordanschlag auf den Sohn des Geschäftsführers der Olympia Marketing GmbH zum Gegenstand. Nach unseren bisherigen Erkenntnissen galt das Attentat eigentlich dem Vater.« Oberkommissar Heinrich versicherte sich der Zustimmung von seiten der Mordkommission, die ihm gewährt wurde. »Sie müssen verstehen, daß der Verdacht auch auf Ihre Kreise fällt. Das Olympiavideo, das Sie oder Ihre Freunde an die IOC-Mitglieder verschickt haben, endet mit einem Gewaltaufruf. Ich will Ihnen nicht am Zeug flicken; womöglich hat nur jemand in den falschen Hals gekriegt, was Sie niemals beabsichtigt haben. Damit Sie sehen, wie unvoreingenommen wir sind, geben ich Ihnen Gelegenheit, uns Ihre Argumente darzustellen. Auch meine beiden Kollegen wird es brennend interessieren, warum Sie gegen Olympische Spiele in Berlin sind.«

»Wegen der Faschisten«, sagte Morgenthau.

»Schon wieder«, stöhnte Dietrich Kölling.

»Der IOC-Präsident ist ein Faschist. Unter Franco war er ein hohes Tier, sogar Sportminister. Ein Zyniker ist er obendrein. Erst hat er in Barcelona Menschen foltern lassen, und dann veranstaltet er dort Olympische Spiele. Der Mann ist ein so widerliches und korruptes Arschloch, der gehört wirklich umgebracht.«

»Sie halten also Mord für gerechtfertigt«, fragte Heinrich schnell.

»Bei manchen ist es besser. Bloß dieser Grützmacher, der ist doch unbedeutend. Für den ist jede Kugel zu schade. Ein Faschist ist er trotzdem.«

»Paranoide Fixierung«, stellte Dietrich Kölling leise fest.

Ralph Morgenthau hatte es trotzdem gehört.

»Sie haben keine Ahnung. Kurz vor Olympia 1936 hat der Nazi-Innenminister das IOC im Pergamonmuseum empfangen. Nun will Berlin wieder Olympiastadt werden, und was machen die Funktionärsidioten? Sie geben einen Empfang. Für das IOC. Raten Sie mal, wo? Da haben Sie den neuen Faschismus, den keiner wahrhaben will.«

Die Vernehmung dauerte anderthalb Stunden. Oberkommissar Heinrich führte sie nicht ohne Geschick, brach sie dann jedoch ergebnislos ab, weil ihn die Statements von Morgenthau zu nerven begannen. Dietrich Kölling war davon überzeugt, daß der Antiolympier an den Aktionen beteiligt war, die man ihm zur Last legte. Die Beweisdecke war aber mehr als dünn, und schon deshalb blieb Heinrich nichts übrig, als seinen Gast nach Hause zu schicken. Wahrscheinlich würde der Staatsschutz einmal mehr scheitern.

»Deren Konspiration funktioniert noch besser als unsere«, sagte Heinrich voller Resignation, nachdem er Ralph Morgenthau zur Pforte gebracht hatte und wieder in seine abgeschottete Abteilung zurückgekehrt war.

»So wird es sein.« Dietrich Kölling versuchte sich in Mitgefühl. »Mit unserer Sache hat der Bursche sicher trotzdem nichts zu tun. Seine Kumpane auch nicht. Übrigens war das meine Überzeugung von Anfang an.«

»Wahrscheinlich haben Sie recht.« Oberkommissar Heinrich verabschiedete sich. Seine Einladung zum Mittagessen hatten Dietrich Kölling und Becker ausgeschlagen.

»Besuche beim Staatsschutz haben etwas Deprimierendes an sich«, meinte Dietrich Kölling, als er in Beckers Begleitung die Eingangshalle des Präsidiums durchquerte. »Diese Geheimniskrämerei um Gegenstände, die vor vierzehn Tagen durch alle Zeitungen gingen, ist nur die Kehrseite einer tiefen Sinnkrise. Obendrein ist es sehr schmerzhaft, als Antikommunist enttarnt zu werden.«

»Aber das sind Sie doch«, entgegnete Becker.

»Allerdings«, sagte Dietrich Kölling herablassend.

»Obwohl der Antikommunismus die Grundtorheit der Epoche sein soll. Die Rolle des Narren ist meine beste.«

6

Jürgen Grützmacher zögerte tatsächlich einige Sekunden bei dem Gedanken, ob es nicht das Beste sei, Johannes Holzkamp kurzentschlossen um die Ecke zu bringen. Ihm fehlte es jedoch nicht allein an dem erforderlichen Werkzeug, denn mit den Händen mochte er sich nicht an Holzkamp zu schaffen machen, sondern auch an Mut. Einen Menschen einfach zu töten und danach die Flucht zu ergreifen, war seine Sache nicht.

Jürgen Grützmacher setzte seinen Weg am Öresund fort, Holzkamp lief ihm nach wie ein Hund. Plötzlich begann Jürgen Grützmacher zu lachen.

»Wir streiten uns wie zwei Schuljungen, die in ein und dasselbe Mädchen verliebt sind«, stellte er fest, »dabei ist uns offenbar ein Mörder auf den Fersen, und wir sollten überlegen, wie wir unsere Haut retten.«

»Daß die Stettiner nicht koscher sind, habe ich wirklich nicht gewußt«, gab Holzkamp kleinlaut zu. »Mir kam ihr Ansinnen in Ordnung vor.«

»Man darf sich mit dem ehemaligen Ostblock eben nicht einlassen, dort gibt es nur Ganoven«, meinte Grützmacher. »Aber Schwamm drüber. Ich würde lieber in Erfahrung bringen, von welcher Seite die Gefahr kommt. Irgendeiner muß uns auf die Spur gekommen sein.«

»Ich habe nur getan, was wir abgesprochen haben. Es

ist ja in keinem Fall zu einer Geldübergabe gekommen. Jürgen, ich glaube, die haben uns gar nicht ernstgenommen. Die halten sich für unangreifbar.«

»Warum haben sie dann Robert abgeknallt?«

Jürgen Holzkamp dachte nach. Die beiden Männer waren stehengeblieben und schauten auf den Sund.

»Vielleicht steckt etwas anderes dahinter«, gab Holzkamp schließlich zu bedenken. »Die werden doch nicht so blöd sein und den Falschen umbringen.«

»Kann eine Drohung gewesen sein. Motto: Wenn du nicht aufgibst, rotten wir deine Familie aus. Aber selbst wenn wir uns nicht mehr rühren sollten, wissen wir etwas, was wir nicht wissen sollen. Ich bin nicht der Meinung, daß sie uns nicht ernstnehmen. Das IOC ist ein viel zu guter Fischgrund, den gibt man nicht ohne weiteres auf.«

Jürgen Grützmacher ging in die Hocke und bat Johannes Holzkamp mit einer Handbewegung, sich so zu postieren, daß sein Körper den Wind abhielt. Nach mehreren Anläufen gelang es ihm, eine Zigarette in Brand zu setzen.

»Außerdem«, sagte Grützmacher und nahm einen Zug, »außerdem ist das IOC nicht so skandalresistent, wie du glaubst. Eine Krähe hackt zwar der anderen kein Auge aus, aber wenn es zu dick kommt, opfert Samaranch schon mal einen Bauern. Denk an Helmick. Der war Präsident des Olympischen Komitees der USA und saß schon im IOC-Exekutivkomitee. Höher ging es gar nicht mehr, und trotzdem hat der Alte ihn fallengelassen. Niemand hatte etwas dagegen, daß sich Helmick schmieren ließ, bloß wenn das an die große Glocke kommt, wird es ungemütlich im Château de Vidy.«

»Wo?« fragte Holzkamp.

»Im Château de Vidy. In Lausanne. Dem Palermo der Olympiamafia.«

7

»Na«, fragte Dietrich Kölling, »erschöpfende Auskünfte über das Los der Olympiamanager eingeholt?«

Die Blissow streckte die Beine von sich und gähnte.

»Erschöpfend ausschließlich in dem Sinne, daß ich völlig fix und alle bin.«

Dietrich Kölling klaubte ein Bündel Papiertaschentücher aus einer Riesenpackung, die ihm die Sekretärin der Mordkommission aus einem Drogensupermarkt geholt und als ein Schnäppchen bezeichnet hatte, riß es auf und zog ein Taschentuch heraus, das er liebevoll entfaltete. Als er sich geräuschvoll schneuzte, zuckte die Blissow, die abwesend vor sich hinstarrte, erschrocken zusammen.

»Mein Gott«, sagte sie und musterte ihren Chef. »Warum müssen Männer bloß so einen Krach machen, wenn sie sich einen leichten Infekt zugezogen haben.«

»Um die ihnen zustehende weibliche Anteilnahme zu reklamieren«, erklärte Dietrich Kölling und ließ das Taschentuch in seinen Papierkorb fallen.

»Grützmachers Stellvertreter ist ein Phrasendrescher«, behauptete die Blissow unvermittelt, »bei dem ist nichts zu holen außer Kopfschmerzen. Und bei diesem Hockeyklub springt nur eine einzige interessante Figur herum: der Platzwart.«

»Ich denke, der Klub hat kein eigenes Stadion.«

»Nein, aber irgendwo müssen die Jungs schließlich trainieren, oder was dachten Sie?«

»Daß Platzwarte geradezu prädestiniert sind zum Mörder. Wie Gärtner beispielsweise oder Männer mit Hut.«

Dietrich Kölling brauchte abermals ein Taschentuch, die Blissow massierte sich die Schläfen. Als Becker eintrat, empfingen ihn die beiden mit einem gemeinschaftlichen Hustenanfall.

»Nicht so viel rauchen«, riet der Kommissar im Wartestand.

»Zyniker«, sagte Dietrich Kölling. »Bei Ihnen haben wir uns angesteckt. Ich hoffe, Sie bringen Nachrichten, die uns versöhnen.«

»Tut mir leid.« Becker legte Dietrich Kölling einen Bericht auf den Tisch. »Der Halter des Lada ist einfach nicht zu ermitteln. Ich hab sogar eine Anfrage an das Militäroberkommando in Wünsdorf richten lassen, aber die Antwort eignet sich bloß als Makulatur. Die Kooperationsbereitschaft der GUS-Streitkräfte existiert wohl doch nur in Sonntagsreden.«

»GUS-Streitkräfte.« Dietrich Kölling ließ sich das Wort auf der Zunge zergehen und blätterte in den Papieren. »Um die ist es auch still geworden. Wahrscheinlich ist diese ganze Gemeinschaft Unabhängiger Staaten bloß noch eine Briefkastenfirma.«

»Was halten Sie von einer Anfrage bei den befreundeten Diensten«, fragte die Blissow. Dietrich Kölling konnte nicht erkennen, ob sie ihren Vorschlag ernst meinte.

»Nichts«, sagte er. »Es gibt Freunde, die man sich besser vom Leib hält. Außerdem ist der Informationsfluß zwischen uns und den Schlapphüten in der Regel sehr einseitig. Ich möchte nicht, daß wir abgeschöpft werden, ohne etwas davon zu haben.«

»Aber regulär kommen wir an das Kennzeichen nicht heran«, meinte Becker, »und das macht mich rasend. Ich komme mir vor wie ein Ochse vorm geschlossenen Tor.«

»Gott, Becker, Sie Glücklicher, wenn Sie sich bloß so vorkommen«, sagte Dietrich Kölling. »Der Wagen wird schon wieder auftauchen. Ich glaube nicht, daß die beiden Herren nur auf einer Spazierfahrt in Zehlendorf waren. Wir werden ein paar Gartenzwerge in der Nähe von Grützmachers Anwesen aufstellen. Wenn sich die Staatsschützer schon in unsere Arbeit einmischen, können sie auch für uns frieren. Ausrufezeichen. Und nun wieder zu Ihnen, Frau Blissow. Sie wollten mir eine Geschichte von mordenden Platzwarten erzählen.«

»Was sagt Ihnen der Name Reichardt«, fragte die Blissow.

»Reichardt? Nichts.«

»Sollte aber. So heißt nämlich der Platzwart, der den Rasen kurzhält, auf dem Grützmachers jugendliches Hockeyteam dreimal pro Woche trainiert.«

»Das ist zwar äußerst beeindruckend«, sagte Dietrich Kölling, nachdem er sich die Nase geputzt hatte, »aber Sie können von mir nicht verlangen, alle Berliner Rasenmäher zu kennen, selbst wenn sie noch so prominent sind.«

»Der Platzwart ist womöglich ein Nobody, sein Bruder aber nicht. Stichwort: Reichardt & Partner.«

»Ist schon wieder eine rätselhafte Zahlungsanweisung aufgetaucht?«

»Nein, das ist eine Privatdetektei. Ziemlich bekannt.«

»Mir nicht«, sagte Dietrich Kölling nur.

»Noch nicht. Herr Grützmacher jedenfalls wußte darum. Er hat sich in einem unverfänglichen Gespräch mit dem Rasen-Reichardt über den Schnüffel-Reichardt erkundigt. Rein interessehalber. Weil Herr Grützmacher gern wissen möchte, was die Welt im Innersten zusammenhält.«

»Privatdetektive also. Endlich finde ich eine Antwort auf alle meine Fragen.«

»Ein rein philosophisches Bedürfnis nach privaten Ermittlungen hat Grützmacher aber nicht gehabt«, fuhr die Blissow fort. »Er ist nämlich Kunde bei Reichardt & Partner geworden.«

»Ach?« Dietrich Kölling betrachtete eine Zeitlang sein Taschentuch. Dann wandte er sich an Becker. »Sagen Sie mal, Ihr derzeitiger Lebensgefährte ist doch auch Privatdetektiv?«

Becker nickte.

»Kann der sich nicht mal nach dem Ruf dieses Unternehmens erkundigen? Womöglich finden wir jetzt endlich eine Erklärung dafür, wer die Dossiers über das IOC erstellt hat.«

Becker nickte abermals.

»Fein«, sagte Dietrich Kölling. »Sie waren beide sehr fleißig. Kompliment. Ihr vorbildlicher Arbeitseifer hat auch mich angespornt, und trotz meiner schweren Krankheit habe ich zehn bis fünfzehn Schritte über den Flur gemacht. Wir haben nämlich ein Fax bekommen. Von Interpol Kopenhagen.«

»Und?« fragten Becker und die Blissow fast gleichzeitig.

»Gute Nachricht. Herr Grützmacher hat sich in einer dänischen Kleinstadt namens Nykøbing aufgehalten. Nach der Karte zu urteilen, ein Nest. Im Winter dürfte jeder Fremde sofort auffallen.«

»Und die schlechte Nachricht«, verlangte die Blissow.

»Herr Grützmacher ist längst abgereist. Mit unbekanntem Ziel.«

Sechstes Kapitel

1

Um dreiundzwanzig Uhr siebzehn hatten Kommissar Fischbeck und seine Männer ihre Positionen bezogen. Kommissar Fischbeck war beim Staatsschutz für die Überwachungsaufträge zuständig, und am Nachmittag hatte ihm sein Vorgesetzter den Befehl gegeben, das Haus der Familie Grützmacher rund um die Uhr zu bewachen. Fischbeck hatte sich gründlich vorbereitet. Er hatte mit Oberkommissar Heinrich gesprochen, der den linksterroristischen Extremismus bekämpfte oder zu bekämpfen glaubte, er hatte sich mit dem Grützmacher-Fall vertraut gemacht, soweit er die Flanke des Staatsschutzes betraf, und er hatte einem arroganten Schnösel von der Mordkommission die Pläne für das Haus und seine Umgebung aus dem Kreuz geleiert. Mit Frau Grützmacher hatte sich Fischbeck telefonisch in Verbindung gesetzt, weil er zwei seiner Mitarbeiter im Garten postieren wollte. Frau Grützmacher hatte ihre Zustimmung verweigert, und als der Kommissar vor wenigen Minuten am Tor geklingelt hatte, um den Versuch zu unternehmen, sie umzustimmen, war ihm nicht geöffnet worden. Fischbeck verstand die Frau. Sie hatte genug von Mord und Polizei.

An den großen Garten der Familie Grützmacher

schloß sich ein weiteres Wohngrundstück an. Auf der Straße vor diesem Anwesen stand der Wagen mit den Männern, die die Rückfront des Hauses unter Kontrolle halten sollten. Von ihrem Standort aus war das nahezu unmöglich, weil ihnen Bäume und Hecken die Sicht versperrten. Von hinten war das Haus der Grützmacher ungeschützt.

Über Funk rief der Kommissar nach seinen Leuten. Jeder war bereit. Fischbeck lehnte sich zurück, drehte das Autoradio etwas lauter und zündete sich eine Zigarette an. Es begann zu nieseln, und nach wenigen Minuten war es kalt in dem Wagen. Nirgendwo im Haus brannte Licht. Frau Grützmacher war offenbar schon zu Bett gegangen.

Kommissar Fischbeck döste, aber er blieb aufmerksam. Gelegentlich meldete sich einer seiner Posten. Ein Ehepaar kam auf Fischbeck zu, ging vorbei und betrat das Grundstück, dessen Eingang der Kommissar im Rückspiegel sehen konnte. Ein Hund schlug an, ein zweiter antwortete ihm. Aus dem Niesel wurde Regen.

Als Kommissar Fischbeck sich aus seiner Thermoskanne Kaffee in einen Plastikbecher goß, flog das Haus in die Luft.

2

Dietrich Kölling war noch in seinem Büro in der Keithstraße. Er hatte ein langes Telefonat mit einem dänischen Kriminalbeamten geführt, der Aksel Lauridsen hieß und sich nur auf Englisch verständigen konnte. Das hatte ihr Gespräch in die Länge gezogen. Dietrich Kölling hatte immer wieder nachfragen, Lauridsen immer wieder erklären müssen, wie er seine Mitteilungen aufgenommen wissen wollte. Der Däne war derjenige gewesen, der den zeitweiligen Aufenthaltsort von Jürgen Grützmacher ausfindig gemacht hatte. Darüber hinaus hatte er nicht viel Brauchbares, und am Ende war das Telefonat zu einer Plauderei geworden. Dietrich Kölling schrieb die mageren Angaben in einer Gesprächsnotiz nieder. Es blieb dabei, daß Jürgen Grützmacher nach wie vor verschwunden war. Lauridsen hatte Dietrich Kölling in seinem Mordfall kaum vorangebracht, aber er hatte in ihm die Reiselust geweckt. Auch in Dänemark war es kalt und trüb, aber der Gedanke an flache, menschenleere Landschaften verließ Dietrich Kölling nicht mehr.

Auch Becker hatte noch einmal angerufen. Sein Zimmerwirt hatte sich beim Bund Deutscher Detektive nach Reichardt & Partner erkundigt und Auskünfte erhalten, die ein wenig schmeichelhaftes Licht auf das Ermittlungsunternehmen warfen. Reichardt und seine Kompagnons rangierten unter den schwarzen Schafen der Branche. Sie galten zwar als erfolgreich, waren aber bei ihren Kollegen dadurch in Mißkredit geraten, daß sie Aufträge nur aus Profitgründen ablehnten. Wer gut zahlte, konnte alles verlangen. Schlagzeilen gemacht hatte die Detektei, die Filialen in Hamburg und Frankfurt am Main unterhielt, mit einer spektakulären Kindesentführung. Eine Frau aus Pinneberg, die sich nach mehr als zehnjähriger Ehe von ihrem tunesischen Gatten getrennt und das Erziehungsrecht für den gemeinsamen Sohn zugesprochen bekommen hatte, war die Auftraggeberin gewesen. Ihr geschiedener Mann hatte sich nicht damit abfinden können, seinen Stammhalter zu verlieren, hatte ihn auf dem Weg zur Schule abgepaßt, in sein Auto gelockt und kurzerhand nach Tunesien verfrachtet. Ein Jahr lang hatten sich Ministerialbeamte und Botschaftsangehörige ohne viel Hoffnung auf Erfolg darum bemüht, den Jungen zurückzuholen, dann hatte sich die Mutter entschlossen, die Sache selbst in die Hand zu nehmen. Für einen Betrag, der nie publik geworden war, hatte sie Reichardts Hamburger Partner engagiert. Einen Monat später war der Jungen wieder in Pinneberg. Reichardt allerdings hatte bei der Aktion einen Mann verloren, der noch immer in einem tunesischen Gefängnis schmorte und um den sich die Bürokraten nicht kümmerten. Daß Reichardt ihn befreien lassen wollte, war nur ein Gerücht.

Dietrich Kölling packte seine Unterlagen zusammen. Die Detektei würde ein harter Brocken werden. Selbstverständlich konnte jeder Klient erwarten, daß seine Geheimnisse gewahrt blieben, und mit ihrer Schweigepflicht würden sich die Privatermittler herauszuwinden versuchen. Dietrich Kölling hatte nicht oft mit solchen Unternehmen zu tun, und er wußte nicht einmal, ob er ohne weiteres eine Haussuchung gegen sie veranlassen konnte. Außerdem würden die Detektive brisantes Material nicht in ihren Büros aufbewahren. Dietrich Kölling verschloß sein Arbeitszimmer. Er war müde und dachte ans Meer.

3

Kommissar Fischbeck hatte während seiner Ausbildung immer wieder sein Reaktionsvermögen trainieren müssen und war dennoch im entscheidenden Moment handlungsunfähig. Die Explosion war so stark, daß Fenster und Türen aus ihren Rahmen gedrückt wurden und sich sogar das Dach abhob; jedenfalls kam es Fischbeck so vor. Ziegel, Glasscherben und Holzstücke flogen in alle Richtungen davon, einige landeten mit lautem Krachen auf dem Dach von Fischbecks Wagen, andere zerschmetterten die Seitenfenster. Nach der Schrecksekunde bellten die Hunde der Umgebung wie irr, Menschen kamen aus den Nachbarhäusern auf die Straße gelaufen. Kommissar Fischbeck saß noch immer reglos hinter dem Lenkrad.

Die Menschen auf der Straße schrien hysterisch, rannten konsterniert durcheinander, rüttelten besinnungslos an dem Gartentor zu dem brennenden Haus. Kommissar Fischbeck sah einen seiner Männer herbeieilen, den er dort postiert hatte, wo der Seitenweg in die Hauptstraße mündete. Langsam stieg er aus dem Wagen und winkte den Mann zu sich, obwohl der ohnehin in seine Richtung lief.

»Ich hab die Funkzentrale angerufen«, schrie der Mann, »die lösen Großalarm aus.«

Noch immer gab es in dem Haus kleinere Explosionen.

»Gas«, sagte Fischbeck nur.

Dann hörte er von fern die Sirenen, und ihm wurde schwarz vor Augen.

4

Die Polizei hatte das gesamte Wohngebiet abgesperrt. Dietrich Kölling respektierte die weißrotgestreiften Sicherungsbänder und hielt sich abseits. Er lehnte an seinem Wagen, rauchte und schaute zu, wie sich das Chaos trotz der verzweifelten Versuche der Beamten nicht ordnen ließ. Jedermann war mit irgend etwas beschäftigt, wahrscheinlich ohne zu wissen, was er tat. Nur die Feuerwehr hatte eine sinnvolle Aufgabe gefunden.

Dietrich Kölling trat einen Schritt vor, um Becker und die Blissow ausfindig zu machen. Die beiden hatten sich trotz seiner Warnung in das Durcheinander gestürzt und waren in ihm verschwunden. Viel war von dem Grützmacherschen Haus nicht mehr übrig, die Reste brannten immer noch. Dietrich Kölling begab sich zum Einsatzfahrzeug der GASAG.

»Na?« fragte er.

Der Fahrer zuckte die Schultern.

»Wir haben das Gas abgestellt. In den nächsten Tagen gibt es hier nur Leckereien aus der Mikrowelle.«

»Den Leuten wird es ohnehin den Appetit verschlagen haben«, stellte Dietrich Kölling fest. Er hatte Oberkommissar Heinrich vom Staatsschutz entdeckt, der einen großen Koffer schleppte. Dietrich Kölling hielt ihn an.

»Scheiße«, sagte Heinrich.

»Jedenfalls haben wir in euren Leuten ein paar brauchbare Zeugen«, meinte Dietrich Kölling. »Die können bestimmt auf die Sekunde genau sagen, wann es passiert ist. Exakte Zeitangaben machen sich immer gut.«

»Die arme Frau.«

»Wenn sie überhaupt im Haus war.«

Den Beamten, der dies sagte, kannte Dietrich Kölling seit dem Nachmittag. Er trug einen maritimen Namen und war beauftragt worden, solange in dieser Gegend auszuharren, bis der weiße Lada wieder auftauchte. Ein großer Verband zierte seinen Kopf.

»Ich verstehe Sie nicht, Herr – Herr Kollege«, sagte Dietrich Kölling.

»Fischbeck. Als ich am Tor klingelte, machte sie jedenfalls nicht auf.«

»Das wundert mich nicht. Es gehört zu diesem Drama, daß jemand verschwindet.«

»Aber gegen achtzehn Uhr hatte ich noch Kontakt mit ihr. Telefonisch. Sie verlangte, daß wir sie in Ruhe lassen. Sie müsse sich sammeln. Morgen wird der Sohn beigesetzt.«

Dietrich Kölling betrachtete eine Weile den jungen Kommissar, der zitterte wie Espenlaub, dann wandte er seine Aufmerksamkeit dem Koffer zu, den Heinrich auf dem Boden abgesetzt hatte. Er stieß mit der Fußspitze gegen ihn, aber der Koffer bewegte sich nicht einen Millimeter.

»Vielleicht war es nur ein Unfall«, meinte er nachdenklich. »Frau Grützmacher war wieder einmal betrunken, hat irgend etwas auf den Herd gesetzt, das überkochte und die Flamme löschte.«

»Wo befindet sich die Küche«, wollte Fischbeck wissen.

»Neben der Haustür.«

»Dann hätte sie Licht machen müssen. Das Haus war aber die ganze Zeit dunkel.«

»Möglich, daß genau das die Explosion ausgelöst hat. Daß sie den Lichtschalter betätigte, meine ich.«

»Wenn es eine Gasexplosion war«, sagte Heinrich.

Dietrich Kölling nickte.

»Wenn es eine Gasexplosion war. Fischbeck?«

Der Überwachungsspezialist stand augenblicklich still.

»Sie haben doch eine Karte von mir bekommen. Zeigen Sie mir mal, wo Sie Ihre Leute aufgestellt hatten.«

Fischbeck hatte die Karte in seinem Wagen, der immer noch vor dem Anwesen der Grützmacher stand, umringt von Neugierigen, eingekeilt von den Feuerwehren. Während er sie holte, kehrte Dietrich Kölling zu seinem Auto zurück. Oberkommissar Heinrich hatte den Koffer wieder aufgenommen und seinen Weg fortgesetzt. Bekker tauchte kurz hinter einem Sanitätsfahrzeug auf, schaute sich suchend um und verschwand abermals. Dietrich Kölling schaltete die Leuchte an der Wagendekke ein. Als Fischbeck mit der Karte kam und sich auf dem Beifahrersitz niederließ, bot er diesem eine Zigarette an. Fischbeck hatte sich beruhigt, nur seine Hände vibrierten noch.

Fischbeck hatte die Stellen, an denen er seine Mannschaft positioniert hatte, mit Kreuzen in die Karte eingezeichnet. Dietrich Kölling betrachtete sie lange. Der junge Kommissar rutschte nervös wie ein Prüfling auf dem Polster hin und her, wußte nicht, wohin er mit seinen langen, kräftigen Armen sollte, und massierte sich die Oberschenkel. Dietrich Kölling beeindruckte das nicht.

»Immerhin«, sagte er endlich, bevor der Junge einen Kollaps bekam.

»Was meinen Sie?«

»Immerhin konnte man das Haus von allen drei Nachbargrundstücken erreichen und es auf demselben Weg wieder verlassen, ohne bemerkt zu werden.«

5

Nach der Auseinandersetzung mit Holzkamp war Jürgen Grützmacher versöhnlich gestimmt und zeigte sich von seiner generösen Seite. Die beiden Männer waren am Riberborgsstranden fast bis zum Hafen von Limhamm gelaufen. Hungrig von dem weiten Weg an frischer Luft, lud Jürgen Grützmacher seinen Kompagnon kurzerhand zum Essen ein. Von einer Telefonzelle am Limhamnsvägen bestellte er bei City Cab ein Taxi, das sie in die Malmöer Altstadt brachte.

Das Restaurant, in das Jürgen Grützmacher in Holzkamps Begleitung einkehrte, hatte er an seinem Ankunftstag entdeckt. Um sich die Beine zu vertreten, hatte er am Abend Gamla Staden durchstreift und war dabei auf *Fisk och Vin* gestoßen, das sich, keine fünf Minuten von seinem Hotel entfernt, im Haus der Hansacompagnie in der Malmborgsgatan befand. Wenn sich Jürgen Grützmacher schon am Meer aufhielt, dann wollte er auch Fisch essen. Johannes Holzkamp hingegen war mit allem einverstanden, wenn nur der mühsam wiederhergestellte Frieden gewahrt blieb.

Während des Essens sprach Jürgen Grützmacher kein Wort, sondern machte sich über sein gebackenes Schollenfilet her, als hätte er seit Tagen nichts gegessen. Johannes Holzkamp genügte ein Krabbensalat, von dem er die Hälfte übrigließ. Grützmachers Heißhunger verdarb ihm den Appetit.

Beim Kaffee wurde Jürgen Grützmacher wieder gesprächig.

»Nach Berlin kann ich vorerst nicht zurück.«, sagte er.

»Ich etwa nach Frankfurt? Wenn sie dich ausfindig gemacht haben, werden sie auch mir auf der Spur sein.«

»Ich glaube ja nach wie vor, daß sie zuerst an dir dran waren. Dich hielten sie aber für harmlos.« Jürgen Grützmacher lachte. »Wie dem auch sei, wir brauchen Geld.«

»Woher nehmen und nicht stehlen?«

»Deine Sache.« Jürgen Grützmacher winkte dem Kellner, bestellte einen zweiten Kaffee und bat um einen Aschenbecher. Johannes Holzkamp war blaß geworden.

»Meine Sache?« fragte er.

»Du hast doch die Wohnung deiner Mutter geerbt. Verkaufe sie.«

»Aber das kann ich Mutter nicht antun. Außerdem läßt sich eine Wohnung nicht von heute auf morgen veräußern.«

»Johannes Holzkamp«, sagte Jürgen Grützmacher, »ich wußte, daß du selbst Toten gegenüber feige bist. Wir brauchen das Geld nicht von heute auf morgen, noch habe ich Reserven. Vertraue die Sache einem Makler an, und wenn der deine Gemächer losgeschlagen hat, kann er den Betrag auf ein Konto überweisen. Ich gebe dir eine Woche, um nach Frankfurt zurückzukehren, die Angelegenheit abzuwickeln und alles an Geld aufzutreiben, was du auftreiben kannst. Bis zu deiner Rückkehr werde ich mich in Malmö verlustieren. Eine Woche, Johannes, mehr nicht.«

6

Kommissar Fischbeck und sein Gefolge entwickelten einen Arbeitseifer, der seinesgleichen suchte. Gemeinsam mit den Polizeitechnikern machten sie sich daran, jeden Quadratmeter auf den Grundstücken, die an den Garten der Grützmacher stießen, nach Spuren abzugrasen. Mit Befriedigung registrierte Dietrich Kölling, der sich noch immer zurückhielt und mehr mit seiner Nase als mit der Tatortuntersuchung beschäftigt war, daß da jemand eine Scharte auswetzen wollte. Mittlerweile hatte auch die Brandkommission ihre Tätigkeit aufgenommen. Da es wegen der Hitze unmöglich war, sich den noch glühenden Überresten des Hauses zu nähern, beschränkten sich die Kriminalisten darauf, die Umgebung der Brandstätte in Augenschein zu nehmen. Vor dem kommenden Morgen, so hatte Dietrich Kölling von einem Feuerwehrmann erfahren, würde man kaum beginnen können, Schicht um Schicht der verkohlten und vom Wasser verklebten Masse abzutragen, und auch dieser Zeitpunkt war noch ungewiß. Die Spurensuche am unmittelbaren Tatort, wenn es denn ein Tatort war, würde mindestens eine Woche in Anspruch nehmen. Dietrich Kölling hatte damit gerechnet. Falls die Leiche von Frau Grützmacher irgendwo unter den Trümmern lag, bekäme er sie nicht so rasch zu Gesicht.

Alles, was bei der Berliner Polizei etwas zu melden hatte, und alles, was von sich glaubte, der Polizei Vorschriften machen zu können, war auf den Beinen. Zwei Oberstaatsanwälte standen dumm herum, ein Vertreter des Polizeipräsidenten erklärte ihnen gestenreich das

Offensichtliche, der Landeskriminalpolizeidirektor schüttelte angesichts der Verwüstung nur den Kopf, der Chef der Direktion Verbrechensbekämpfung, der den Kniefall vor Becker wohl verwunden hatte, ließ sich vom Einsatzleiter der Feuerwehr einen Überblick über die Lage geben, Dietrich Kölling schaute sich nach einem Fluchtweg um. Seinen direkten Vorgesetzten, den Leiter von Verbrechen am Menschen, hatte er noch nicht entdeckt, es war aber nur eine Frage der Zeit, bis auch er hier aufkreuzen würde. Dietrich Kölling schlich sich davon, doch er kam nicht weit. Der ranghöchste Verbrechensbekämpfer ließ es sich nicht nehmen, ihn zur Rede zu stellen.

»Allmählich wird mir der Druck zu groß«, sagte der Leitende Kriminaldirektor mit einem gereizten Unterton, der vermutlich Dietrich Köllings Absetzbewegung galt.

»Wo drückt es Sie denn«, fragte Dietrich Kölling voller Unschuld.

»Fragen Sie lieber, wer.«

»Das kann ich mir denken.« Dietrich Kölling entfaltete ein Taschentuch und gab einen Trompetenstoß von sich. »Jemand, der ein Interesse an der medienwirksamen Aufklärung oder an der klammheimlichen Vertuschung dieser ganzen Affäre hat, macht Ihnen die Hölle heiß.«

Der Kriminaldirektor packte Dietrich Kölling am Ärmel.

»Lassen Sie bitte Ihre Unterstellungen beiseite. Ihnen ist doch wohl klar, daß sich diese Anschläge nicht nur gegen einzelne Personen, sondern daß sie sich gegen die ganze Stadt richten. Herr Grützmacher ist schließlich nicht irgendwer.«

»Aber den hat es gar nicht getroffen.«

»Weil er im Urlaub ist.«

»Ach, so«, sagte Dietrich Kölling, »Sie wissen also, daß es ihn treffen soll.«

»Was?« Der Kriminaldirektor trat einen Schritt zurück und sah aus, als ob er Dietrich Kölling augenblicklich die Entlassungspapiere aushändigen würde. Dietrich Kölling hob begütigend die Hände.

»Nichts für ungut«, sagte er, »aber Sie glauben doch selbst nicht, daß Jürgen Grützmacher nur in eigenem Auftrag gehandelt hat. Ich habe nur eine Vermutung, was er mit dem Material über die IOC-Mitglieder anfangen wollte, das sein Sohn an die Presse verhökert hat. Diese Vermutung liegt allerdings nahe. Jürgen Grützmacher ist zweifellos nicht irgendwer, aber in seine Funktion berufen wurde er auch nicht von irgendwem.«

»Ich begreife Sie ja.« Der Kriminaldirektor hatte sich wieder beruhigt und zeigte durch ein zwanghaftes Nikken an, daß er auf seiten seines Untergebenen stand. »Im Vertrauen, Herr Kölling, Sie denken, daß unsereiner über bessere Informationen verfügt als Sie. Täuschen Sie sich nicht. Die Politik wird nun einmal hinter verschlossenen Türen gemacht, und da haben auch wir keinen Zutritt.«

»Diese Art Politik zweifellos. Und nun entschuldigen Sie mich.«

Dietrich Kölling hatte längst bemerkt, daß der Kommissar Fischbeck, der im Rücken des Kriminaldirektors stand und nicht näherzukommen wagte, eine Nachricht für ihn hatte. Fischbeck hatte von Zeit zu Zeit den Finger gehoben wie ein Schüler, der die richtige Antwort weiß, aber vom Lehrer ignoriert wird. Dietrich Kölling nahm die Hand des Kriminaldirektors in Empfang, preßte sie heftig und erlöste Fischbeck aus seiner albernen Lage.

»Wir haben Fußabdrücke gefunden«, erklärte der Staatsschutzkommissar seine Ungeduld. »Von zwei Personen, Männern vermutlich.«

»Die haben euch ganz schön ausgetrickst«, sagte Dietrich Kölling und folgte ihm.

7

Während seiner Fahrt von Lausanne nach Genf hatte Alexander Golubow ständig den Lac Léman neben sich. Golubow hatte darauf verzichtet, die Autobahn zu benutzen, obwohl ihn die Uferstraße Zeit kosten würde und Kolzow kein Mann war, den man warten ließ. Der Blick auf den See und auf die Grandes Alpes über dem jenseitigen Ufer rechtfertigte jede Verspätung. Von den Bergen war an diesem diesigen Wintertag allerdings wenig zu sehen. Irgendwo in dem Dunst verbarg sich der Mont Blanc.

In Lausanne hielt sich Golubow nur wegen höfischer Verpflichtungen auf. Eine mittelklassige chinesische Handelsdelegation, die vom französischen Industrieministerium erwartet wurde, vermutlich jedoch nur auf der Ebene von Staatssekretären verhandeln durfte, hatte es sich nicht nehmen lassen, dem IOC-Präsidenten ihre Aufwartung zumachen. Lehnsherr Samaranch hatte sie empfangen wie Fürsten, wie Duodezfürsten nur, aber immerhin. Die Chinesen hatten eine Unmenge von Geschenken abgeladen, aus denen ein Dutzend ledergebundene Farbbildbände mit erhabenen heraldischen Motiven auf dem Einband herausstachen, die sich bei näherer Betrachtung als österreichisches Fabrikat entpuppten und für das Olympische Museum bestimmt waren. Der Präsident hatte die Abgesandten aus dem Reich der Mitte in seinem Hotel bewirtet, man hatte über die unverwechselbaren Schönheiten Pekings geplaudert, natürlich ohne den Platz des Himmlischen Friedens auch nur mit einer Silbe zu erwähnen, dann war die Delegation huldvoll entlassen worden. Samaranch liebte es, bei solchen Anlässen seinen Hofstaat um sich zu versammeln. Golubow, der schon seinen Flug nach Moskau gebucht hatte, mußte ihn verschieben.

In Genf war Alexander Golubow zum erstenmal. Als Kolzow ihn in seinem Lausanner Domizil angerufen hatte, hatte er zuerst ein Treffen in Montreux vorgeschlagen, weil er diesen Ort kannte, sich dann aber eines Besseren besonnen. Zumindest für Schweizer Verhältnisse war Genf eine große Stadt, und Golubow bildete sich ein, in großen Städten sicherer zu sein. Bei seiner Verabredung hatte sich Golubow anhand eines Stadtplanes aus seinem Reiseführer orientiert, auf dem nur die wichtigsten Straßen der City verzeichnet waren. Seine Wahl war auf die Kreuzung gefallen, an der sich Quai und Rue du Mont-Blanc mit der Rue de la Servette trafen. Ob dies eine kluge Entscheidung gewesen war, konnte Golubow noch nicht beurteilen; außer dem Schulwissen darüber, daß Genf einst der Sitz des Völkerbundes gewesen war und nunmehr einige UNO-Behörden beherbergte, kannte er nur den Fußballklub Servette Genève.

Golubow verfuhr sich. Die Karte war so schlecht, daß

er nur eine Ahnung davon hatte, wo er sich eigentlich befand. Da er Französisch sprach, hätte er nach dem Weg fragen können, aber er fürchtete, daß sein Akzent ihn verraten könnte, und so kurvte er durch die Stadt, bog mehrmals falschherum in Einbahnstraßen ein und stellte schließlich seinen Wagen an einer Stelle ab, die er höchstwahrscheinlich nie wiederfinden würde. Aus der Existenz von Parkuhren glaubte er den Schluß ziehen zu dürfen, sich in unmittelbarer Nähe der Genfer Altstadt zu befinden. Er warf vorsichtshalber die für die erlaubte Parkzeit von zwei Stunden vorgesehenen fünf Franken ein, schaute sich um und wählte aufs Geradewohl eine Richtung aus, in die er sich begab. Er war bereits eine Dreiviertelstunde überfällig, und Kolzow war gewiß längst auf dem Weg zurück nach Deutschland. Alexander Golubow fand sich damit ab, als ein gewöhnlicher Tourist auf Stippvisite nach Genf gekommen zu sein.

8

Am Brandort gab es für Dietrich Kölling nichts mehr zu tun. Er hatte die ganze Nacht und noch den Morgen in Zehlendorf verbracht und war derart durchgefroren, daß sich seine Erkältung noch verschlimmert hatte. Mittlerweile war es so hell, wie es an einem verregneten Wintertag werden konnte. Dietrich Kölling ließ sich von der Blissow chauffieren, weil er sich dazu nicht in der Lage fühlte. Die Brandstätte ließ er in Beckers Obhut zurück. Wenn sich etwas Wichtiges fand, konnte er sicher sein, daß Becker ihn sofort unterrichten würde, und das genügte ihm. Keine Minute länger hätte er die Kälte ausgehalten.

Die Blissow verließ die Stadtautobahn beim Spandauer Damm, und Dietrich Kölling bat sie, vor der nächsten Apotheke anzuhalten. Dort kaufte er eine Packung Aspirin und nahm sofort zwei Tabletten, an denen er sich verschluckte. Während sie die Fahrt nach Alt-Moabit fortsetzte, warf die Blissow hin und wieder einen kritischen Seitenblick auf ihren Chef, der in einem fort hustete oder sich die Nase putzte, aber sie sagte nichts. Dietrich Kölling war ihr dafür dankbar. Es fiel ihm schwer, einen klaren Gedanken zu fassen, und Bekundungen von Mitgefühl oder gar die Aufforderung, sich ins Bett zu scheren, hätten ihn nur gestört.

Das Haus in Alt-Moabit, das die Detektei Reichardt & Partner beherbergte, war ein luxussanierter Gründerzeitbau im Besitz einer Immobilienfirma, die alle Wohnräume im Parterre und in der Beletage für gewerbliche Zwecke vermietet hatte. Im Entree blieb Dietrich Kölling stehen, um den Stummen Portier zu studieren. Daß eine Zahnarztpraxis hier ihr Domizil hatte, erkannte er trotz seines gestörten Geruchssinnes sofort; außerdem schnitt sich ein Steuerberater sein Stück vom großen Kuchen ab, bereicherte sich ein Makler am allgemeinen Elend und machte ein Exportkaufmann seinen Reibach. Das Einkommen eines Kriminalkommissars war diesem Haus nicht angemessen.

Reichardt ließ es sich nicht nehmen, die Besucher von der Kriminalpolizei, die er als Kollegen titulierte, persönlich zu empfangen. Auch er verbreitete sich wortreich über den schrecklichen Verlust, den sein Klient Grützmacher erlitten habe, und verfluchte die verantwortungslose Journaille, die den ohnehin gebeutelten Mann obendrein noch ohrfeigte. Von den Dossiers wußte er nichts.

»Wenn Sie unter dem Anschlag auf Robert Grützmacher so sehr leiden«, sagte Dietrich Kölling, der nur mit Mühe an sich hielt, »dann sind Sie uns gewiß gern bei der Aufklärung behilflich.«

»Ohne jeden Zweifel.«

»Fein. Herr Grützmacher hat Ihnen also einen Auftrag erteilt?«

»Wie ich bereits sagte. Er ist einer unserer Kunden.«

»Einer Ihrer besten Kunden«, fragte die Blissow schnell.

»Einer unter vielen«, wies Reichardt sie zurecht.

»Kein großer Auftrag?«

Reichardt winkte ab.

»In welcher Angelegenheit hat Herr Grützmacher Sie denn beauftragt?« erkundigte sich Dietrich Kölling.

»Lieber Herr Kollege«, sagte Reichardt mit einem gewinnenden Lächeln, »das fällt bedauerlicherweise unter unsere Schweigepflicht.«

»Liebster Herr Kollege«, erwiderte Dietrich Kölling und versuchte, den Detektiv an Freundlichkeit noch zu übertrumpfen, »exakt diese Antwort habe ich erwartet.«

»Was soll man machen.«

»Ja, was soll man machen. Niemand weiß etwas. Niemand sagt etwas.«

»Leider«, sagte Reichardt, »aber beim Widerstreit zwischen Pflicht und Neigung siegt bei mir immer die Pflicht.«

»Ja«, sagte Dietrich Kölling unbestimmt und stellte das Sprechen ein. Interessiert widmete er sich der Maserung von Reichardts Schreibtisch, als könnte sie ihm die

Lösung des Mordfalles verraten. Die Blissow schaute aus dem Fenster, Reichardt beobachtete abwechselt den Mann vor seinem Schreibtisch und die Frau am Fenster.

»Und nun?« fragte er.

»Ich werde nachts bei Ihnen einbrechen und in Ihren Unterlagen stöbern.«

Reichardt lachte. Dietrich Kölling lachte mit.

»Nun, denn«, sagte Reichardt, der ein wenig verunsichert wirkte.

Dietrich Kölling nickte gemächlich und blieb sitzen.

»Ich kann Ihnen wirklich nichts sagen. Selbst wenn ich wollte.« Reichardt spielte mit seinem Füllhalter.

»Woher mag Grützmacher die Informationen über die IOC-Mitglieder haben«, fragte Dietrich Kölling.

»Vielleicht sind die gar nicht so geheim, wie die Presse behauptet. Ich habe all diese Artikel gelesen. Nicht sehr aufsehenerregendes Material.«

»Sie meinen also, Herr Grützmacher hat sich die Angaben auf legalem Weg beschafft? Warum lagerte er sie dann in seinem Panzerschrank?«

Reichardt dachte eine Weile nach, dann schüttelte er den Kopf zum Zeichen, daß er zu keinem Ergebnis gelangt sei. Dietrich Kölling musterte ihn aufmerksam, die Blissow trat von hinten an ihn heran.

»Herr Reichardt«, sagte sie, »wenn Sie uns wenigstens die Richtung angeben würden, in die der Auftrag von Herrn Grützmacher ging.«

»Weil Sie es sind.« Der Chef des Detektivbüros tat so, als müsse er eine schwere Entscheidung fällen. »Herr Grützmacher hat auf Vermittlung eines seiner Teilhaber, des Herrn Holzkamp, Kontakt zu einer PR-Agentur in Stettin aufgenommen, die einen deutschen Partner gesucht hat. Uns hat er beauftragt, Untersuchungen über diese Firma anzustellen.«

»Mit welchem Ergebnis?«

»Er hat die Beziehung abgebrochen. Die Agentur war ein unseriöses Unternehmen und profitierte nicht von der Werbung, sondern von Autoschiebereien. Wir konnten das zwar nicht beweisen, aber der Verdacht bestand. Auch die polnische Polizei hatte Ermittlungen aufgenommen.«

»Hatten die zwei polnischen Praktikanten, die beim IFIMAS arbeiteten, mit der Sache zu tun«, wollte die Blissow wissen.

»Wir vermuten, daß sie schlicht und einfach Autodiebe waren, die das IFIMAS als Deckmantel für ihre Operationen nutzten. Als Grützmacher sie rauswarf, rächten sie sich durch eine Anzeige beim Gewerbeamt. Die lief natürlich über Mittelsmänner, über erfolglose Kleinkriminelle, die für ein Trinkgeld zu jeder Denunziation bereit sind. Herr Grützmacher kam mit einem blauen Auge davon.«

»Und das war alles?« fragte Dietrich Kölling enttäuscht.

»Mehr hat Herr Grützmacher bisher nicht von uns verlangt.«

9

Kommissär Brunner vom Kriminalkommissariat drei der Zürcher Stadtpolizei sehnte sich nach dem Feierabend. Da er der ehrenvollen Entlassung aus den Reihen der Sicherheitsbeamten entgegensah, billigte er sich seit Jahren das Recht zu, keine Minute über die Dienstzeit hinaus zu arbeiten. Mittlerweile war er ohnehin zu der Auffassung gelangt, einer durch und durch sinnlosen Beschäftigung nachzugehen; Kommissär Brunner betreute beim KK III die Ausländerangelegenheiten. Er hatte seit seinem Eintritt in die politische Abteilung unzählige von Vorgängen angelegt, hatte Informationen gesammelt und weitergeleitet, hatte einen Staudamm gegen die Subversion errichtet, nur um eines Tages nichts als Haß und Verachtung zu ernten. Urplötzlich war Kommissär Brunners geheimes Wirken in aller Öffentlichkeit breitgetreten worden. Schuld daran war natürlich eine Frau, die sich in die Politik verirrt und als Vorsteherin des Eidgenössischen Justiz- und Polizeidepartements nur Unheil angerichtet hatte. Noch immer kam dem Kommissär die Galle hoch, wenn er daran dachte.

Nichts war mehr wie früher. Eine Parlamentarische Untersuchungskommission hatte monatelang die Räume des Kommissariats besetzt gehalten, hatte das Oberste zuunterst gekehrt und einen Bericht veröffentlicht, der ein solches Aufsehen erregte, daß Brunner schon die Auflösung seiner Abteilung befürchtet hatte. Als der Untersuchungsbericht erschienen war, hatte sich der Kommissär innerlich vom Polizeidienst verabschiedet. Die Linken, von seinen Kollegen als Risikofaktoren eingestuft und überwacht, waren in die Parlamente und sogar in Regierungsämter gelangt, sie machten der Polizei das Leben schwer und betrieben die sukzessive Aushöhlung von Ordnung und Recht. Irgendwann zwar hatten sich die Wogen geglättet, aber Brunner mißtraute der Ruhe. Er sammelte weiterhin Informationen und leitete sie in alle möglichen Richtungen, vorzugsweise allerdings zur Bundespolizei nach Bern, er legte noch immer Vorgänge an, aber der Sturm konnte jederzeit erneut losbrechen. Brunner hatte sich ein kleines Haus in Stäfa zusammengespart; das nächste politische Erdbeben wollte er von dort betrachten, ohne involviert zu sein.

Daß Brunner an diesem Tag nicht zu seinem wohlverdienten Dienstschluß kam, verdankte er den Russen. Seit geraumer Zeit brütete er über einem Bulletin der Kantonspolizei, das an ihn persönlich adressiert war. Über den Mann, den es betraf, besaß Brunner eine Akte.

Der Mann, der sich Alexej Pagodin nannte, war ein Fuchs. Nur ein kleiner Schönheitsfehler war ihm unterlaufen, und der wäre ohne den Überfall auf die Schweizerische Kreditanstalt in Winterthur so unbemerkt geblieben wie seine Einreise. Nach dem Bankraub hatte die Kantonspolizei sofort eine Großfahndung eingeleitet und Straßensperren errichten lassen, und Pagodin war mit seinem Wagen, der ein deutsches Kennzeichen trug, in eine Polizeikontrolle geraten. Nicht etwa, daß ein Russe in einem deutschen Auto saß, war den Beamten aufgefallen; sie hatten bloß Anstoß daran genommen, daß er ohne Mautvignette auf einer Nationalstraße unterwegs gewesen war. Mitunter jedoch machte sich Übereifer bezahlt. Die Beamten stellten einen Strafbefehl aus und notierten sich den Namen des Mannes so, wie er in dessen Paß eingetragen war. Die Mitteilung war innerhalb kürzester Zeit in die Zentrale der Kantonspolizei und von dort auf den Tisch von Kommissär Brunner gelangt, für den schon seit langem feststand, daß Pagodin nur ein Alias war. Die Beamten auf der Straßen konnten das natürlich nicht wissen.

Brunner besaß mehrere Fotos von Pagodin, war diesem aber noch nie begegnet und hatte ursprünglich auch kein Interesse an ihm gehabt. Der Weg zu Pagodin hatte über einen anderen Russen geführt, der eigentlich Georgier war, aber für Kommissär Brunner gab es da keinen Unterschied. Der Georgier war ein Dissident, der vor dem Sowjetregime nach Europa geflohen war und sich vor zehn Jahren in der Schweiz niedergelassen hatte. Allein der Umstand, daß er aus Feindesland kam, war Anlaß für eine Routineüberprüfung gewesen, und so befand sich der Mann von Anfang an in den Unterlagen des KK III. Als er sich dann einer Zürcher Gruppe von Trotzkisten anschloß, die die Kämpfe um das Alternative Jugendzentrum für politische Aktionen benutzt hatten, war Kommissär Brunner auf ihn aufmerksam geworden. In der Überzeugung, es mit einem Agenten zu tun zu haben, der die Eidgenossen gegen die Demokratie aufwiegeln sollte, hatte er ihn jahrelang observieren lassen. Dann war einer der Trotzkisten, der der Weltrevolution abgeschworen hatte, erschlagen in seiner Wohnung aufgefunden worden. Die Mordermittlungen hatten nie zu einem Ergebnis geführt, aber auch der Georgier gehörte zum Kreis der Verdächtigen. Der Renegat hatte ihm die Geliebte abspenstig gemacht, und weder Eifersucht noch politische Motive mochte die Mordkommission ausschließen. Brunner hatte den Fall seinerzeit aus der Sicht des Staatsschutzes bearbeitet. Er hatte den Georgier mit einer Schar von Spitzeln umstellt, die nichts herausbrachten, aber eines Tages das Auftauchen von Pagodin meldeten. Eine Woche später verließ der Georgier die Schweiz. Weder Brunner noch seine Kollegen hatten einen Anlaß, ihn zur Fahndung ausschreiben zu lassen, aber immerhin gaben sie den Behörden der Nachbarländer einen Tip. Die Morduntersuchung wurde schließlich eingestellt, und Brunner hörte nur einmal noch etwas von dem Georgier, als er eine knappe Meldung von der italienischen Gendamerie erhielt, die den Verschwundenen in Südtirol festgestellt haben wollte.

Pagodin jedoch war damals noch ein paar Tage in Zürich geblieben. Brunner hatte überall, wohin sein Arm reichte, Auskünfte einholen lassen, aber niemand hatte etwas über ihn, nicht einmal Interpol, und mit den russischen Behörden stand man nicht in Kontakt. Die Sache wurde abgeblasen trotz eines Ferngesprächs, das Brunner hatte mitschneiden lassen. Der Russe hatte von seinem Hotelzimmer aus nach Brüssel telefoniert und mit einem Mann verhandelt, der nie identifiziert werden konnte. Gegenstand dieser Verhandlung waren laut Telefonprotokoll immerhin fünfzigtausend Franken gewesen.

Ein ereignisreiches Jahr war seit dem vergangen. Nun war Pagodin wieder da.

Kommissär Brunner hatte einen Entschluß gefaßt. Er rief seine engsten Mitarbeiter an, die längst zu Hause bei ihren Familien waren, und befahl ihnen, Pagodin ausfindig zu machen und unter Bewachung zu stellen. Dann fuhr er nach Stäfa.

10

Städte wie Genf gab es in Rußland nicht, und Alexander Golubow, der gerade die putzige Altstadt durchstreifte, war froh darüber. Am meisten irritierte ihn die Sauberkeit, die ihm bewies, daß das französische Element der Westschweiz längst dem deutschen Einfluß zum Opfer gefallen war. Rußlands Städte waren schmuddlig und chaotisch, aber in ihnen lebten Menschen, keine Kehrmaschinen.

In einem der Tabakläden, die von den Schweizern Trafiken genannt wurden, ließ sich Golubow doch den Weg weisen. Beim Gang durch die Altstadt waren ihm so viele Ausländer begegnet, daß er unter ihnen nicht auffallen würde. Golubow war eben einer der unzähligen Touristen, die diese von einem peniblen Kind eingerichtete Puppenstube bewundern wollten. So machte er dem Trafikanten ein Kompliment über seine Stadt, das dieser mit Genugtuung quittierte, verließ den Laden und begab sich eilig zum Treffpunkt, den er in wenigen Minuten erreichte. Kolzow war nicht mehr da.

Golubow zündete sich eine Zigarette an. Er überquerte die Kreuzung und begab sich auf den Quai du Mont-Blanc, der am Genfer See entlangführte. Zwar taten ihm die Füße weh, aber die Gelegenheit zu diesem Spaziergang wollte er sich nicht entgehen lassen. Kolzow kam ihm entgegen.

»Mit Ihnen hätte ich nicht mehr gerechnet«, sagte Golubow zur Begrüßung.

»Zwei Dumme, ein Gedanke«, entgegnete Kolzow und schloß sich seinem Aufftraggeber an, der seinen Weg ohne Unterbrechung fortsetzte.

»Tut mir leid«, sagte Golubow, »ich habe mich schlichtweg verfahren.«

»Keine Ursache. Ich habe mir die Umgebung angesehen. Ortskenntnisse sind immer brauchbar.«

»Sie haben Neuigkeiten für mich?«

»Keine guten. Wir haben Frau Grützmacher ein wenig Feuer unter dem Arsch machen müssen«, Kolzow lachte hämisch, »oder besser gesagt, Feuer in den Achselhöhlen.«

»Ihre Methoden interessieren mich nicht.« Golubow beschleunigte seinen Schritt. »Mir fällt nur auf, daß Sie ziemlich viel Aufsehen erregen.«

»Keine Sorge. Jetzt wissen wir jedenfalls, daß sich ihr Mann in Dänemark befindet. Bloß wo? Die Frau schien das wirklich nicht zu wissen, denn ansonsten hätte sie es uns gesagt. Darauf zumindest können Sie sich verlassen.«

»Was werden Sie nun unternehmen?«

Kolzow antwortete nicht. Ein langhaariger junger Mann, der es offenbar noch eiliger hatte als Golubow, überholte die beiden Spaziergänger. Sein fleckiger Anorak und seine ausgeblichene Jeans paßten nicht zu dieser eleganten Stadt, aber gerade deshalb galt ihm Golubows Sympathie. Der junge Mann wandte sich kurz um und taxierte die lustwandelnden Männer, so als wollte er seine Chancen einschätzen, wenn er sie anbettelte. Offenbar befand er sie für zu gering, denn er wechselte die Straßenseite.

»Dänemark ist zwar ein kleines und überschaubares Land«, erklärte Kolzow, »und wir finden Grützmacher sicher irgendwann. Aber wenn er sich nun versteckt hält? Eine schnelle Lösung wird es jedenfalls nicht geben.«

»Muß es aber«, verlangte Golubow. »Noch sind die entscheidenden Dokumente nicht veröffentlicht worden. Ich nehme daher an, Grützmacher hat sie bei sich. Das bedeutet, daß sie nicht nur den Mann auslöschen müssen, Sie müssen auch diese Papiere vernichten.«

»Ich tue mein Möglichstes«, versprach Kolzow. »Mehr kann ich nicht.«

Alexander Golubow hatte sich zur Umkehr entschlossen. Ihm war kalt, und Hunger hatte er auch. Er bot Kolzow eine Zigarette an, ließ sich Feuer geben und nutzte das Schweigen seines Nebenmannes zum Nachdenken. Auch Kolzow schien mit einer Überlegung beschäftigt zu sein.

Ein paar Meter vor der Rue de Servette blieb Golubow stehen.

»Morgen kann ich Lausanne den Rücken kehren. Ursprünglich wollte ich mich um meine Familie in Moskau kümmern, aber Sie zwingen mich zu einem Abstecher nach Skandinavien.«

»Wenn Sie meinen«, sagte Kolzow unbewegt. »Mich erreichen Ihre Nachrichten wie üblich.«

Die Männer trennten sich grußlos. Golubow fragte einen Passanten nach dem nächsten Restaurant. Der abgerissene Langhaarige stand in einer Gruppe von Kindern und ließ sich offensichtlich etwas erklären.

11

Beckers Nachricht erreichte Dietrich Kölling, als dieser gerade vom Essen kam. Dietrich Kölling hatte sich eine ausgiebige Mahlzeit geleistet, die ihn so träge gemacht hatte, daß er die Treppe zu seiner Etage nur unter erheblichen Mühen bewältigen konnte. Lange würde er an diesem Tag nicht mehr durchhalten. Die Blissow erwartete ihn auf einem Treppenabsatz. Sie hatte ihn heraufkommen sehen und hätte ihm entgegengehen können, aber es bereitete ihr ein diebisches Vergnügen, den qualvollen Aufstieg ihres Chefs nicht zu unterbrechen.

»Jede Stufe verlängert das Leben um drei Sekunden«, behauptete sie fröhlich.

»Dann lieber sterben«, meinte Dietrich Kölling.

»Können Sie haben. Ich habe eine Information von Bekker für Sie, wenn ich Ihnen die mitteile, bekommen Sie einen Schlaganfall.«

»Inwiefern?«

»Weil Sie auf dem Absatz kehrtmachen können. Man hat eine Brandleiche gefunden.«

Siebentes Kapitel

1

Daß das, was da vor Dietrich Kölling und seinen Mitarbeitern auf dem Seziertisch lag und Ähnlichkeit mit einem verbrannten Baumstumpf hatte, Frau Grützmacher gewesen war, hatte der Gerichtsmediziner nur anhand des Gebisses feststellen können. Der Obduzent war gerade mit seiner Arbeit fertig geworden und streifte die Gummihandschuhe ab.

»Es war ein sehr rücksichtsvoller Mörder«, sagte er.

»Rücksichtsvoll?« Becker war entsetzt.

»Er hat die gestiegenen Bestattungskosten berücksichtigt. Für die Dame genügt ein Kindersarg.«

»Sehr geschmackvoller Witz«, meinte die Blissow.

Dietrich Kölling winkte ab.

»Was veranlaßt Sie zu der Annahme, daß es kein Unfalltod war?« wollte er wissen.

»Weil man ihr den Schädel eingeschlagen hat. Sie war noch nicht tot, als man sie verbrannte, aber zumindest bewußtlos. Dreimal hat der Mörder mit einem stumpfen Gegenstand zugeschlagen, vielleicht mit einem Hammer. Oder die Mörder. Das ist Ihre Sache.«

»Die Leiche lag im Keller«, sagte Becker.

»Wo sich Robert eine Bastelecke eingerichtet hatte«, ergänzte Dietrich Kölling.

»Einen Hammer haben wir noch nicht gefunden. Neben der Toten befand sich nur ein Lötkolben.«

Der Obduzent öffnete die Tür zum Nebenraum und gab seiner Assistentin einen Wink. Sie brachte ein weißes Tuch und deckte den Leichnam damit zu.

»Nach der Gewebeuntersuchung und dem toxikologischen Gutachten bekommen Sie meinen Autopsiebericht«, sagte der Gerichtsmediziner. »Und nun entschuldigen Sie mich, mir knurrt der Magen, und ich habe noch sieben weitere Patienten.«

2

Kommissär Brunner spürte in seinem rechten Bein, daß der Luftdruck steigen würde. Auch der Kopfschmerz und der Schleier vor seinen Augen sprachen dafür. Mühsam konzentrierte sich der Kommissär darauf, was seine Untergebenen ihm beim Rapport zu berichten hatten. Drei Männer hatte er auf Pagodin angesetzt, und es war für sie ein leichtes gewesen, den ominösen Russen ausfindig zu machen. Auf der Nationalstraße zwölf zwischen den Abfahrten Fribourg-Süd und Matran hatte eine Streife der Autobahnpolizei seinen Wagen identifiziert und sofort die Kantonspolizeien von Freiburg und Waadt verständigt, die diese Meldung nach Bern und Zürich weiterleiteten. Die Streife verfolgte Pagodin zwar, hielt aber wegen ihres auffälligen Fahrzeugs einen großen Abstand und verlor den Russen einige Kilometer vor dem Autobahndreieck Vevey. Zum Glück für Kommissär Brunner wurde Pagodin allerdings bei Vevey bereits von der Kriminalpolizei aus Lausanne erwartet, die sich sofort an ihn hängte und bis Genf an ihm dranblieb. In der Zwischenzeit konnte Brunner alles Erforderliche in die Wege leiten. Die Schweizerische Luftwaffe war so freundlich, seinen Männern einen Hubschrauber mit Piloten zur Verfügung zu stellen, so daß sie, als absehbar geworden war, daß Pagodin Genf ansteuerte, vor ihm dort eintrafen und ihn in Empfang nehmen konnten. Die Lausanner drehten ab, Brunners Mitarbeiter übernahmen und ließen Pagodin erst dann aus den Augen, als er die Schweiz via Basel verließ.

Pagodin hatte sich in Genf mit jemandem getroffen. Zwei der Beschatter hatten die Begegnung vom Auto aus fotografiert, der dritte, durch seine langen Haare und sein schmutziges Äußeres perfekt getarnt, hatte sich die ganze Zeit in der Nähe der Verdächtigen herumgetrieben. Er hatte von ihrem Gespräch nur mitbekommen, daß es in einer für ihn fremden Sprache geführt worden war, die er für Russisch, Bulgarisch oder etwas Artverwandtes hielt. Als er die beiden Spaziergänger auf dem Quai de Mont-Blanc überholte, hatten sie ihre Unterhaltung eingestellt.

»Wissen wir schon, wer der zweite Mann ist?« erkundigte sich Brunner.

»Das wissen wir«, meldete sich sein Stellvertreter zu Wort. »Er heißt Alexander Golubow, ist ebenfalls Russe und seit 1978 Mitglied des Internationalen Olympischen Komitees.«

»Bitte?« Kommissär Brunner massierte sich Stirn, Schläfen und Nacken. Der Schmerz blieb.

»Mitglied des Internationalen Olympischen Komitees«, wiederholte der Stellvertreter. »Nach dem Treffen mit Pagodin ist er nach Lausanne gefahren, oder besser, zurückgekehrt. Noch am Abend hat er die Empfangsdame seines Hotels beauftragt, seinen für heute vorgesehenen Flug nach Moskau zu stornieren und statt dessen einen nach Kopenhagen zu buchen. Im Moment dürfte er unterwegs nach Kloten sein.«

»Übrigens war er unlängst schon einmal in Zürich«, ergänzte der Langhaarige. »Er kam gerade aus Frankreich und nahm sich in Kloten einen Mietwagen. Der wurde über Nacht aufgebrochen, um das Radio zu stehlen. Herr Golubow hat den Diebstahl bei der Stadtpolizei angezeigt, allerdings erst sieben Stunden, nachdem er ihn entdeckt hatte. Als Begründung gab er an, er hätte einen wichtigen Termin nicht versäumen wollen.«

»IOC-Mitglied«, sagte Brunner nur. Er stand auf und begab sich zu einem Registrierschrank, in dem er die letzten Nummern der *Neuen Zürcher Zeitung* und des *Tagesanzeigers* aufbewahrte, bevor er sie an das Archiv gab. Minutenlang blätterte er in den Zeitungen, und seine Mitarbeiter schauten ihm schweigend zu. Brunner suchte eine Meldung aus Berlin, die er vor einigen Tagen gelesen hatte. Es machte ihm Mühe, sie wiederzufinden. Was in der deutschen Hauptstadt womöglich eine Sensation gewesen war, war den Schweizer Gazetten nur eine Viertelspalte wert.

»Gut«, sagte Kommissär Brunner, als er die Nachricht endlich entdeckt hatte. »Ich brauche den *Spiegel,* den *Stern* und alle wichtigen deutschen Tageszeitungen der vergangenen Woche.«

3

Dietrich Kölling hatte noch einmal mit Aksel Lauridsen in Nykøbing gesprochen, aber nicht mehr erfahren, als er ohnehin wußte, und das war wenig. Es war Vormittag, doch in seinem Büro war es so dunkel, daß er die Deckenlampe eingeschaltet hatte. Vor sich auf dem Schreibtisch lag eine ungeöffnete Zigarettenschachtel, die er mißgelaunt betrachtete. Obwohl sich sein Infekt gebessert hatte, mochte er nicht rauchen.

»Solange wir nicht mit Jürgen Grützmacher sprechen können«, sagte er, »kommen wir nicht voran.«

Becker und die Blissow nickten um die Wette.

»Ich werde nach Dänemark fahren.«

»Aber –« Becker verstummte, als er in Dietrich Köllings Miene jenen Ausdruck von Entschlossenheit wahrnahm, der ihm von jedem Widerspruch abriet.

»Die Dänen haben das Schengener Abkommen nicht unterzeichnet. Man wird Ihnen nicht erlauben, daß Sie dort ermitteln«, wandte die Blissow ein.

»Wer spricht vom Ermitteln? Ich mache Urlaub.«

»Während eines laufenden Falles, der die Polizeiführung zum Kopfstand zwingt? Niemand wird Ihnen jetzt Urlaub genehmigen.«

»Doch«, sagte Dietrich Kölling. »Ich werde den Krankenstand der Berliner Polizei erhöhen.«

»Und wenn der Polizeipräsident einen Krankenbesuch machen möchte«, fragte Becker vorsichtig.

»Dann steht er vor verschlossener Tür.« Dietrich Kölling streckte sich. Die Vorstellung, für ein paar Tage Deutschland zu verlassen, gefiel ihm derart, daß er sogar ein zufriedenes Lächeln zustande brachte. »Außerdem besitzt meine Mutter in Hannover einen großen Garten.«

»Sie denken in seltsamen Sprüngen«, stellte die Blissow fest.

»Keineswegs. Wenn man mich nicht mehr will, kann ich endlich meinen Lebenstraum verwirklichen und als fröhlicher Schrebergärtner Tomaten züchten, die wie Gurken schmecken. Nach nichts.«

4

Kommissär Brunner hatte seinen Stellvertreter und Nachfolger Severin, den er hinter vorgehaltener Hand den Kronprinzen nannte, zu sich bestellt, um mit ihm die deutschen Zeitungen durchzugehen. In Berlin hatte die Nachricht, daß ein Funktionär der Olympia Marketing GmbH über Mitglieder des IOC Daten gesammelt hatte, zu einem Skandal geführt. Die Kommentatoren der Gazetten überboten einander in Spekulationen darüber, welche politischen Parteien hinter der Datensammelei stecken mochten, und alle verdächtigten den Berliner Senat, der Auftraggeber für die Dossiers gewesen zu sein. Der Senat hatte natürlich dementiert, die Parteien, die sich die Macht teilten, gaben sich unschuldig. Alles, so wurde behauptet, sei allein auf dem Mist jenes Funktionärs gewachsen, der Grützmacher hieß und nicht zur Rede gestellt werden konnte. Auf den Sohn des Herrn Grützmacher war ein Mordanschlag verübt, das Haus der Familie war in Brand gesetzt worden.

»Soweit zum Stand der Dinge«, sagte Kommissär Brunner. »Der Name Alexander Golubow, mit dem sich Pagodin in Genf getroffen hat, taucht in dieser Angelegenheit nicht auf.«

»Wurden alle Dossiers veröffentlicht?« fragte Brunners Vize.

»Offenbar nicht. Und was in die Zeitungen geriet, waren nur Auszüge.«

»Ich habe mir unser Material über Pagodin angesehen«, sagte Severin. »Man kann die Sache drehen und wenden, wie man will, an dem Trotzkistenmord scheint er nicht beteiligt gewesen zu sein.«

»Oder auf eine raffinierte Weise.« Brunner rieb sich mit Zeigefinger und Daumen der linken Hand die Nase, was er immer tat, wenn er nachdachte. »Er kannte diesen Georgier, der sang- und klanglos die Schweiz verließ. Vielleicht hat Pagodin ihm zur Flucht verholfen? Vielleicht war er Pagodins Mann? Die Sowjets mochten die Trotzkisten nicht, sie könnten den Georgier als Agent provocateur eingeschleust haben, und Pagodin war der Agentenführer. Fest steht, daß er einige Zeit nach dem Georgier ebenfalls verschwand und nie wieder auftauchte. Bis vor kurzem.«

»Und dieser andere Russe, dieses IOC-Mitglied?«

Kommissär Brunner hob zum Zeichen seiner Ratlosigkeit die Hände.

»Ich weiß es nicht. Der Mann war bei den sowjetischen Kommunisten hoch angebunden. War im Zentralkomitee der KPdSU und gilt als einer der Steigbügelhalter des IOC-Präsidenten. Sie wissen vielleicht, daß sich Samaranch den Ostblockbonzen an den Hals geworfen hat, damit sie seine Wahl forcieren. Nachdem die Russen in Afghanistan einmarschiert sind, wollten sich auch die Spanier am Olympiaboykott für Moskau beteiligen. Samaranch hat das abgeblockt. Zum Dank unterstützten die Sowjets seinen Aufstieg.«

»Das bedeutet doch«, gab Severin zu bedenken, »daß Golubow fest im Sattel sitzt.«

»Wer weiß, Severin, wer weiß. Es gibt Menschen, die mögen es nicht, wenn sie ständig daran erinnert werden, daß sie jemandem zu Dank verpflichtet sind. Aber lassen wir das Rätselraten und rekapitulieren wir die Fakten.«

»Pagodin befindet sich in Deutschland«, sagte Severin.

Brunner nickte.

»Golubow hat kurzfristig seinen Flug nach Moskau abgesagt und ist statt dessen nach Kopenhagen geflogen.«

»Und in Dänemark, mein lieber Severin, soll sich der Olympiamanager Grützmacher aufhalten. Der, wenn wir den Zeitungen Glauben schenken, deshalb nicht zu den Vorgängen um diese merkwürdigen Dossiers befragt werden kann, weil sein Aufenthaltsort unbekannt ist. Was davon zu halten ist, das ist Sache der Deutschen. Mir schwant nichts Gutes.«

Severin überflog noch einmal ein paar der Zeitungsartikel, Kommissär Brunner befaßte sich angestrengt mit seinen Nasenflügeln. Das Parkett, auf dem er sich unversehens befand, war spiegelglatt. Wenn er zu den deutschen Behörden Kontakt aufnahm, ohne die Bundespolizei von seinem zwar schwerwiegenden, aber kaum belegbaren Verdacht in Kenntnis zu setzen, konnte er rasch ausgleiten. In Bern hingegen war man zu einer viel stärkeren Rücksichtnahme auf mögliche diplomatische

Verwicklungen gezwungen, die von Untersuchungen gegen ein IOC-Mitglied ausgelöst werden konnten; wahrscheinlich würde die Bupo Brunners Hinweise auf die lange Bank schieben und den Kommissär zur Zurückhaltung auffordern. Die Schweiz als Gastland des IOC konnte es sich nicht leisten, noch so behutsame Ermittlungen über einen Mann einzuleiten, für dessen Sicherheit sie verantwortlich war; außerdem gingen sie Verbrechen nichts an, die in Berlin verübt worden waren und zu denen keine offizielle Anfrage vorlag. Brunner musterte seinen Stellvertreter, der in den Zeitung blätterte. Dessen Karriere wollte er nicht gefährden. Er selbst hatte nichts zu verlieren, und einen Rüffel von der Bupo konnte er getrost wegstecken.

»Sagen Sie, Severin, Sie haben doch die Rufnummer von diesem Kollegen aus dem Bundeskriminalamt, mit dem wir mal zu tun hatten?«

»Polizeidirektor Fischer«, fragte Severin.

»Richtig. Polizeidirektor Fischer. Bitte suchen sie mir die Nummer heraus.«

6

Nach der Überfahrt von Warnemünde nach Gedser war Dietrich Kölling vollkommen desillusioniert. Gerade jener Teil seiner Reise, auf den er besonders gespannt gewesen war, die Fährpassage, hatte sich als eine langweilige Trödelei erwiesen. Zwei Stunden lang hatte Dietrich Kölling im Zwischendeck gesessen und aus dem Fenster gestarrt, ohne etwas anderes zu sehen als

Wasser und Nebel. Einmal war er auf das Oberdeck ins Freie geklettert, hatte es dort jedoch nur fünf Minuten ausgehalten; selbst sein dicker Wollmantel vermochte die Kälte nicht abzuhalten. Unangenehm war ihm auch seine Reisegesellschaft gewesen, eine Gruppe deutscher Skinheads, die sich mit Tuborg und zollfreiem Whisky vollaufen ließen und teils obzöne, teils patriotische Lieder sangen. Dietrich Kölling hatte nicht gewagt, sie eingehender als aus den Augenwinkeln zu beobachten, und sich gefragt, was wohl passieren würde, wenn die jungen Leute eine Schlägerei anzettelten oder gar jemanden über die Reeling warfen. Polizei oder Grenzschutz schienen nicht an Bord zu sein, und das Personal machte einen großen Bogen um die Truppe.

Auf der nur einige Minuten währenden Fahrt von Gedser nach Nykøbing F. machte er sich vor allem Gedanken darüber, was der Buchstabe hinter dem Städtenamen bedeuten mochte. Er teilte sein Abteil mit einer deutschen Familie, die über intime Landeskenntnisse verfügte und ihm alle möglichen Urlaubserlebnisse ins Gesicht brüllte. Nach dem Buchstaben fragen mochte er sie nicht. Er entschied sich dafür, daß das F für Falster stand, für jene dänische Insel, deren größte Stadt Nykøbing war, ging auf den Gang und rauchte.

Auf dem Bahnhof wurde er von dem dänischen Polizeibeamten erwartet, der Aksel Lauridsen hieß und Kriminalassistent war. Dietrich Kölling hatte sich im Berliner Polizeipräsidium bei verschiedenen Stellen, die für die internationale Arbeit zuständig waren, danach erkundigt, was ein Kriminalassistent war, und schließlich in Erfahrung gebracht, daß es sich um einen Dienstrang handelte, der dem eines deutschen Kommissars entsprach. Das hatte er nicht erwartet. Assistent klang eher nach Hilfskraft.

Aksel Lauridsen erkannte er sofort. Der Kriminalist stand in der Mitte des Bahnsteigs, hatte die Hände auf den Rücken gelegt und reckte den Hals. Zu Dietrich Köllings Erstaunen war er nicht blond, sondern hatte volles, tiefschwarzes und krauses Haar. Er trug einen Islandpullover mit nicht identifizierbaren folkloristischen Motiven, eine sorgfältig gebügelte Stoffhose, Turnschuhe und eine Lederjacke. Der Pullover war so dick, daß die Jacke jeden Augenblick aus den Nähten platzen konnte. Dietrich Kölling winkte ihm.

»Ein herzliches Willkommen der deutschen Polizei«, sagte Aksel Lauridsen in einem Englisch, das Dietrich Kölling für akzentfrei hielt. Er selbst mußte erst in seinem Gedächtnis kramen, um ein paar Worte herauszubringen.

»Ich bin nur ein Polizei«, meinte er und kam sich albern vor.

»Aber nicht der erste deutsche Polizeikommissar, der dänischen Boden betritt.« Aksel Lauridsen griff nach Dietrich Köllings Gepäck, Dietrich Kölling wehrte ab. Den salomonischen Satz des Dänen hatte er nicht begriffen.

Der Kampf um das Gepäck hielt bis in die Bahnhofshalle an, dann ergab sich Dietrich Kölling. Aksel Lauridsen nahm Koffer und Reisetasche und stapfte voraus zu einem altersschwachen Opel, den er auf dem Vorplatz abgestellt hatte. Um den Berliner Kollegen abzuholen, benutzte er offenbar seinen Privatwagen. Dietrich Kölling schwang sich auf den Beifahrersitz, doch kaum hatte er seinen massigen Körper einigermaßen bequem zurechtgerückt, war die Fahrt bereits beendet. Der Kriminalassistent chauffierte den Opel in den Hof vor einem Backsteingebäude, über dessen Tür ein Schild mit der Aufschrift *Politi* angebracht war.

»Brauchen Sie Ihre Taschen?« fragte er. »Wir müssen nämlich in den zweiten Stock.«

Dietrich Kölling schüttelte den Kopf.

In der zweiten Etage der Distriktverwaltung der Polizei hatte die Kriminalabteilung ihren Sitz, und dort fühlte sich Dietrich Kölling sofort heimisch. Schon das Wort Kriminalpolitiet an der Tür hatte einen vertrauten Klang, aber als er obendrein den Tresen sah, hinter dem die Anzeigenbearbeiterin auf Kundschaft wartete, befand er sich wieder in Übereinstimmung mit der Welt. Dietrich Kölling tastete nach seinen Zigaretten. Kriminalassistent Aksel Lauridsen führte ihn in ein kleines, schlauchartiges Zimmer, in dem nebeneinander an der einen Wand zwei Schreibtische und ihnen gegenüber, also im Rücken eines Sitzenden, ein paar Regale standen. Für Menschen war kaum Platz.

»Bitte«, sagte Aksel Lauridsen nur. Dietrich Kölling entledigte sich seines Mantels. »Bitte«, wiederholte der Kriminalassistent und schob ihm einen Ascher zu. »Auch Sie werden im Hotel Falster wohnen. Dort können Sie sich gut in diesen Herrn Grützmacher einfühlen.« Lauridsen schmunzelte. »Ich fürchte trotzdem, daß Sie umsonst gekommen sind.«

»Das fürchte ich nicht. Mein Besuch dient ausschließlich der Rekonvaleszenz.«

»Sie können sich natürlich das Zimmer ansehen. Wir haben es verplompt. Nach Herrn Grützmacher hat niemand mehr darin gewohnt, aber gereinigt wurde es leider. Meine Leute haben nichts gefunden.«

»Gut«, sagte Dietrich Kölling. »Danke.«

»Deutschland und Dänemark sind ja jetzt in einer Gemeinschaft«, meinte Lauridsen und schaute weg, »da hilft man sich gern. Obwohl, früher haben manche Dänen auch der deutschen Polizei geholfen. Mit Spitzelberichten.«

»Früher?«

»Ja, wissen Sie das nicht? Das ganze Land war voll mit Gestapoleuten. Zweitausend dänische Polizisten haben die in Konzentrationslager nach Deutschland gebracht. Nun ja, ist ein halbes Jahrhundert her, also vergessen Sie es.«

7

Alexander Golubow hatte den General erst nach mehreren Anrufen erreicht, und er spürte deutlich die Verwunderung seines Gesprächspartners, als er sich zu einem Besuch anmeldete. Der General war der dänische Vertreter im Internationalen Olympischen Komitee. Mit ihm war Golubow längst nicht so vertraut wie mit anderen IOC-Mitgliedern, und als sie einen Termin verabredet hatten, wußte Golubow noch immer nicht, wie er den Dänen vor seinen Karren spannen konnte, ohne sich Verdächtigungen auszusetzen. Mittlerweile kam ihm sein spontan gefaßter Entschluß für diese Reise unüberlegt und übereilt vor. Der General verfügte zweifellos über gute Verbindungen zur dänischen Regierung und konnte für Golubow allerlei Hebel in Bewegung setzen, wenn er davon zu überzeugen war, daß Jürgen Grützmacher unbedingt ausfindig gemacht werden mußte. Das allerdings konnte schwierig werden. Golubow durfte sich nicht zu weit aus dem Fenster lehnen, wollte er nicht seinen Kopf riskieren. Sobald Kolzows Leute ihren Auftrag erledigt hatten, würde der General mißtrauisch werden, falls er es nicht schon von vornherein war. Immerhin mußte auch er von den Berliner Ereignissen erfahren haben, und Golubows Interesse an Grützmacher würde ihn zumindest irritieren. Alexander Golubow brauchte eine überzeugende Legende. Er hatte dreizehn Stunden Zeit, sie zu erfinden.

8

An Dietrich Köllings erstem Abend in Nykøbing wich Kriminalassistent Lauridsen nicht von dessen Seite. Er brachte ihn ins Hotel, stellte ihn dem Personal vor und speiste mit ihm zu Abend. Über die Polizeiarbeit verlor er kein Wort, und Dietrich Kölling war ihm dankbar dafür. Dietrich Kölling wußte nun, daß Aksel Lauridsen zweiundvierzig Jahre alt und seit fünfzehn Jahren mit einer Frau verheiratet war, die bei der Unibank arbeitete, daß er drei Kinder hatte, eine sechzehnjährige Tochter und zwei Söhne von neun und zwölf Jahren, daß er eigentlich aus Roskilde stammte, nach seiner Ausbildung zum Polizisten aber nach Nykøbing gezogen und dort seßhaft geworden war. Dietrich Kölling beneidete ihn. Er beneidete ihn um das beschauliche Leben in einer Kleinstadt, um den Stolz, mit dem er von seinen Kindern erzählte, und sogar um die Nähe des Meeres. Lauridsen war passionierter Angler, und diese Leidenschaft hatte Dietrich Kölling in seiner Jugend mit ihm geteilt. Schon daher verstand sich von selbst, daß sie Fisch aßen.

Nachdem ihn Lauridsen verlassen hatte, verbrachte Dietrich Kölling noch ein paar Stunden damit, auf dem Bett zu liegen, Musik zu hören und sich immer wieder zu fragen, was er in Dänemark verloren hatte. Sein Zimmer, die 102, war komfortabel eingerichtet; es verfügte über Dusche, Telefon und ein Fernsehgerät, mit dem man alle gängigen deutschen Sender empfangen konnte. Nebenan, in der 101, hatte Jürgen Grützmacher vier Tage gewohnt. Die Untersuchung dieses Raumes hatte sich Dietrich Kölling für den kommenden Vormittag vorbehalten.

Trotz der Kälte schlief Dietrich Kölling bei geöffnetem Fenster und fühlte sich am Morgen ausgeruht wie seit langem nicht mehr. Er duschte heiß und lange, verdrückte zum Frühstück drei Brötchen mit einer Leberpastete, die so exzellent schmeckte, daß er bedauerte, satt zu sein, und trank eine halbe Thermoskanne mit Kaffee leer. Den Schlüssel zum Zimmer 101 hatte er von Lauridsen bekommen, der ihn ermuntert hatte, zu schalten und zu walten, wie er wollte. Ob Lauridsen damit eine Dienstvorschrift verletzte, wußte Dietrich Kölling nicht, aber sicherheitshalber zog er die Frau als Zeugin hinzu, die an der Rezeption arbeitete. Er entfernte das Siegel und sperrte das Schloß auf. Die Empfangsdame folgte ihm voller Respekt.

Das Zimmer glich jenem aufs Haar, in dem Dietrich Kölling abgestiegen war, nur daß alle Spuren fehlten, die auf die Anwesenheit eines Menschen schließen lassen konnten. Der Raum war akkurat gesäubert worden. Man hatte den Boden gesaugt und das Bett frisch bezogen, jedes Staubkrümchen von den Möbeln gewischt und den kleinen Schreibtisch poliert, das Zahnputzglas im Bad glänzte ebenso wie die Konsole unter dem Frisierspiegel, die Handtücher kamen gerade aus der Reinigung. Diese Sauberkeit war geradewegs zum Verzweifeln. Dennoch machte sich Dietrich Kölling daran, jeden Winkel zu durchsuchen. Er rückte die Möbel von der Wand ab, öffnete alle Schubladen und Schranktüren und schaute selbst in der Hausbar nach; er nahm das Bett auseinander, öffnete den Behälter für das Toilettenpapier und faltete die Plastiktüte für die Monatsbinden auseinander, aber das einzige, was er entdeckte, war höchstwahrscheinlich vollkommen bedeutungslos. Auf dem Schreibtisch lag ein Fernsprechverzeichnis, das ausgewählte internationale Vorwahlnummern und die Telefongebühren enthielt. Unter die Ziffernfolge für Deutschland hatte jemand mit Kugelschreiber eine weitere Nummer notiert. Sie war fünfstellig und begann mit einer Null, mußte also ebenfalls eine Vorwahl sein. Dietrich Kölling steckte das Verzeichnis ein. Ob diese Eintragung allerdings von Jürgen Grützmacher oder von einem früheren Gast stammte, vermochte die Frau nicht zu sagen.

Von seinem Zimmer aus rief Dietrich Kölling Becker an.

»Wie steht's«, fragte dieser.

»Im Moment liege ich«, entgegnete Dietrich Kölling, »und ich möchte mein Lebtag nicht mehr aufstehen.«

»Was gefunden?«

»Viel. Einen netten Bullen, der lieber angelt, als Verbrecher zu jagen, ein sehr ruhiges Hotel mit einem ausgezeichneten Frühstücksbuffet und ein Stück Arbeit. Für Sie.«

»Wie immer«, meinte Becker. »Sie aalen sich in der Sonne, und unsereiner muß knüppeln.«

»Als Hauptkommissar habe ich das schließlich verdient. Und es ist wirklich nur ein klitzekleines Stück Arbeit. Schlagen Sie bitte nach, was das für eine Vorwahl ist.« Dietrich Kölling gab die Nummer durch. Nach einer halben Stunde hatte er die Antwort.

»Bad Soden«, sagte Becker. »Bad Soden am Taunus.«

»Und? Sagt uns das was?«

»Mir nicht.«

»Ihnen gebricht es eben an Weltläufigkeit. Bad Soden liegt nicht weit von Frankfurt am Main, und das war bekanntlich der erste Sitz der Grützmacherfirma.«

»Aha«, war alles, was Becker zu bemerken hatte.

»Jetzt wächst sich das kleine Stück Arbeit doch zu einem Brocken aus.«

»Ich verstehe«, sagte Becker. »Grützmacher hat aus Dänemark in Bad Soden angerufen.«

»Das weiß ich nicht.«

»Und wozu brauchten Sie dann meine Auskunft?«

»Das weiß ich nicht.«

»Haben Sie noch weitere obskure Aufträge für mich?«

»Dazu kann ich im Moment nichts sagen.«

»Prima«, meinte Becker. »Hat Bad Soden mehr als tausend Einwohner?«

»Mit Sicherheit.«

»Und Sie wollen alle Bad Sodener kennenlernen, die mit Jürgen Grützmacher bekannt sind.«

»Das ist goldrichtig.«

»Obwohl Sie nicht wissen, ob es solche Bad Sodener überhaupt gibt.«

»Sie denken wirklich selbständig.«

»Na, dann viel Spaß.«

»Wünsch ich Ihnen auch. Wenn Sie Erfolg haben, biete ich Ihnen vielleicht das Du an.«

»Weltläufigkeit«, sagte Becker noch, und Dietrich Kölling nahm an, das sein Gesprächspartner dazu den Kopf schüttelte. »Ich bin doch keine Hündin.«

»Gehen Sie aus der Leitung«, befahl Dietrich Kölling.

9

Als sich Alexander Golubow am Vormittag nach Køge aufmachte, wo der General ein Landhaus besaß, wußte er noch immer nicht, wie er den wirklichen Anlaß seiner Visite verschleiern sollte. Golubow benutzte den Vorortzug der Kopenhagener S-Bahn; das verschaffte ihm die Gelegenheit, noch einmal mehrere Varianten für eine Legende durchzuspielen, ohne sich auf den Straßenverkehr konzentrieren zu müssen. Es war vergebliche Liebesmüh. Irgendwo in diesem Land befand sich Jürgen Grützmacher und führte Dokumente bei sich, deren Veröffentlichung Golubow für immer erledigen würde, und Golubow war nicht in der Lage, seiner habhaft zu werden. Der General, ein mißtrauischer und unbestechlicher Mensch, würde seine Beziehungen nur spielen lassen, wenn Golubow überzeugende Argumente vorbrachte, die ihn zugleich nicht verraten durften. Alles, was er bisher erwogen hatte, hielt einer Prüfung nicht stand. Er konnte sich auf einen Auftrag des IOC-Präsidenten berufen; den General würde es einen Anruf kosten, um ihn der Lüge zu überführen. Golubow konnte moralische Entrüstung vorspiegeln und den festen Willen, den ungeheuerlichen Aktivitäten des Berliner Olympiamanagers einen Riegel vorzuschieben. Der gewaltsame Tod von Jürgen Grützmacher würde auch diesen Vorwand erschüttern.

Nachdem Golubow in Køge eingetroffen war, blieben ihm noch zwei Stunden bis zu seinem Termin beim General. Golubow spazierte durch die kleine, penibel restaurierte Stadt und hatte nach einer halben Stunde alles gesehen, was der Besichtigung wert war. Die Neugierde eines auf Eindrücke versessenen Touristen vortäuschend, hatte er mehrmals die Kirche umrundet und sich nicht gescheut, einen schamlosen Blick in die Innenhöfe der Stadthäuser zu werfen. Mit ihren Galerien, dem eingefärbten Putz und dem Fachwerk wirkten die Seitengebäude dieser Häuser wie die Kulisse eines Freilandmuseums. Begegnete Golubow jemanden, der auf dem Hof seinem Tagwerk nachging, zog er sich schleunigst zurück. Offenbar war man hier an das schmierige Interesse von Gästen gewöhnt, denn entweder nahm man ihn gar nicht zur Kenntnis, oder man nickte ihm freundlich zu. Golubow ekelte sich vor sich selbst.

Mittlerweile waren auch Kolzow und sein Killer in Dänemark eingetroffen. Kolzow hielt sich in der süddänischen Kleinstadt Nykøbing auf, um dort eine Spur zu verfolgen, die kaum ernstzunehmen war. Immerhin hatte er aus Frau Grützmacher herausgebrannt, daß sie und ihr Mann vor etlichen Jahren ein paar Tage Urlaub in dieser Stadt verbracht hatten. Das mußte zwar nichts bedeuten, aber Kolzow stürzte sich sogleich auf den geringsten Anhaltspunkt, um überhaupt etwas zu tun. Wo der Killer residierte, wußte Golubow nicht.

Golubow kehrte ein letztesmal zur Kirche zurück. Er war so ratlos wie bei seiner Ankunft.

10

Soweit dies möglich war, hatte sich Becker bisher vor den Rapporten beim Chef der Mordkommissionen gedrückt und es Dietrich Kölling überlassen, an ihnen teilzunehmen. Seitdem Dietrich Kölling abwesend war und Becker die Geschäfte führte, gehörte das Herumlümmeln in den Sitzungen zu seinem täglich Brot. Vor allem die Erfolglosigkeit der Ermittlungen vergällte es ihm, Morgen für Morgen seine Akten zusammenzuraffen und sie eine Etage hinaufzutragen, sie dort auf den Konferenztisch zu drapieren und den Eindruck emsigen Arbeitens zu vermitteln. Er konnte die herbeigesehnten Fortschritte nicht aus der Tasche zaubern. Natürlich stand die gesamte Riege der Vorgesetzten wegen des Grützmacher-Falles unter besonderem Druck; das Gerücht wußte sogar zu berichten, daß der Regierende Bürgermeister die Mordanschläge zum Gegenstand einer Senatssitzung gemacht hatte. Becker war gern bereit, den Fall an die Landesregierung abzugeben. Die Senatoren waren Weltmeister im Erfinden von Erklärungen für ihr Versagen, sie würden also zumindest sich selbst beruhigen können.

Noch immer war es der Polizei weder gelungen, den zur

Sachfahndung ausgeschriebenen Lada ausfindig zu machen, noch den Aufenthaltsort von Jürgen Grützmacher. Becker beneidete Dietrich Kölling, dem der Absprung aus dem Hexenkessel gelungen war. Ihm machten die Fragen nach Dietrich Köllings Gesundheitszustand das Leben schwer, während der angeblich Erkrankte durch dänische Landschaften spazierte. Niemand glaubte daran, daß Dietrich Kölling tatsächlich krank das Bett hütete, aber noch wahrte sogar der Chef der Mordkommissionen das Schweigen darüber und deckte so seinen Untergebenen.

An diesem Morgen beschäftigte sich die erlauchte Runde mit einem Schreiben vom Bundeskriminalamt, das niemand zu deuten wußte. Der Absender, ein Polizeidirektor namens Fischer, berief sich auf eine Information aus der Schweiz, die das IOC-Mitglied Alexander Golubow und einen Herrn Pagodin betraf. Der Wiesbadener Polizeidirektor hatte bei den russischen Behörden Erkundigungen über Pagodin eingeholt. Ein Pagodin war der Kriminalabteilung im Moskauer Innenministerium unbekannt, aber dennoch vermochte man ihn zu identifizieren; die Schweizer hatten ein paar Fotos von ihm geschossen, und der Mann, der auf ihnen abgebildet war, stand auf der Fahndungsliste. Offenbar hatten die Russen ein großes Interesse daran, ihn aufzuspüren, denn kaum waren die Fotos in Moskau eingetroffen, schickte die dortige Kriminalpolizei sofort zwei ihrer Mitarbeiter nach Wiesbaden. Alexej Pagodin war ein Tarnname. Hinter ihm verbarg sich ein Dmitrij Jegorowitsch Kolzow, der wegen Mordes an seinem Bruder seit anderthalb Jahren gesucht wurde. Er hatte sich seinerzeit ins westliche Ausland abgesetzt, und seitdem hatten die Russen nie wieder von ihm gehört.

Daß die beiden Abgesandten des russischen Innenministeriums hartnäckig über die Umstände des Mordes schwiegen, hatte in Wiesbaden schlafende Hunde geweckt. Polizeidirektor Fischer hatte Fernschreiben an die Polizeiverwaltungen in allen EG-Ländern geschickt und eine Antwort aus Brüssel erhalten. In Brüssel betrieb Kolzow eine Agentur, die Söldner vermittelte. Insbesondere in den früheren Ostblockstaaten rekrutierte er junge, abenteuerlustige Männer, deren Arbeitskraft er in aller Herren Länder verkaufte. Offenbar hatte er eine gute Auftragslage.

»Söldner«, meinte die Hauptkommissarin, deren Kommissariat mit den zerhackten Vietnamesen befaßt war, »Söldner sind ja wohl eine besondere Gattung von Berufsmördern.«

Der Chef der Mordkommissionen, ein Oberrat, nickte zustimmend.

»Allerdings hat ihre Arbeit ein eigenes Profil. Sie töten eher in Kriegen. Attentate sind etwas anderes. Herr Becker, kennen wir diesen Golubow?«

»Grützmacher hatte ein Dossier über ihn im Panzerschrank. Nichts Aufsehenerregendes allerdings.«

»Trotzdem finde ich es seltsam, daß sich ein IOC-Mitglied in Genf mit dem Chef einer Söldneragentur trifft. Dahinter steckt doch mehr als alte Freundschaft.«

»Anzunehmen«, erwiderte Becker.

»Außerdem soll Kolzow als Pagodin in ein Tötungsdelikt verwickelt gewesen sein, das die Zürcher Kripo untersucht hat. Erfolglos. Der Mann hat die Eigenschaft, sich rechtzeitig in Luft aufzulösen. Vor einer Woche ist er jedenfalls nach Deutschland eingereist.«

»Nach Deutschland?« Becker machte große Augen. »Deutschland ist groß.«

»Seine Spur verliert sich in Frankfurt. Dort hat er sich den Wagen gemietet, mit dem er nach Genf gefahren ist, und den er pünktlich wieder abgeliefert hat. Doch das ist noch nicht alles. Wissen Sie, wo sich IOC-Golubow gerade aufhält?«

»Ich bin kein Hellseher«, sagte Becker.

»In Kopenhagen. Oder sonstwo in Dänemark.«

Becker schnellte hoch. Bislang hatte er befürchtet, daß sich alles wieder einmal als eine Anhäufung von Zufällen erweisen könnte, aber die letzte Information bewies ihm, daß die Fährte richtig war. Die Kollegen hatten ihre Blicke auf ihn gerichtet, und verlegen nahm er wieder Platz.

»Haben wir ein Foto von den beiden?« fragte er fast schüchtern.

»Mehrere«, sagte der Oberrat und reichte sie über den Tisch. Er löste die Runde auf, behielt Becker jedoch noch bei sich.

»Sie sollten sofort Herrn Kölling informieren«, riet er.

»Herr Kölling liegt flach.«

»Schon gut«, sagte der Oberrat und winkte ab.

11

Weil er sich erboten hatte, bei der Befragung des Personals behilflich zu sein, kam Aksel Lauridsen am Nachmittag in das Hotel und klopfte Dietrich Kölling aus dem Schlaf. Der war nach seinem Telefonat mit Becker in voller Montur eingenickt und öffnete benommen die Tür. Lauridsen lachte.

»Die gute dänische Landluft«, meinte er.

»Ich werde hier noch in meinen natürlichsten Zustand versinken«, sagte Dietrich Kölling, »den der absoluten Faulheit. Kommen Sie herein.«

Während sich Dietrich Kölling im Bad kaltes Wasser über das Gesicht laufen ließ, nahm Lauridsen auf der Couch Platz. Vor ihm auf dem Tisch lag das Telefonverzeichnis.

»Waren Sie nebenan?« fragte er laut.

»Ja. Aber die Reinigungskräfte waren zu fleißig.« Dietrich Kölling trat in die Diele, öffnete seinen Koffer und nahm ein frisches Hemd heraus. »Nur eine Kleinigkeit habe ich entdeckt, die sich hoffentlich nicht als bedeutungslos herausstellt. Schlagen Sie dieses Verzeichnis auf, das vor Ihnen liegt. Jemand hat von Hand eine deutsche Vorwahlnummer eingetragen. Vielleicht war es Grützmacher.«

»Lassen Sie einen Schriftvergleich machen«, empfahl Lauridsen.

»Erst in Berlin.« Dietrich Kölling wechselte das Hemd.

»Ich könnte das erledigen«, schlug Lauridsen vor. »Herr Grützmacher hat seine persönlichen Angaben auf die Rechnung schreiben müssen, und das Duplikat habe ich im Büro.«

»Mensch, Lauridsen.« Dietrich Kölling kam ein paar Schritte auf den Kriminalassistenten zu, und es sah so aus, als wollte er diesem um den Hals fallen. Doch plötzlich hielt er inne und legte die Stirn in Falten. »Auf der Rechnung stehen doch bloß Buchstaben, und dies ist eine Ziffernfolge. Das läßt sich kaum vergleichen.«

»Abwarten«, sagte Aksel Lauridsen.

Die Befragung der Hotelangestellten erbrachte wenig Neues. Jürgen Grützmacher hatte das Hotel nach dem Frühstück verlassen, war zum Mittagessen zurückgekehrt, hatte sich danach entweder einige Stunden auf seinem Zimmer aufgehalten oder war gleich wieder fortgegangen. Die Empfangsdame hatte ihn einmal in der Stadt an einem Geldautomaten gesehen, aus dem er mehrere Kronenscheine gezogen hatte. Dem Koch war er aufgefallen, als er die Brücke über den Guldborgsund überquerte, die Nykøbing mit dem Nachbarort Sundby verbindet. Ansonsten hatte man ihn nur im Hotel gesehen. Und an seinem Auto auf dem Parkplatz. Bei dem Wagen handelte es sich um einen roten Ford Orion mit dänischem Kennzeichen, an das sich niemand mehr erinnerte. Telefoniert hatte Jürgen Grützmacher allerdings fünfmal. Zwei dieser Gespräche waren nach Kopenhagen gegangen, die übrigen nach Deutschland.

»Also doch«, sagte Dietrich Kölling, als er Aksel Lauridsen zum Ausgang brachte.

Zweieinhalb Stunden war Dietrich Kölling unterwegs, dann hatte er ganz Nykøbing gesehen. Bei seiner Rückkehr war er durchgefroren und schon wieder müde. An der Rezeption tat nunmehr ein bärtiger Mann Dienst, der ihm einen Zettel überreichte. Er enthielt eine Nachricht von Lauridsen. Dietrich Kölling rief sofort an.

»Kommissar Kölling«, Lauridsen schien außer Atem zu sein, »die Reichspolizei hat endlich Grützmachers Auto identifiziert. Einen Mietwagen von einem Kopenhagener Service. Jetzt lichtet sich der Nebel etwas. Grützmacher hat den Wagen an einem Montag um elf Uhr dreißig ausgeliehen und ihn am Freitag um dreizehn Uhr wieder abgeliefert. Um neun Uhr dreißig ist er vom Hotel abgefahren. Vier Stunden braucht man nie und nimmer bis Kopenhagen.«

»Das kann wieder alles und nichts bedeuten«, gab Dietrich Kölling zu bedenken. »Womöglich ist er über Land gefahren, hat irgendwo gegessen. Vielleicht ist er mit jemand zusammengetroffen. Und von Kopenhagen aus kann er in die ganze Welt geflogen sein, falls er sich nicht noch in der Stadt aufhält.«

»Geflogen ist er nicht. Weder von Kastrup noch von einem anderen dänischen Flughafen.«

»Man kann ein Land auf viele Arten verlassen, notfalls sogar zu Fuß.« Dietrich Kölling steckte sich eine Zigarette in den Mund.

»Das hat man sich bei der Reichspolizei auch gesagt«, fuhr Aksel Lauridsen fort. »Sie wissen ja, daß Kopenhagen ein Touristenmagnet ist. Selbst in den Wintermonaten fällt man als Fremder nicht auf. Das ändert sich aber, wenn man mit dem Schiff nach Malmö fährt.«

»Hat er das getan?« Dietrich Kölling vergaß, sich die Zigarette anzuzünden.

»Eine Stewardess hat ihn auf dem Foto wiedererkannt.« Lauridsen legte eine Kunstpause ein. Dietrich Kölling atmete flach. »Sie kann zwar nicht sagen, an welchem Tag Grützmacher das Tragflügelboot nach Malmö benutzt hat, aber sie erinnert sich noch gut an einen Mann, der sie auf Deutsch fragte, ob er mit Mark bezahlen kann.«

»Scheint es eilig gehabt zu haben«, überlegte Dietrich

Kölling, »nicht mal zum Geldabheben ist er gekommen.«

»Vielleicht war ihm jemand auf den Fersen.«

»Ich fahre nach Kopenhagen.« Dietrich Kölling traf seine Entscheidung, ohne lange nachzudenken.

»Aber heute abend müssen Sie mir noch Gesellschaft leisten«, sagte Lauridsen.

»Warum?«

»Meine Frau kocht für Sie.«

12

Als er sich dazu entschlossen hatte, die Verabredung mit dem General unter einem Vorwand abzusagen, und er sich auf der Suche nach einer Telefonzelle befand, hatte Alexander Golubow den rettenden Einfall. Ein Segelschiffmodell, das die Auslage einer Parfümerie zierte, brachte ihn auf den Gedanken. Der General galt als ein fanatischer Segler. Diese Leidenschaft galt es zu nutzen.

Golubow wurde von der Tochter des Generals in Empfang genommen. Der General betätigte sich gerade in der Garage, und als Golubow auf dem Zufahrtsweg auftauchte, wischte er sich die Hände an seiner ausgebeulten Manchesterhose ab und trat auf ihn zu.

»Ihr Besuch überrascht mich«, erklärte er schmunzelnd. »Nach Køge hat sich das IOC noch nie verirrt. Hat man unser Städtchen für Olympische Spiele auserkoren? Das würde ihm wohl nicht bekommen.«

Golubow hob abwehrend die Hände. Der General führte ihn in den Wintergarten und wies ihm einen Platz an einem weißlackierten, runden Tisch zu, der mit einem Kaffeegeschirr gedeckt war. Die Tochter goß Kaffee in die Tassen und legte jedem der Männer ein Stück Sahnetorte auf.

»Ich brauche Ihren Rat«, sagte Golubow und schaute in den Garten. »Schön«, setzte er hinzu.

»Alles mein Werk«, sagte der General und setzte sich ebenfalls. »Den Rat eines Militärs brauchen Sie also. Wollen Sie einen Krieg führen?«

Golubow lachte schallend und hoffte zugleich, daß der General nicht bemerkte, wie schwer ihm dieses Lachen fiel. Der General aber war arglos und leutselig.

»Die Eroberung von Warnemünde gehörte nie zu den Zielen von Rußlands Europapolitik«, sagte Golubow.

»Warnemünde?«

»Ich komme gerade von dort. Sie wissen ja, Rostock will die Segelwettbewerbe austragen, wenn Berlin den Zuschlag für die Spiele 2000 bekommt. Man hat mich gebeten, die Voraussetzungen zu beurteilen, die Warnemünde für die Segeltörns bietet. Ich mußte eine Ortsbesichtigung machen, mir Modelle ansehen und mich mit Schmeicheleien überschütten lassen. Aber man kann mir viel erzählen. Ehrlich gesagt, vom Segeln verstehe ich nichts.«

»Aha«, sagte der General, stand auf und verschwand im Haus. Nach wenigen Augenblicken kehrte er mit einer Literflasche Maltwhisky in den Wintergarten zurück.

Alexander Golubow mußte einen Vortrag von der Kunst des Segelns über sich ergehen lassen, der länger als eine Stunde währte. Der General verließ noch mehrmals seinen Platz, er schleppte Seekarten herbei, studierte mit Golubow den Küstenverlauf vor Warnemünde, konzipierte sogar die Anlage eines Yachthafens und legte die Regattastrecke fest. Am Ende war die Whiskyflasche zu zwei Dritteln geleert, wobei der General den Bärenanteil konsumiert hatte. Seine Augen waren glasig geworden, aber es war nicht sicher, ob der Alkohol das bewirkt hatte oder seine Begeisterung. Erschöpft und glücklich faltete er seine Papiere und lehnte sich zurück.

»Sie sehen also, Warnemünde bietet ausgezeichnete Bedingungen. Ich habe dort übrigens schon an Regatten teilgenommen. Gefällt mir sehr.«

Golubow stimmte ihm eifrig zu.

»Sie bleiben doch zum Abendessen?«

Auch damit war Golubow einverstanden.

13

»Und das alles nur wegen ein bißchen Hüpfen, Springen und Laufen«, sagte Aksel Lauridsen und wiegte sich sacht in seinem Schaukelstuhl. Zur Feier des Tages hatten die Lauridsens ein Holzfeuer in ihrem Kamin entfacht und einen Sessel für den Gast, einen Schaukelstuhl für den Hausherrn vor die Flammen geschoben. Lauridsen paffte eine Pfeife und sah wie ein alter Seebär aus, nicht wie ein Polizist. Dietrich Kölling massierte seinen Bauch. Trotz seines energischen Einspruchs hatte sich Lauridsens Frau noch einmal in die Küche begeben, um eine große Schale mit Bouletten zuzubereiten. Lauridsen füllte zwei Wassergläser zur Hälfte mit Gammeldansk.

»Es werden aus weit geringfügigeren Anlässen Menschen getötet«, meinte Dietrich Kölling und streckte seine Beine aus.

»Haben Sie viel Arbeit?« fragte Frau Lauridsen, die in das Wohnzimmer zurückgekehrt war, um die Teller abzuräumen. Dietrich Kölling prostete Aksel Lauridsen zu und nahm einen großen Schluck.

»Berlin beschäftigt acht Mordkommissionen, und trotzdem können wir kaum aus den Augen gucken.«

»Acht Mordkommissionen.« Frau Lauridsen schüttelte entrüstet den Kopf.

»Unser letzter Mordfall liegt gut zwei Jahre zurück«, erzählte Lauridsen. »Einen älteren Mann, der allein weit draußen auf dem Land lebte, hat es erwischt. Er hat sich einen jungen Burschen aufs Gehöft mitgenommen, vielleicht weil er sich einsam fühlte. Zuerst haben sie Karten gespielt und Bier getrunken, dann hat der Junge den Alten getötet. Raubmord. Geradezu klassische Konstellation. Wir haben die Sache ohne Hilfe von der Reichspolizei aufklären können.« Lauridsen schien darauf stolz zu sein.

»Nun ja, seien Sie froh.« Dietrich Kölling rekelte sich melancholisch in seinem Sessel. »Wenn ich nicht meine Brötchen damit verdienen müßte, würde ich auch sagen, daß jeder Mord einer zuviel ist. Aber ich kann mir nicht vorstellen, meine alten Tage beim Diebstahl zu verbringen. Da bearbeitet mancher Sachbearbeiter zweihundert Fälle gleichzeitig. Nein, dann doch lieber Mord.«

»Polizisten«, sagte Frau Lauridsen nur und schaute ihren Mann an. Sie wußte, wovon sie sprach.

»Noch einen?« Lauridsen hob die Flasche hoch, Dietrich Kölling nickte.

»Von hier aus muß der ganze Krampf um die Olympischen Spiele in Berlin geradezu lächerlich wirken«, vermutete Dietrich Kölling. Frau Lauridsen ging hinaus, kam aber rasch zurück; offenbar wollte sie sich von dem Gespräch nichts entgehen lassen und hatte nur einen Blick auf die Bouletten geworfen. »Hier geht alles seinen beschaulichen Gang, und der ganze Rummel kann den Leuten gestohlen bleiben.«

»So beschaulich ist es nicht«, protestierte Lauridsens Frau. »Ejvind wird bald wieder fahren«, fügte sie erklärend hinzu, als sie den fragenden Blick ihres Mannes auffing.

»Richtig«, sagte Aksel Lauridsen, »Ejvind fährt bald.«

»Entschuldigen Sie«, begann Dietrich Kölling.

»Natürlich, Sie kennen die Interna nicht.« Lauridsen lächelte. »Ejvind ist ein stadtbekannter Säufer. Einmal im Jahr, wenn der Winter zu Ende geht, fährt er zu seiner Schwester nach Kopenhagen. Ganz Nykøbing fiebert mit ihm, ob er auch ankommen wird.«

»Die Berliner sind nicht so leicht zu beeindrucken.« Dietrich Kölling leerte sein zweites Glas, Lauridsen schenkte ihm nach. »Wahrscheinlich würden sie selbst dann zur Tagesordnung übergehen, wenn man den gesamten Senat ausrotten würde.«

»Wäre das ein großer Verlust?« erkundigte sich Lauridsen mit einem Anflug von Schalk, während seine Frau die frischen Bouletten brachte.

»Wahrscheinlich nicht«, gab Dietrich Kölling ernst zurück. Er fischte sich eine Boulette aus der Schüssel und schob sie in den Mund. In der Diele läutete das Telefon. Frau Lauridsen begab sich auf den Flur.

»Ein Kommissar Becker aus Berlin«, rief sie, »für Herrn Kölling.«

Mißmutig schlurfte der Gerufene in die Diele.

»Mensch, Becker, ich verdaue gerade«, schimpfte er.

»Ein paar Nachrichten zum Nachtisch«, fragte Becker aufgeräumt.

»Meinetwegen. Aber nur gute. Und viele. Ein langes Telefonat schädigt Staatskasse und Steuerzahler.«

Becker berichtete von Kolzow und dessen Treffen in Genf, von Golubows Reise nach Kopenhagen, von den Ermittlungen des BKA. Dietrich Kölling hörte ihm mit wachsender Aufmerksamkeit zu, unterbrach nicht einmal seinen Redefluß. Sein Schweigen weckte das Interesse von Lauridsen, der zu ihm an das Telefon trat.

»Soweit dieses«, schloß Becker und legte eine Pause ein.

»Was haben Sie denn noch?«

»Bad Soden«, sagte Becker.

»Fündig geworden?«

»Ich denke schon. Sie kennen Holzkamp, den Teilhaber von Grützmacher. Seine Schwester lebt in Bad Soden, und Holzkamp hat sich mehrere Tage dort aufgehalten. Er hat ein paar Anrufe empfangen, einer zumindest kam von Grützmacher. Die Schwester hat ihn selbst entgegengenommen.«

»Na, dann los, Becker. Nehmen Sie den Mann auseinander.«

»Würd ich gern.«

»Sie würden gern?« Dietrich Köllings Stimme wurde beinahe schrill. »Was soll der Konjunktiv?«

»Holzkamp ist verschwunden.«

»Ach, der auch.« Mehr sagte Dietrich Kölling nicht. Es gelang nicht einmal Lauridsen herauszufinden, ob er enttäuscht war.

»Natürlich wird nach ihm gefahndet.«

»Natürlich.« Dietrich Kölling beendete das Gespräch.

»Wichtige Neuigkeiten«, fragte Lauridsen.

»Sieht so aus, als ob der Countdown beginnt. Und ich fürchte, er wird in Ihrem stillen Land stattfinden.«

14

Alexander Golubow schaffte gerade noch den letzten Zug nach Kopenhagen; zwar hatte ihm der General angeboten, die Nacht in seinem Haus zu verbringen, aber Golubow zog es vor, dessen Gastfreundschaft nicht länger zu beanspruchen. Mit dem Verlauf ihres Gesprächs war Golubow zufrieden. Daß er dem Dänen Gelegenheit gegeben hatte, sich ausgiebig über den Segelsport zu verbreiten, hatte ihm das Herz seines IOC-Kollegen geöffnet, wobei ihm der Malt assistiert hatte. Nach dem Abendessen hatte der General eine weitere Saufrunde eingeläutet. Offenbar trank er selten, aber heftig. Golubow hatte die Gunst der Stunde genutzt und das Gespräch behutsam auf Jürgen Grützmacher und dessen Dossiers gelenkt. Der General teilte seine Entrüstung, unter der sich aber zugleich die Neugierde verbarg; zu gern hätte der Däne gewußt, ob die Berliner auch über ihn eine Akte angelegt hatten und was sie enthielt.

»Um das herauszufinden«, hatte Golubow erklärt, »müßte man dieses Herrn Grützmacher habhaft werden. Offenbar hat ihn sein schlechtes Gewissen in die Flucht geschlagen. Womöglich steckt er aber auch hinter den Anschlägen auf seine Familie.«

»So, meinen Sie?« Aus der Entrüstung des Generals war Entsetzen geworden.

»Irgend jemand muß das Material der Presse zugespielt haben, und wer hätte besseren Zugang zu ihm gehabt als Sohn und Frau? Man darf so etwas ja nicht denken, aber wer weiß, vielleicht haben die beiden Grützmacher erpreßt. Manche Familie ist die reinste Hölle.«

»Man hört davon. Schrecklich.« Der General hatte abgewinkt.

»Wenn man mit Herrn Grützmacher sprechen könnte. Unser Präsident hat ein großes Interesse daran, etwas über seine Motive und seine Hintermänner zu erfahren. Ich meine, wenn Berlin mit unlauteren Methoden um seine Bewerbung kämpft, dann sollte man das bei der Entscheidung berücksichtigen.«

»Allerdings.« Der General hatte sich noch ein Glas nachgeschenkt und heftig genickt.

»Grützmacher soll sich in Dänemark aufhalten.«

»Aha. In Dänemark also. Als ob wir ein Paradies für Gauner und Mörder wären.«

»Keine voreilige Verurteilung«, hatte ihn Golubow gebremst.

»Trotzdem. In Dänemark, da muß der Mann doch aufzufinden sein. Wissen Sie was?«

Golubow hatte den Kopf geschüttelt.

»Ich werde meine Fühler ausstrecken. Ich bin mit dem Reichspolizeichef gut bekannt. Vom Segeln«, hatte der Dänengeneral verschmitzt hinzugefügt.

Als Golubow in seinem Kopenhagener Hotel eintraf, war es nach ein Uhr in der Frühe. Er hatte zwischen dem Hauptbahnhof und dem Hotel nur wenige Meter zurückzulegen, aber der Nachtfrost war so stark, daß er durchgefroren an der Rezeption anlangte. Mit dem Schlüssel nahm er eine Nachricht in Empfang. Ohne Rücksicht auf die frühe Stunde wählte Alexander Golubow auf seinem Hotelzimmer jene Nummer in Brüssel, die für seine Kontaktnahme mit Kolzow reserviert war. Das Ergebnis des kurzen Gesprächs war eine Telefonnummer in Nykøbing. Golubow bekam Kolzow an den Apparat.

»Großmutter war hier«, sagte dieser. Seine Stimme klang nicht verschlafen, wahrscheinlich hatte er auf Golubows Anruf gewartet.

»War?« Golubow streckte sich mit einem arroganten Lächeln auf seinem Bett aus.

»Ich halte das für einen Glücksfall«, meinte Kolzow.

»Glücksfall? Ich entnehme dem, was Sie sagen, daß Großmutter abgereist ist.«

»Nach Kopenhagen.«

»Mein Gott«, Golubow täuschte ein verzweifeltes Stöhnen vor, »in welchen Heuhaufen sollen wir denn noch nach der Stecknadel suchen. Kopenhagen ist kein Dorf.«

»Es ist noch etwas anderes im Busch. Ich habe mich äußerst behutsam erkundigt, aber die Leute wirken mißtrauisch. Ich werde das Gefühl nicht los, daß vor mir schon jemand nach Oma gefragt hat.«

»Wunderbar«, sagte Golubow.

»Was ist daran wunderbar?«

»Sie hören von mir«, sagte Golubow und legte auf.

15

Becker hatte die Zehlendorfer Studentin, die auf den weißen Lada aufmerksam geworden war, in die Keithstraße bestellt, wo er ihr die Fotos aus Genf vorlegte. Die Studentin nahm sich Zeit, studierte die Bilder lange und schweigend. Die Blissow warf ihr gelegentlich einen aufmerksamen Blick zu, Becker spielte mit seinem Kugelschreiber. Endlich schüttelte die Studentin den Kopf.

»Der, den Sie den Schlesier nennen, der ist nicht dabei?« fragte Becker und verbarg seine Enttäuschung nicht.

»Nein«, antwortete die Studentin langsam. »Ganz gewiß nicht.«

»Schade«, sagte die Blissow.

»Moment.« Noch einmal betrachtete die Studentin die Fotos, legte sie nebeneinander, schob sie nervös hin und her. »Den einen erkenne ich.«

»Wen?« Becker kam um den Tisch und blickte der Studentin über die Schulter.

»Diesen hier.« Die Frau tippte auf Kolzow.

»Aber er ist nicht der Schlesier?«

»Nein. Das ist der Mann, der den Lada fuhr.«

Achtes Kapitel

1

Die dänische Reichspolizei hielt einen inoffiziell reisenden Berliner Kriminalhauptkommissar offenbar nicht für eine derart bedeutende Persönlichkeit, daß man sie vom Bahnhof abholen mußte. Dietrich Kölling war gezwungen, sein Gepäck in die Empfangshalle zu schleppen, wo er einen Stadtplan und eine deutsche Zeitung erwarb. Nicht weit von dem Kiosk entfernt gab es eine Bank, auf der ein Jugendlicher lümmelte. Dietrich Kölling setzte sich zu ihm und schlug die Innenstadtkarte auf. Weil es ihm Spaß machte, er aber nur selten die Gelegenheit hatte, für sein Wohlergehen Steuergelder zu vergeuden, hatte er sich ein Zimmer im SAS-Hotel Royal reservieren lassen, das sich in der Hammerichsgade befand. Nach der Karte zu urteilen, war es auf einem kurzen Fußweg zu erreichen. Dennoch würde er ein Taxi nehmen.

Obwohl sich Dietrich Kölling in den Stadtplan vertieft hatte, nahm er wahr, daß der Junge ihn von der Seite beobachtete. Wieder einmal wurde ihm bewußt, daß er sich in einem Land aufhielt, von dem er so gut wie nichts wußte: nicht einmal aus jener Sicht, die man die polizeiliche nannte und die einem ohnehin nur ein Zerrbild verschaffte. So vermochte Dietrich Kölling nicht zu sagen, ob der Kopenhagener Hauptbahnhof wie alle Großstadtbahnhöfe, die er kannte, ebenfalls ein Sammelpunkt der Penner, Säufer, Fixer und Stricher war. Dietrich Kölling hielt es für wahrscheinlich. Der Auswurf der Gesellschaft hatte eine seltsame Affinität zu Bahnhöfen, vielleicht weil er es gewohnt war, auf der Flucht zu sein. Der Junge lächelte, als Dietrich Kölling davonging und sich noch einmal nach ihm umdrehte.

Dietrich Kölling schaffte nur sein Gepäck ins Hotel und ließ das Taxi warten. Fünf Minuten später war er bereits an seinem Ziel. Obwohl er in einer Broschüre, die er in der Eisenbahn studierte, gelesen hatte, daß man in Dänemark nur auf Pachttoiletten Trinkgeld gibt, steckte er dem Chauffeur ein Zehnkronenstück zu. Der Fahrer bedankte sich artig in deutscher Sprache, stieg aus und hielt Dietrich Kölling die Tür auf. Mehrmals hatte er seinen Fahrgast skeptisch im Rückspiegel beäugt, nachdem dieser ihn gebeten hatte, zur Reichspolizei zu fahren. Er hatte es eilig davonzukommen.

Dietrich Kölling stand mutterseelenallein auf einem großen Platz von unbeschreiblicher Häßlichkeit, die vermutlich selbst dem abgebrühtesten Bösewicht die Zähne klappern machte. Dieser Platz hieß Polititorvet, was sich Dietrich Kölling, des Dänischen unkundig, mit Polizeimarkt übersetzte. Polizisten wurden allerdings nicht feilgeboten, und der Platz glich eher einem Truppenaufmarschgelände, das man lange nicht genutzt hatte. Die Natur war in ihrem zähen, aber zumeist aussichtslosen Kampf gegen das Menschenwerk siegreich gewesen und hatte den Beton zerstört, aus dessen Rissen schmutziges Gras quoll. Hob Dietrich Kölling den Blick, sah er ein graues, bunkerähnliches Gebäude, das enorme

Ausmaße haben mußte, die man jedoch nur ahnen konnte, weil andere Häuser einen Teil von ihm verdeckten. Der Bunker beherbergte das Kopenhagener Polizeipräsidium. Rechter Hand hingegen hatte die Reichspolizei ihren Sitz. Dietrich Kölling verstand nichts von Architektur und Baustilen, schätzte aber, daß dieses Bauwerk um die Jahrhundertwende errichtet worden war, und zwar nicht für Menschen, sondern für die Ewigkeit.

Der Beamte, zu dem man Dietrich Kölling führte, residierte im zweiten Stock, stellte sich als Møller-Jensen vor und verschwieg diskret seinen Dienstrang; Dietrich Kölling nahm daher an, daß er auf der Stufenleiter der dänischen Polizei wenigstens eine Stufe höher rangierte als ein Hauptkommissar in der Hierarchie der Deutschen. Møller-Jensen war um die zehn Jahre jünger als sein Gast und hatte wahrscheinlich eine Blitzkarriere hinter sich. In Dietrich Köllings Verständnis konnte er nur ein Bürokrat und Reglementsfetischist sein.

»Hatten Sie eine gute Reise?« fragte Møller-Jensen. Dietrich Kölling bejahte.

»Kennen Sie Kopenhagen?«

»Noch nicht.«

»Es wird Ihnen gefallen.«

»I'm afraid«, sagte Dietrich Kölling, weil er keine bessere Vokabel parat hatte.

»Das ist doch kein Grund zur Furcht«, meinte Møller-Jensen mit einem Lächeln, das Dietrich Kölling für herablassend hielt. »Damit Sie eine Vorstellung davon erhalten, mit wem Sie es zu tun haben, sollte ich Ihnen vielleicht erst einmal die dänische Polizeistruktur erläutern.«

Dietrich Kölling nickte voller Eifer. Eigentlich war er

mehr an Jürgen Grützmacher als an einem kostenlosen Unterricht interessiert.

»Sie müssen wissen, daß die dänische Polizei eine reine Staatspolizei ist. In Deutschland gibt es ja eine Bundespolizei und die Länderpolizeien, also einen föderalen Aufbau, was wir in Dänemark nicht kennen. Bei uns untergliedert sich die Polizei nach Distrikten, vierundfünfzig an der Zahl. In Nykøbing haben die Beamten für den 20. Distrikt ihren Sitz, der Falster und Ostlolland umfaßt. In jedem dieser Distrikte haben wir eine Kriminalabteilung, die erst einmal aus eigener Kraft versucht, jedes Verbrechen aufzuklären. Hat man bei Kapitaldelikten nach vierundzwanzig Stunden keinen Erfolg, wendet man sich an die Reichspolizei. Wir schicken dann eines unserer Einsatzkommandos an den Ort des Geschehens. Zur Hilfe, nicht um den Fall zu übernehmen. Ansonsten ist die Reichspolizei für die Spezialaufgaben zuständig, für die großen Fische und den internationalen Aspekt.«

Dietrich Kölling mochte sich nicht länger zusammenreißen und gähnte demonstrativ. Møller-Jensen hielt pikiert inne.

»Ich langeweile Sie«, stellte er betrübt fest.

»Keineswegs«, versicherte Dietrich Kölling ohne große Überzeugunsgkraft. »Ich bin nur ungeduldig, weil ich endlich Jürgen Grützmacher auftreiben will.«

»Das wird schwierig. Sie sind schließlich als Urlauber hier und müssen uns das Handeln überlassen«, sagte Møller-Jensen, zog dann aber doch einen Aktenordner unter einer aufgeschlagenen Zeitung hervor. Offenbar gab es auch bei den Spezialaufgaben, großen Fischen und internationalen Aspekten gelegentlich eine Flaute.

»Viel haben wir nicht«, meinte Møller-Jensen, nachdem er ein wenig in der Akte geblättert hatte. »Herr Grützmacher ist von Berlin nach Kopenhagen geflogen und hat sich noch in Kastrup bei Avis Rent-a-car einen Mietwagen bestellt. Wir haben den Gepäckschein vom Flughafen, nach dem er einen Koffer bei sich hatte, der ziemlich schwer war. Von Kastrup aus muß er sofort nach Nykøbing gefahren sein. Warum er ausgerechnet dorthin wollte, wissen wir nicht; es gibt ja noch andere schöne Kleinstädte in Dänemark. Nach vier Tagen war er wieder in Kopenhagen und gab den Wagen zurück, obwohl er ihn für vierzehn Tage gemietet hatte. Dreißig Minuten später ließ er sich im Touristenbüro beim Hauptbahnhof ein Hotelzimmer vermitteln, und zwar ein ausgesprochen teures im Kong Frederik. In dem Hotel ist er nie gewesen. Statt dessen zog er mit seinem Koffer nach Nyhavn und setzte mit dem Schiff nach Malmö über.«

»Haben Sie Verbindung zu den schwedischen Behörden aufgenommen?« fragte Dietrich Kölling.

»Selbstverständlich. Aber wir haben noch keine Antwort. Die Tragflügelboote brauchen eine Dreiviertelstunde. Der Dienstweg ist länger.«

2

Bereits vier Tage wartete Jürgen Grützmacher auf Holzkamps Rückkehr, und allmählich machte ihm die Untätigkeit nervös. Daß er Witwer geworden war, hatte er nach dem Frühstück in der Lobby seines Hotels erfahren, in der er jeden Tag *Die Welt* durchblätterte. Jürgen

Grützmacher war mittlerweile so erschöpft, daß er auf die Meldung nicht mehr reagieren konnte. Er bemühte sich, ein Gefühl der Trauer in sich zu erzeugen, aber es wollte ihm nicht gelingen. Grützmacher ließ sich einen Cognac bringen. Nicht einmal der am Morgen genossene Alkohol jedoch vertrieb die Kälte aus seinem Inneren.

Wahrscheinlich mußte er sich damit abfinden, daß er die Schlinge schon um den Hals trug. Holzkamp meldete sich nicht; entweder hatte er ebenfalls dran glauben müssen oder er war tatsächlich der Überläufer, für den ihn Grützmacher eine Zeitlang gehalten hatte. Jürgen Grützmacher trat an die Bar. Die Dame hinter dem Tresen musterte ihn skeptisch, verhielt sich aber diskret, wie es ihr Job von ihr verlangte. Sie brachte den bestellten Drink und schwieg Grützmacher an. Damit diesem ihr Schweigen nicht peinlich wurde, polierte sie noch einmal die Gläser, die sie gerade blankgerieben hatte.

Je länger Jürgen Grützmacher darüber nachgrübelte, wohin er auf Nimmerwiedersehen verschwinden sollte, desto absurder kam ihm seine Flucht vor. Man hatte seine Familie ausgerottet, und auch er stand auf der Abschußliste, dabei bedurfte es nur eines entschiedenen Schrittes, um die Gefahr abzuwenden. Sobald eine Zeitung die Protokolle von den Geheimverhandlungen in Tel Aviv veröffentlichte, würde man von ihm ablassen. Er würde für seine Mörder uninteressant werden und sich vielleicht doch eine neue Existenz aufbauen können, wenn Gras über die Sache gewachsen war. Wenn er die beiden Senatsräte, mit denen er die Sammlung von privaten Daten über einflußreiche IOC-Mitglieder verabredet hatte, aus dem Spiel ließ, hielten sie womöglich ihre schützende Hand über ihn.

Holzkamp mußte sich einen eigenen Weg aus dem Dilemma suchen. Mit Holzkamp war Jürgen Grützmacher ohnehin fertig, und es würde dem früheren Freund und Kupferstecher nur zu gut bekommen, hinge er nicht mehr an Grützmachers Rockzipfel.

Jürgen Grützmacher zahlte die Zeche und begab sich vor das Hotel. In Malmö regnete es wieder oder immer noch. Der kalte Seewind hatte aufgefrischt und ohrfeigte Jürgen Grützmacher ohne Unterlaß. Ihm gefiel das. Sturm und Regen machten nüchtern.

3

Dietrich Kölling telefonierte mit Becker.

»Wie war Ihr Tag«, wollte der Kommissar wissen.

»Ich habe eine Lektion über die sprichwörtliche dänische Liebenswürdigkeit erteilt bekommen«, erwiderte Dietrich Kölling. »Ich habe einen Kriminalbeamten kennengelernt, der außerordentlich rücksichtsvoll war und mich nicht spüren lassen wollte, welch einen hohen Posten er innerhalb der Polizei einnimmt. Sie wissen, was ich von Bullen halte, die es zu mehr gebracht haben als bis zum Hauptkommissar. Dieser hier war ausgesprochen nervend, aber ich werde mich rächen.«

»Auf welche Weise?«

»Ich werde sein Portemonnaie leerfressen«, sagte Dietrich Kölling.

»Mein Neid begleitet Sie. Jeden Tag eine Einladung zum Essen würde auch mir gefallen.«

»Ich bin schließlich Tourist, und Touristen zeigt man

nun mal die Sehenswürdigkeiten. Der Oberbeamte hat mir einen schönen Abend in Kopenhagen versprochen, das kann ich ihm nicht abschlagen. Er hat natürlich mehr an Strøget und die kleine Meerjungfrau gedacht und war etwas benommen, als ich ihm einen Kneipenbummel vorschlug. Es soll mehr als zweitausend Restaurants geben, und ich habe mir gewünscht, alle zu besuchen.«

»Er fühlt sich wahrscheinlich auf den Arm genommen«, vermutete Becker. »Wir haben übrigens vor einer knappen Stunde eine Liebesnachricht aus Frankfurt bekommen. Die haben Holzkamp.«

Dietrich Kölling antwortete nicht sogleich. Beckers Mitteilung mußte erst verdaut werden, und das beste Mittel dafür war eine Zigarette. Auch auf die Gefahr hin, daß Becker ungeduldig wurde, durchsuchte Dietrich Kölling die Innentasche seines Mantels nach der Zigarettenschachtel, die er soeben an der Rezeption erworben hatte. Seine Suche hatte keinen Erfolg.

»Lassen Sie Holzkamp ordentlich in die Mangel nehmen«, wies er seinen Mitarbeiter schließlich an.

»Das machen wir selbst. Frau Blissow kümmert sich gerade um die Tickets.«

»Halten Sie mich auf dem laufenden? Vielleicht komme auch ich nach Frankfurt. Mal sehen.« Dietrich Kölling wühlte in seinen Hosentaschen. Er stieß auf ein schmutziges Schnupftuch, ein paar Rechnungen, einen abgebrochenen Zahnstocher und den Schlüssel zu seinem Büro, aber nicht auf Zigaretten.

»Brechen Sie Ihre Zelte in Kopenhagen ab?« erkundigte sich Becker verwundert.

»Grützmacher ist mir immer eine Nasenlänge voraus.

Jetzt soll er sich in Malmö aufhalten, aber wenn ich drüben in Schweden auftauche, ist er bestimmt schon wieder weg. Ich kann seinetwegen keine Weltreise unternehmen.«

»Würden Sie aber gern, nicht wahr?«

Dietrich Kölling hielt es für unter seiner Würde, auf diese Sottise einzugehen.

»Rufen Sie mich jeden Morgen an«, befahl er. Er hatte gerade aufgelegt, als sich der Portier meldete. Er hatte Aksel Lauridsen am Apparat und wollte wissen, ob er durchstellen solle. In einer Phantasiesprache gab ihm Dietrich Kölling seinen Segen.

»Sagen Sie bitte, wer schnüffelt außer Ihnen noch auf der Fährte des Herrn Grützmacher«, fragte Lauridsen gereizt.

»Wie kommen Sie zu dieser Frage?« Dietrich Kölling war sofort gespannt.

»Gestern hat sich schon wieder jemand nach ihm erkundigt. Beim Hotelpersonal. Sprach ein gutes Englisch. Mir wird das langsam zu bunt.«

»Tja, lieber Lauridsen«, sagte Dietrich Kölling und bemühte sich um einen gemütlichen Konversationston, »das wird wohl der Killer gewesen sein.«

Der Mann am anderen Ende der Leitung schnaufte nur.

»Haben Sie eine Beschreibung von ihm?«

Aksel Lauridsen gab sie durch. Dietrich Kölling notierte sie auf die Bestellkarte für den Zimmerservice, weil er in der Eile nichts Besseres fand. Während er schrieb, fiel ihm ein, daß er die Zigaretten nach dem Kauf nicht in den Mantel gesteckt, sondern sie in der Hand behalten hatte.

»Allmählich finde ich Geschmack an diesem Spiel«, meinte er, nachdem Lauridsen ihm die Personenbeschreibung diktiert hatte. Sie ähnelte der von Kolzow, wie sie ihm von Becker übermittelt worden war.

»Ich weiß nicht«, sagte Lauridsen.

»Sieht alles aus, als ob im Staate Dänemark eine Monsterparty vorbereitet wird. Die Bösewichter sind schon da, nur das Opfer fehlt noch.«

»Wen werden Sie zum Tanz auffordern?«

»Bei einem Säbeltanz schaut man lieber zu.«

Nach dem Telefonat begab sich Dietrich Kölling schnurstracks zu seinem Nachtschrank. In der Schublade hatte er die Zigaretten deponiert.

4

Becker und die Blissow trafen am frühen Morgen im Frankfurter Polizeipräsidium ein. Die reguläre Dienstzeit hatte noch nicht begonnen, aber der Beamte der Fahndungsabteilung, der die Festnahme von Johannes Holzkamp geleitet hatte, war bereits anwesend und nahm die Berliner in Empfang. Er war ungefähr so alt wie Bekker und gekleidet wie ein Halbwüchsiger, wobei nicht eindeutig festzustellen war, ob Baseballmütze, Kapuzenshirt und Reebok-Turnschuhe nun eine Tarnung waren oder der Versuch eines Knabenliebhabers, den Altersunterschied zu den Objekten seiner Begierde zu kaschieren. Becker jedenfalls empfand den Frankfurter Kollegen, der Matthies hieß, als ausgesprochen schwul.

»Möchten Sie frühstücken?« fragte Matthies.

»Ich nicht«, antwortete die Blissow, »mir hat der Lufthansa-Imbiß den Magen zugekleistert.«

Auch Becker wehrte ab. Matthies zuckte mit den Schultern und sprang, dem Namen seiner Turnschuhe alle Ehre machend, die Treppe hinauf. Becker und die Blissow folgten ihm betont langsam.

»Sie haben uns einen Haufen Scherereien aufgeladen«, sagte Matthies. Um zu verbergen, daß er vom geschwinden Aufstieg außer Atem geraten war, bemühte er sich um eine besonders deutliche Aussprache. »Gegen Holzkamp liegt ja eigentlich nichts vor, was eine Festnahme rechtfertigt. Sein Rechtsanwalt hat uns die Hölle heiß gemacht. Um Holzkamp hierzubehalten, mußten wir ihn die ganze Nacht vernehmen. Ein Rüffel ist uns trotzdem sicher. Der Anwalt hockt bestimmt gerade im Landgericht und reicht eine Beschwerde ein.«

»Worüber haben Sie Holzkamp denn vernommen?« wollte die Blissow wissen.

Matthies grinste.

»Sehr aufschlußreich«, bemerkte Becker kühl.

»Seien Sie froh, daß Sie sich ins gemachte Nest setzen können. Herr Holzkamp ist weichgekocht wie ein Frühstücksei.« Matthies stieß eine Tür auf. »Die Herren aus Berlin«, rief er pathetisch in den Raum.

Johannes Holzkamp erhob sich, als Becker und die Blissow das Zimmer betraten. Er sah erschöpft aus und hatte Schatten unter den Augen. Becker ging auf ihn zu und streckte ihm die Hand entgegen.

»Tut mir leid, daß unser junger Kollege die Geschlechter noch nicht auseinanderhalten kann«, sagte er mit einem Seitenblick auf Matthies. Der lief rot an, und die

Blissow feixte. »Man hört, Sie haben eine harte Nacht hinter sich?«

»Nicht nur das«, sagte Holzkamp und nahm die ihm dargebotene Hand. »Holzkamp.«

»Becker. Meine Kollegin, Frau Blissow. Ihres Zeichens Kriminalkommissarin.«

»Ich weiß nicht, ob mir das jetzt angenehm ist«, sagte Holzkamp.

»Was außer der letzten Nacht war denn noch hart?« fragte die Blissow und schaute dabei Matthies an. Matthies verzog sich.

»Die Frankfurter Polizei ist rabiat. Schon auf dem Flughafen. Sie können mich auf Ihre Listen setzen, wenn Sie meinen, daß das notwendig ist, das ist aber kein Grund, mich wie einen Penner zu behandeln. Und die Frage, wer mir den versäumten Flug ersetzt, werde ich doch wohl stellen dürfen.« Holzkamp zitterte vor Wut, aber es war auch Angst dabei. »Außerdem wäre es sehr liebenswürdig, wenn mir endlich jemand erklären würde, warum ich gesucht werde wie ein ausgebrochener Schwerverbrecher.«

»Hat man Sie darüber im Unklaren gelassen?« fragte Becker.

»Allerdings. Warten Sie auf die Berliner, hat man nur gesagt. Und dann haben sich Ihre Kollegen die Zeit damit vertrieben, mir irgendwelche Steuergeschichten anzuhängen. Wären Sie erst zum Mittag eingetroffen, hätte man mir wohl auch noch Kinderschändung vorgehalten. Nun ja«, Holzkamp verschränkte die Arme vor der Brust, »jedenfalls bin ich nun darüber aufgeklärt, daß auch Polizisten Phantasie besitzen. Zuviel übrigens.«

»Jetzt sind wir ja da«, sagte Becker.

»Sie wollten verreisen«, fragte die Blissow übergangslos.

»Ich?« Die Erschöpfung hatte Holzkamp begriffsstutzig gemacht.

»Oder besichtigen Sie gern Flughäfen?«

»Nein, ich sammle gebrauchte Tickets.«

»Nicht so gereizt«, sagte Becker.

»Schönen Gruß von Jürgen Grützmacher«, sagte die Blissow.

Holzkamp fuhr zusammen.

5

Jürgen Grützmachers Entschluß stand felsenfest. Dafür, daß er durch nichts mehr erschüttert werden konnte, hatte er gesorgt; Grützmacher hatte sich einen *Spiegel* gekauft, sich aus dem Impressum die Rufnummer der Hamburger Zentrale herausgesucht, die Vermittlung angewählt und eine Verbindung zur Chefredaktion verlangt. Wie er erwartet hatte, war er im Sekretariat gelandet, aber nachdem er seinen Namen genannt und seine Stellung in der Olympia Marketing GmbH erwähnt hatte, wurde er widerspruchslos durchgestellt. Sein Gesprächspartner war sofort im Bilde. Er überschlug sich fast, als ihm Grützmacher sein Material anbot, obwohl der nichts Detailliertes verlauten ließ. Nach den Morden an seiner Familie verstand sich offenbar von selbst, daß sich damit eine Sensation anbahnte.

Nach dem Telefonat fühlte sich Jürgen Grützmacher wie ein Rikscha-Kuli, der seine Fahrgäste kurzerhand vom Wagen gekippt hatte. Obwohl man ihn wahrscheinlich fürstlich honorieren würde, dachte er nicht an das Geld. Er hatte seine Familie verloren und würde seinen einträglichen Job aufgeben müssen, aber das Verhängnis, das nun seinen Lauf nahm, galt nicht mehr ihm.

Jenen Teil seiner Unterlagen, der für mindestens drei IOC-Mitglieder eine Gefahr darstellte, hatte er vorsorglich bei einem Anwalt deponiert, der ein Mäzen seines Hockeyklubs war und mit dem er ansonsten wenig zu tun hatte, zumindest geschäftlich nicht. In zwei oder drei Tagen würden die Dossiers in Hamburg sein, dann konnte er endgültig aufatmen.

Jürgen Grützmacher hatte nur eines noch in Malmö zu erledigen. Seine Unterkunft, das *Garden Hotell* in der Baltzarsgatan, befand sich unmittelbar neben dem Büro der SAS. Dort buchte er einen Flug nach Tempelhof.

6

»Seit der letzten IFIMAS-Gesellschafterversammlung haben Sie Herrn Grützmacher nicht mehr getroffen?« fragte die Blissow. Becker, der in die bisherige Vernehmung nur selten eingegriffen hatte, schaute demonstrativ auf seine Uhr. Eine Stunde saßen sie nun schon mit Holzkamp zusammen.

»Das sagte ich bereits«, entgegnete Holzkamp müde.

»Von der Ermordung von Robert haben Sie aus der Zeitung erfahren?«

»Wie gesagt.«

»Nicht von Ihrem Freund Jürgen?«

»Nein.«

»Nicht mit ihm telefoniert?«

»Nein.«

»Von Bad Soden aus?«

Holzkamp schüttelte heftig den Kopf.

»Ihre Schwester sagt etwas anderes«, mischte sich Becker ein. »Ihre Schwester hat sogar einen Anruf von Jürgen Grützmacher entgegengenommen. Nach diesem Anruf sind Sie nach Malmö geflogen.«

»Woher wollen Sie das wissen?«

»Passagierlisten«, sagte Becker.

»Auch rabiate Polizisten verstehen ihr Handwerk«, ergänzte die Blissow. »Hält sich Herr Grützmacher noch in Malmö auf?«

»Wo wohnt er dort?« fragte Becker.

»Warum kennen nur Sie seinen Aufenthaltsort?« fragte die Blissow.

»Warum trachtet man ihm nach dem Leben?«

»Was haben Sie mit der Sache zu tun?«

»Herr Holzkamp, welchen Anteil haben Sie an den Dossiers über die IOC-Mitglieder?«

»Holzkamp, zu welchem Zweck wurden sie erstellt?«

»Wir haben viele Fragen.«

»Wir haben Zeit.«

»Sprechen Sie.«

»Hinterher geht es Ihnen besser.«

»Wo, sagten Sie, wohnt Herr Grützmacher derzeit?«

Holzkamp keuchte wie ein Marathonläufer. Obwohl das Zimmer nicht sonderlich warm war, lief ihm der Schweiß über das Gesicht und in seinen Hemdkragen. Die Ringe um seine Augen waren noch dunkler geworden, in seinem rechten Augapfel war ein Äderchen geplatzt. Manchmal führte er die Hand zum Mund, als wolle er mit ihr Erbrochenes auffangen.

»Keiner von uns beiden hatte die Idee«, würgte er schließlich hervor.

»Bravo«, lobte die Blissow.

Der Damm war gebrochen.

7

»Im Moment«, sagte der Mann in Brüssel, den Golubow aller Voraussicht nach nie kennenlernen würde, »im Moment erreichen wir den Herrn Direktor nicht. Er wird aber im Laufe der nächsten zwei Stunden hier anrufen.«

»In Ordnung«, sagte Golubow. »Bitte hinterlegen Sie ihm eine Nachricht.«

»Ich höre.«

»Sagen Sie ihm: Malmö. Mehr kann ich für ihn nicht mehr tun.«

8

Der Damm war gebrochen. Holzkamp kotzte auf den Tisch.

»Nicht so schlimm«, sagte die Blissow schnell.

»Pause«, entschied Becker.

Er führte Holzkamp zur Toilette, damit dieser sich säubern konnte. Grützmachers Kompagnon war der Vorfall ungeheuer peinlich, aber zugleich war er offenbar froh über die Unterbrechung. Becker würde sie kurz halten, um zu verhindern, daß Holzkamp zu sich kam. Als sie zurückkehrten, hatte die Blissow den Tisch gewischt. Nichts verriet, ob sie sich dabei geekelt hatte. Holzkamp betrachtete sie mit einiger Hochachtung.

»Kein Wort«, sagte die Blissow, als sie bemerkte, daß Holzkamp zu einer Entschuldigung ansetzte. »Sprechen wir lieber über Ideen. Über Ideen, die weder auf Ihrem noch auf Grützmachers Mist gewachsen sind, aber wahrscheinlich ziemlicher Mist waren.«

»Ich kann Ihnen aber bloß ein Bild in groben Züge geben. Wissen Sie, über die Details bin ich nicht unterrichtet. Jürgen hat sich immer alles auf den Tisch gezogen, und ich war nur zum Absegnen da. Es mag ein halbes Jahr zurückliegen, als er mich nach einer Gesellschafterversammlung unserer Firma zur Seite nahm. Unser finanzielle Lage war nicht rosig, übrigens nicht ganz ohne meine Schuld. Aber egal. Jedenfalls sagte er mir, daß er eine Geldquelle aufgetan hätte. Er belehrte mich eine Weile über unternehmerisches Risiko und solchen Kram; das war der Umweg, den er nahm, wenn er mich für eine Drecksarbeit heranziehen wollte. Schließlich zerrte er einen dicken Hund aus der Tasche.«

Holzkamp verstummte und dachte nach. Becker und die Blissow beobachteten ihn nur.

»In meinem Kopf geht alles durcheinander«, fuhr Holzkamp fort. »Verzeihen Sie mir, wenn ich etwas springe. Jürgen hat sich, nachdem wir unseren Firmensitz verlegt hatten, sehr geschickt an alle möglichen Politiker herangemacht. Erst an die kleinen, dann an die größeren. Er kann das. Bewundernswert.« Wieder unterbrach er sich. Er hielt den Kopf gesenkt, wagte es nicht, seine Gegenüber anzusehen. »Mir geht das ab. Vermutlich bin ich wirklich ein Idiot. Einer, der immer jemandem am Rockzipfel hängt.«

Seine letzten Sätze hatte Holzkamp offenbar vor allem auf die Blissow gemünzt, denn nun schaute er sie an. Wenn er Mitleid erwartet hatte, wurde er enttäuscht. Die Blissow beugte sich nur ein wenig vor und musterte ihn wie einen Hund, der die Hand leckt, die ihn gerade geschlagen hat.

»Nun ja«, sagte Holzkamp gedehnt.

»Ja, was nun«, fragte die Blissow. Becker erschrak über ihre Kälte.

»Jürgen hatte seit seiner Berufung in die Olympia Marketing GmbH viel mit dem Senat zu tun. Dem Berliner Senat. Mit allen möglichen Leuten. Ja, wie gesagt, die Feinheiten kenne ich nicht. Er sprach immer von zwei hohen Tieren. Senatsrat? Gibt es das? So eine Art Staatssekretär jedenfalls. Nageln Sie mich nicht fest, aber der eine war entweder von Jugend und Sport oder aus der Bauverwaltung. Oder vom Innenressort? Doch, natürlich, vom Innenressort.«

Becker hörte etwas,was Holzkamp nicht wahrnahm: Die Blissow schnalzte mit der Zunge.

»Mit den beiden Herren muß Jürgen mal einen Umtrunk veranstaltet haben. Zuerst war alles wohl nur eine Schnapsidee. Man sitzt eben zusammen und spinnt was aus. Sie wissen selbst, Olympia hat allen den Kopf verdreht. Großes Geld eben. Profilierungssucht, was weiß ich. Jürgen war als junger Mann ein Spieler. Der Einfall stammt wohl von ihm.«

»Herr Holzkamp«, fiel ihm die Blissow ins Wort, »können Sie wohl zur Sache kommen? Welcher Einfall?

Spucken Sie endlich aus, was Sie die ganze Zeit erzählen wollen und nicht können.«

»Dossiers anzulegen. Material über die IOC-Leute zusammenzutragen. So für alle Fälle. Damit man ihre Vorlieben kennt. Und ihre schwachen Stellen. Irgendeinen Angriffspunkt. Nach dem Motto: Wenn die nicht so spuren, wie wir wollen, kriegen sie entweder einen Pralinenkasten, eine Nutte oder –«

»Oder?«

»Oder man schmiert ihnen ihre Sünden aufs Brot.«

9

Nach dem opulenten Abendessen mit Møller-Jensen schlief Dietrich Kölling fast zehn Stunden. Er hatte allerdings zuvor sein Programm ein wenig korrigiert, nachdem er in einer der Broschüren, die das Zimmerpersonal für vergnügungssüchtige Hotelgäste bereitlegte, auf ein Inserat des Erotikmuseums in der Vesterbrogade gestoßen war. Dietrich Kölling verabscheute Museen, aber dieses hatte ihn interessiert. Møller-Jensen hatte auf sein Ansinnen mit herablassendem Verständnis reagiert, aber das war ihm bald vergangen. Die Vesterbrogade nämlich war eine Straße nach Dietrich Köllings Geschmack. Ein Restaurant befand sich neben dem anderen, aber nicht allein deshalb glaubte sich Dietrich Kölling im Himmelreich; es war die Vielfalt der Nationalitäten, die ihn begeisterte:, denn von der chinesischen fiel man in die indische, von der thailändischen in die tunesische, von der pakistanischen in die japanische

Küche. Dietrich Kölling war entschlossen, sie alle durchzuprobieren, mußte aber nach der dritten aufgeben. Møller-Jensen war bereits nach der ersten satt. Er stand zu seinem Versprechen, zahlte aber die letzte Zeche mit deutlichem Widerwillen. Dietrich Kölling mußte für die kurze Entfernung bis zu seinem Hotel ein Taxi nehmen.

Es war halb elf, und Dietrich Kölling lag auf dem Rükken und inspizierte die Zimmerdecke. Diese Stellung wollte er erst verlassen, wenn Becker ihn anrief. Sein Vorhaben zwang ihn, noch eine Dreiviertelstunde zu dösen. Während dieser Zeit träumte er von einem Kräuterbitter.

»Becker hier«, meldete sich der Kommissar aus Frankfurt.

»Guten Morgen«, sagte Dietrich Kölling laut.

»Guten Morgen? Der Tag ist fast vorbei.«

Dietrich Kölling rülpste in die Sprechmuschel.

»Verstehe«, sagte Becker, »Sie verdauen noch die Geldscheinbündel des Reichspolizisten.«

»Sí, oui, yes. Ein schlichtes Ja geht auch. Und nun sind Sie dran.«

»Chartern Sie ein Ruderboot oder einen Wassertreter«, schlug Becker vor.

»Finden Sie etwa, daß ich abnehmen sollte?«

»Das auch. Ansonsten ein strenggeheimer Tip.« Becker spielte den Verschwörer. »Hotel Garden, Malmö.«

»Da fliege ich lieber.«

»Fliegen? Die paar Meter?«

»Mit dem Flugboot, Becker, Sie ungebildeter Mensch. Zum Sondertarif von neunundzwanzig Kronen.«

10

»Dürfte ich die Absichten von Grützmacher und Co. mit aller gebotenen Höflichkeit als Bestechungs- und, Schrägstrich, oder Erpressungsversuche qualifizieren«, fragte die Blissow bewußt umständlich.

»Als Vorbereitung darauf. Erst mal wurden ja nur Daten zusammengestellt. Die Senatsleute haben wohl den einen oder anderen Topf angezapft, aber das meiste Geld schoß Jürgen zu. Für die Recherchen. Für die Detektei, die er beauftragt hatte. Das waren kostenaufwendige Ermittlungen, sage ich Ihnen. Natürlich hatte Jürgen vorgearbeitet und nur die IOC-Mitglieder ausgewählt, die entweder dem IOC-Präsidenten besonders nahestanden oder bei denen der Verdacht begründet war, daß sie Dreck am Stecken hatten.«

»Welche Detektei arbeitete für ihn?«

»Das weiß ich nicht genau. Ich habe den Namen vergessen. Irgendwas mit Reich. Reichelt?«

»Reichardt«, sprang Becker ein, »Reichardt & Partner.«

»Ja, genau.«

»Also doch«, sagte die Blissow.

»Wie, bitte?« fragte Holzkamp.

»Schon gut. Fahren Sie fort.«

»Das Folgende war eher ein Zufall. Diese Detektive hatten einen hohen Stundensatz, aber das war nichts im Vergleich mit ihren Spesenabrechnungen. Dafür haben sie allerdings auch gute Arbeit geleistet. Sie waren am ausgewählten Personenkreis nahe dran. Ja, und eines Tages passierte es dann. In Lausanne war irgendeine Tagung, und drei der IOC-Mitglieder flogen seltsamerweise nach Israel. Der russische, der argentinische und der jugoslawische Vertreter. Zuerst habe ich auch gestaunt, daß es IOC-Mitglieder aus Ländern gibt, die gar nicht mehr existieren, aber es ist so. Den Detektiven kam diese Reise natürlich spanisch vor, aber munter wurden sie erst, als sie herausbekamen, daß ein und dieselbe Firma die Flüge bezahlt hatte. Eine chinesische Exportfirma. Also sind einige der Privatschnüffler ebenfalls nach Tel Aviv geflogen. Die Sache wurde immer mysteriöser. Die drei IOC-Leute wohnten nämlich in drei verschiedenen Hotels. Fragen Sie mich nicht, in welchen. Nur bei dem Russen weiß ich es, der logierte im King David. Einen Tag später trafen dann zwei Chinesen ein, die mit jedem der drei zu Abend speisten. Einzeln natürlich. Und auf Kosten der Chinesen. Unsere Detektive haben sofort einen großen Coup gewittert und die Hotelzimmer verwanzt. Ja, und dann kam der Hammer.«

Johannes Holzkamp unterbrach seinen Redefluß und bat darum, etwas trinken zu dürfen. Mittlerweile hatte seine Erschöpfung den kritischen Punkt überschritten, und er wirkte überdreht und fast heiter. Die Blissow brachte ihm eine Flasche Apfelsaft, die er im Nu leerte. Wegen der Pause hatte er allerdings den Faden verloren und schaute hilfesuchend auf Becker.

»Der Hammer kam«, sagte der Kommissar.

»Wie?«

»Die Detektive hatten die Hotelzimmer verwanzt und die IOC-Mitglieder abgehört.«

»Ach, ja. Die Chinesen, von denen habe ich schon erzählt?«

Becker nickte.

»Die Chinesen führten reihum mit jedem lange Gespräche. Auf ihren Zimmern. Und die Detektive haben diese Gespräche mitgeschnitten. Ich bin nicht sicher, ob das erlaubt war. Bestimmt nicht. Egal.« Holzkamp winkte ab. »Wissen Sie, worum es ging? Die Chinesen wollen unbedingt, daß die Olympischen Spiele im Jahre 2000 in Peking stattfinden. Sie haben den IOC-Leuten je hundertfünfzigtausend Dollar geboten, wenn sie dafür stimmen. Hunderfünzigtausend.«

»Guter Preis«, meinte die Blissow.

»Nicht wahr? Alle haben sich Bedenkzeit ausgebeten. Am nächsten Tag ging es in die zweite Runde. Der Russe wollte fünfzigtausend drauf, der Jugoslawe war mit dem Angebot einverstanden, nur der Argentinier zierte sich. Er hat den Chinesen keinen Korb gegeben, aber er wollte mehr Zeit zum Überlegen. Er ist bestimmt auch umgekippt.«

»Und die Tonbänder wurden Jürgen Grützmacher ausgehändigt?« fragte Becker.

»Er war schließlich der Auftraggeber und trug die Kosten. Alles, was er sonst in Erfahrung gebracht hat, stellte er auch den Senatstypen zur Verfügung. Dieses Material aber nicht. Er wußte, was es wert war. Kam nach Frankfurt und hat mich eingeweiht. Nach einer Veröffentlichung der Tonbandprotokolle würden die IOC-Mitglieder erledigt sein, also sollten sie dafür zahlen, daß er das Material zurückhielt.«

»Also Erpressung.«

»Aus dem Spiel war Ernst geworden. Ich sollte die Sache in die Wege leiten. Jürgen brachte die Adressen der drei mit, die in Tel Aviv gewesen waren, und wir schickten ihnen Briefe mit Auszügen aus den Protokollen.

Mehr erst einmal nicht. Die sollten bloß wissen, daß jemand sie in der Hand hat. Ich ließ an die vierzehn Tage verstreichen, dann rief ich jeden an. Nur kurz. Daß wir sie hochgehen lassen würden, wenn sie uns nicht an ihren Bestechungsgeldern beteiligten. Die chinesische Botschaft in Bonn bekam übrigens auch einen Brief. Angerufen habe ich dort auch. Wir hatten noch nicht weiter nachgedacht, ich meine, wie die Geldübergabe stattfinden soll und dergleichen. Wir wollten schrittweise vorgehen. Erpressung war schließlich etwas Neues für uns. Dann passierte das mit Robert.«

»Und Sie dachten sofort, daß ein Zusammenhang mit Ihren, sagen wir mal, mit Ihren Aktivitäten besteht«, wollte Becker wissen.

»Sofort. Das lag auf der Hand.«

»Warum eigentlich? Sie sind zwar in diesem Metier ein Dilettant, aber Sie werden doch nicht so unvorsichtig gewesen sein und Ihren Namen genannt haben«, meinte Becker.

»Zumal man sich in diesem Fall an Sie gehalten hätte«, ergänzte die Blissow. »Sie haben doch die Drecksarbeit für Grützmacher erledigt.«

»Ich bin genauso ratlos wie Sie. Daß ich meinen Namen nicht genannt habe, das beschwöre ich. Aber Jürgens Dossiers sind letzten Endes auch in die Presse geraten.«

»Sie ahnen nicht einmal, auf welche Weise?«

»Absolut nicht.«

»Durch Robert. Er hat die Unterlagen gefunden und sie an einen Zeitungsfritzen gegeben. Um abzukassieren.«

»Robert? Wirklich Robert?« Holzkamp schien ehrlich

erschüttert zu sein. »Wo er so an seinem Vater hing? Da fällt er ihm in den Rücken? Das glaube ich nicht.«

Niemand reagierte darauf. Die Blissow machte sich Notizen, Becker brütete vor sich hin. Ihm lag eine Frage auf der Zunge, aber es gelang ihm nicht, sie auszusprechen. Holzkamp wurde wieder unruhig.

»Sie haben sich also vollkommen bedeckt gehalten«, sagte die Blissow voller Skepsis, »und trotzdem ist man Ihnen auf die Schliche gekommen.«

»Moment mal«, fiel ihr Becker ins Wort. »Herr Holzkamp, was hat Jürgen Grützmacher von der Detektei erhalten? Die Tonbänder?«

»Die Tonbänder? Ich verstehe nicht ...«

»Sie haben gesagt, daß die Detektive in Tel Aviv alle Gespräche mitgeschnitten haben. Dann sprachen Sie jedoch nur von Tonbandprotokollen, deren Veröffentlichung für die IOC-Leute gefährlich werden könnte. Was also hat man Herrn Grützmacher ausgehändigt: die Bänder oder nur die Protokolle?«

»Ja, die Protokolle. Die Detektei hat einen langen Abschlußbericht verfaßt, und als Anlage waren die Protokolle beigefügt. Der Mann, der Jürgen die Unterlagen gebracht hat, hielt es für besser, wenn man die Beweismittel vorerst noch bei sich im Tresor behielt. Aus Sicherheitsgründen.«

»So.« Becker nickte. »Das bedeutet, daß sich die Tonbänder noch im Besitz der Detektive befinden. Ich denke, daß die eine Stange Geld wert sind, nicht wahr? Reichardt & Partner sind nicht wählerisch, wenn es um den Profit geht.«

»Verdammte Scheiße.« Holzkamp war aufgesprungen und lief in dem Zimmer auf und ab. »Gottverfluchte

Scheiße. Obwohl, das dürfen die doch gar nicht. Das ist doch, das ist doch kriminell.«

»Abwarten.« Becker verließ das Zimmer, um telefonieren zu gehen. Nach einer halben Stunde kehrte er wieder zurück.

»Und?« wollte die Blissow wissen.

»Tja, Herr Reichardt weiß natürlich nichts von der Existenz irgendwelcher Bänder. Er leugnet rundheraus, das veranlaßt zu haben, was Herr Holzkamp behauptet. Aber das ist womöglich nicht der springende Punkt. Zwei seiner Partner haben ihn nämlich verlassen. Vor etwa einem Monat. Um sich selbständig zu machen. Und da man bei Reichardts ja mit dem Abhören vertraut ist, fällt mir noch eine Frage ein. Sagen Sie, Herr Holzkamp, haben Sie sich bei Ihren doch offenbar ebenfalls kriminellen Aktivitäten gelegentlich mit Herrn Grützmacher telefonisch abgesprochen?«

»Oh, Mann«, stöhnte Holzkamp nur, der wieder saß, und sackte zusammen.

»Erpresser werden ist nicht schwer, Erpresser sein dagegen sehr«, wandelte die Blissow einen Spruch von Wilhelm Busch ab.

11

Alexander Golubow hatte alles hinter sich gebracht, was seine Anwesenheit in Dänemark rechtfertigen konnte; nun war es an Kolzow, in die Wege zu leiten, was getan werden mußte. Auch Malmö war als die drittgrößte Stadt Schwedens alles andere als ein Dorf, aber Grützmacher war nunmehr an einem Ort lokalisiert, und es würde dem Profi Kolzow und seinen Leuten keine Mühe mehr bereiten, ihr Zielobjekt auszumachen. Wahrscheinlich brauchten sie dafür nicht einmal einen Tag. Golubow konnte sich in dieser Angelegenheit zur Ruhe setzen. Jetzt war er nur noch ein Tourist, der seine Abreise vorbereitete.

Seine letzten Stunden im wundervollen Kopenhagen, wie sich die Stadt überall selbst anpries, wollte Golubow denn auch als Tourist verbringen. Er zahlte sein Zimmer, hinterlegte sein schmales Gepäck an der Rezeption und brach zu einer Wanderung durch die Altstadt auf. Natürlich nahm er Strøget in Augenschein, die angeblich längste Fußgängerzone der Welt, er bestieg sogar den Runden Turm, um einen Blick über die Dächer zu werfen, kaufte beim Bernsteinhändler in der Frederiksberggade eine Kette für seine Frau und erwog zur Krönung seiner Visite einen Abstecher nach Schloß Rosenborg, wo man die dänischen Kronjuwelen besichtigen konnte. Dieses Vorhaben ließ er jedoch fallen, weil er Hunger verspürte. Als er im Hotel *D'Angleterre* am Kongens Nytorv königlich dinierte, lobte er sich für seinen weisen Entschluß, auf die Kronjuwelen zu verzichten; wahrscheinlich hätte er ohnehin nur Imitationen zu Gesicht bekommen.

Neunzig Minuten vor dem Abflug seiner Maschine fand sich Alexander Golubow am Bus Terminal vor dem Hauptbahnhof ein. Zehn Minuten später saß er im Flughafenbus nach Kastrup.

Neuntes Kapitel

1

Bereits seit zwei Tagen hielt sich der Georgier in Kopenhagen auf, und nichts war geschehen, nicht einmal ein Anruf von Kolzow hatte ihn erreicht. Den ersten Tag hatte der Georgier mit Warten verbracht und sich dabei zu Tode gelangweilt, dann hatte er sich dazu entschlossen, die angenehmen Seiten des Lebens einem gründlichen Studium zu unterziehen. Zu den angenehmen Seiten des Lebens gehörten die Frauen. Der Georgier war ein Südländer und davon überzeugt, daß es in Kopenhagen von langhaarigen Blondinen wimmelte, von Blondinen obendrein, die nichts so sehr begehrten wie einen schwarzhaarigen, dunkeläugigen und muskulösen Mann. Außerdem hatte er gehört, daß die Däninnen besonders freizügig sein sollten. Wahrscheinlich mußte er nur mit dem Finger schnipsen, damit sie sich an ihn hängten wie Waggons an die Lokomotive. Notfalls würde er aber auch für sein Vergnügen bezahlen. Die tausend Mark, die Kolzow ihm vorgeschossen hatte, drängten nach einer profitablen Anlage.

Seinen Fischzug bereitete der Georgier gründlich vor. Er duschte ausgiebig und unter Einsatz eines Gels, das den wilden Geruch des Urwalds verbreiten sollte, er rasierte sich, bis sein Gesicht einem Kinderpopo glich, und vollendete die Rasur mit einem Aftershave, das hinwiederum die Unbezwingbarkeit der schottischen Highlands zu suggerieren versprach. Vollkommen unbezwingbar wollte der Georgier jedoch nicht sein, und so dämpfte er die Wirkung des Rasierwassers mit einem sanften Deodorant, das er sich in die Achselhöhlen schmierte. Als der Georgier die unmittelbar körperliche Seite seiner Vorbereitungen beendet hatte, roch er wie jemand, der in einem Gewächshaus für Orchideen arbeitet. Der Georgier aber war mit sich zufrieden und öffnete seinen Kleiderschrank.

Es mußte nicht nur etwas Weites und Luftiges sein, das seinen Athletenkörper umspielen sollte, sondern auch etwas Gewagtes und Weltmännisches. Der Georgier probierte durch, was er hatte. Die rote Hose erschien ihm zu schwul, die blaue zu kalt; schließlich nahm er die mit dem Blumenmuster. Dazu paßten zwar die knöchelhohen weißen Turnschuhe, aber die kamen ihm zu jugendlich vor, während die Lackschuhe etwas steif wirkten. Ein drittes Paar jedoch besaß er nicht, und so würde ihm nur übrigbleiben, sich eines zu kaufen. Der Georgier überlegte eine Zeitlang; womöglich war die Blumenhose zwar gewagt, aber nicht weltmännisch, und er sollte sich für den dunklen Anzug entscheiden, zu dem er ohne weiteres die Lackschuhe tragen konnte. Mit seinen Gedanken kam der Georgier nicht zum Ende. Das Telefon unterbrach sie. Am Apparat konnte nur Kolzow sein. Mißmutig stapfte der Georgier quer durch das Zimmer und nahm ab.

»Ja«, meldete er sich.

»Pagodin. Sie können packen.«

»Shit«, sagte der Georgier.

»Sie kennen doch den Spruch der Deutschen: Dienst ist Dienst, und Schnaps ist Schnaps? In einer Stunde. Nyhavn, Ecke Havne Gade. Ich wiederhole: Nyhavn, Ecke Havne Gade. Und bringen Sie bloß nicht wieder Ihre ganzen Klamotten mit. Die Musikinstrumente reichen.«

2

Jürgen Grützmacher wußte, daß er seit geraumer Zeit beobachtet wurde. Zuerst war es nur ein Gefühl gewesen, aber mittlerweile war er seiner sicher. Der füllige Mann in dem altmodischen Anzug, der zwei Tische weiter saß und gerade ein Moccaparfait verdrückte, war auf ihn angesetzt. Er tarnte sich zwar mit einem Tic, nahm beim Essen die Brille ab, betrachtete sie, strich sich über die Nasenwurzel, setzte die Brille wieder auf, rückte sie zurecht und wiederholte dieses Spiel mehrere Male, aber gerade das empfand Jürgen Grützmacher als betont unauffälliges und daher verdächtiges Verhalten. Sein letztes Essen in Malmö hatte Jürgen Grützmacher scherzhaft seine Henkersmahlzeit getauft, aber nun fürchtete er, daß dies kein Witz mehr war. Seltsam war nur, daß man ihm einen alten Knacker auf den Hals geschickt hatte; Jürgen Grützmacher hatte Berufsmörder eigentlich für jung und durchtrainiert gehalten.

Der schwergewichtige Mann mit der Brille löffelte hingebungsvoll sein Parfait, während Jürgen Grützmacher keinen Bissen mehr hinunterbekam. Er hatte bisher zwar immer Angst gehabt, sich aber zusammenreißen können; was ihn jetzt befiel, war Todesfurcht, und es war nur eine Frage der Zeit, bis er die Kontrolle über sich verlor. Seine Hände zitterten so stark, daß er sich nicht einmal eine Zigarette anzünden konnte. Der Killer mußte dies bemerkt haben, denn er winkte mit seinem Feuerzeug und lächelte. Jürgen Grützmacher sprang auf. Er war derart in Panik geraten, daß er das Zahlen vergaß und aus dem Restaurant stürmen wollte. Der Mörder, der näher an der Tür saß, stellte sich ihm in den Weg.

»Guten Tag, Herr Grützmacher«, sagte er. Jürgen Grützmacher versuchte, ihn beiseite zu schieben, aber der Mann hielt ihn fest. Offenbar war er abgebrüht genug, ihn einfach vor den Augen der anderen Gäste abzustechen. Jürgen Grützmacher schrie vor Angst.

»Aber, aber«, sagte der Mann.

»Er ist ein Killer.« Grützmacher brüllte aus Leibeskräften. »Killer, Killer.«

Die Gäste erstarrten, das Personal lief zuhauf. Es umringte die beiden Männer, von denen der eine wie ein Fels in der Brandung dastand, während der andere wie ein Epileptiker wirkte. Die Kellner zerrten an ihnen und versuchten, sie voneinander zu trennen. Der Gelassene, Schwere lachte nur.

»I'm a policeman«, sagte er dann, »a policeman from Germany.«

Plötzlich wurde es still. Die Kellner, die so bereitwillig herbeigeeilt waren, um ein Verbrechen zu verhindern, traten einen Schritt zurück und musterten ungläubig den deutschen Polizisten, der sich nach Malmö verirrt hatte.

»Also noch einmal, Herr Grützmacher: Guten Tag.«

Grützmacher murmelte vor sich hin. Anscheinend

hatte er die Veränderung, die gerade eingetreten war, noch nicht recht wahrgenommen.

»Kölling ist mein Name. Von der Berliner Kriminalpolizei.«

Jürgen Grützmacher kippte auf einen Stuhl.

3

Kolzow hatte mit dem Georgier das Erforderliche besprochen und dann das Tragflügelschiff bestiegen, das ihn nach Malmö übersetzen würde. Da sie niemals gemeinsam reisten, würde der Georgier mit dem nächsten Boot folgen. Er würde sich selbst um eine Unterkunft kümmern, seine Adresse nach Brüssel durchgeben und weitere Instruktionen abwarten. Sein leichtes, aber wirkungsvolles Spezialgewehr, das Werk eines belgischen Meisters, der die Unterwelt halb Europas mit Sondermodellen versorgte, hatte er bei sich. Es war so handlich, daß er es im doppelten Boden einer unauffälligen Reisetasche verbergen konnte, die keinem Zöllner jemals auffiel. Die beiden Patronen, deren Spitzen der Georgier mit Quecksilber gefüllt hatte, um ihre Explosionskraft zu erhöhen, versteckte er in den Absätzen seiner Schuhe. Mehr als zwei Patronen waren überflüssig, das wußte Kolzow. Wenn sein Mann mit ihnen nicht auskam, hatte er seinen Job verfehlt.

Kolzow rechnete damit, daß sich Jürgen Grützmacher spontan nach Malmö verfügt hatte und daher entweder in einem Hotel oder in einer Pension übernachtete. Eine Privatunterkunft schloß er aus; ein Mann auf der Flucht hinterläßt keine so offenkundigen Spuren. Trotzdem war Kolzow die Liste der Malmöer Hotels, die er sich noch in Kopenhagen besorgt hatte, entschieden zu lang. Bis er alle abgeklappert hatte, konnte Grützmacher längst über alle Berge sein, falls er das nicht schon war.

Gleich nach seiner Ankunft im Malmöer Hafen begab sich Kolzow zur Zimmervermittlung an jener Straße, die Hafen und Altstadt verband. Er erkundigte sich nach einer preiswerten Logiermöglichkeit und nach Karten für das Stadttheater, weil Liebe zur Kunst auf die von den aberwitzigen Wünschen ihrer Kunden geplagten Angestellten eines Tourist Office immer vertrauenerweckend wirkt, plauderte über das unschöne, Erkältungskrankheiten bewirkende Wetter und beschrieb schließlich seinen lieben deutschen Freund, den er in Kopenhagen leider verfehlt habe. Die Frau, mit der er sprach, war zwar hilfsbereit, konnte mit seiner Beschreibung aber nichts anfangen. Sie nannte Kolzow die Hotels, die von Deutschen bevorzugt wurden, empfahl ihm eine Theatervorstellung, die er sofort wieder vergaß, und bestätigte seine Ansichten über die Witterung. Kolzow verließ sie mit einem freundlichen Diener. Sie würde den netten Touristen für ein paar Stunden in bester Erinnerung behalten.

Kolzow mußte nach Grützmacher suchen. Vor dem Office entfaltete er noch einmal seinen Stadtplan und prägte sich ein, was er wissen mußte. Dann warf er ihn fort. Kolzow besaß ein fotografisches Gedächtnis. Mit Gamla Staden würde er beginnen.

4

»Mein lieber Becker, Sie haben ja abgründige Theorien.« Dietrich Kölling, der beschlossen hatte, nicht mehr von Grützmachers Seite zu weichen, hielt sich in dessen Hotelzimmer auf. Grützmacher huschte um ihn herum und packte seinen Koffer. Viel miteinander gesprochen hatten sie bisher nicht. Dietrich Kölling würde den gescheiterten Olympiamanager nach Berlin begleiten und ihn dort verhören. »Aber daß ich diesen Privatschnüfflern alles zutraue, wissen Sie. Warum sollen die sich nicht als eine Art Doppelagenten verdingen.«

»Natürlich ist es nur eine Vermutung. Fragen Sie Herrn Grützmacher nach den Tonbändern, den haben Sie doch griffbereit«, erwiderte Becker.

»Darauf können Sie Gift nehmen.«

»Sofort? Dann verpassen Sie aber eine Nachricht, die Sie glücklich machen wird.«

»Mich glücklich? Man ist mir höheren Orts auf die Schliche gekommen und hat meine Versetzung in den mütterlichen Garten beschlossen?«

»Viel besser.« Becker ließ seinen Chef zappeln.

»Olympia wurde abgeblasen, und wir müssen uns nie wieder mit Körperkultur befassen?«

Jürgen Grützmacher, den Dietrich Kölling ständig im Blick hatte, unterbrach seine Beschäftigung und trat näher. Dietrich Kölling verscheuchte ihn mit einer Handbewegung.

»Noch besser.«

»Nun sagen Sie schon.«

»Man hat eine Wohnung für Sie.«

Dietrich Kölling sagte nichts.

»Freuen Sie sich nicht?« fragte Becker entgeistert.

»Sagen Sie erst, wo der Haken bei der Sache ist.«

»Ich sehe keinen.«

»Wer ist denn das: Man?«

Becker überlegte einen Augenblick, was sein Chef gemeint haben könnte, dann fiel der Groschen.

»Man ist der Beamtenbauverein.«

»Ich wußte es«, stöhnte Dietrich Kölling. »Und wo?«

»Was heißt wo?«

»Wo heißt wo. Wo hat dieser liebliche Verein eine Wohnung für mich?«

»In Zehlendorf.«

5

Auch die Liste der Hotels und Pensionen hatte Kolzow mittlerweile im Kopf. Das *Garden Hotell* war Position sechs und stand zwischen dem *Continental* und dem *Hotell Horn*, war aber das neunte, das er besuchte, da er nicht nach dem Alphabet, sondern nach der Lage vorging. Kolzow war ein fanatischer Systematiker. Darin bewies sich die Hohe Schule der Geheimdienstarbeit, von der er profitierte, wenn er eine Liquidation vorbereitete. Sein System war effizient. Er würde doch weniger Zeit benötigen, als er vorausgesehen hatte.

Bei seinen Gängen durch Gamla Staden hatte Kolzow beschlossen, sich einen neuen Decknamen zuzulegen. Pagodin kam ihm zu abgenutzt vor, und der Witz war auch flöten. Er hatte sich mehrere Phantasienamen durch den Kopf gehen lassen und sich schließlich für Kamtschatkin entschieden, ein Einfall, der ihn so amüsiert hatte, daß er fast laut losgelacht hätte. Kolzow liebte solche Späße, die viel mehr Ernst in sich bargen, als ein Außenstehender vermuten würde. Außerhalb seiner Heimat überzeugte Kamtschatkin mehr als ein russischer Dutzendname. Kolzow hatte das schon zweimal ausprobiert. Kamtschatkin klang selbst für schwedische Ohren vertraut und daher glaubwürdig.

Im *Garden Hotell* steuerte Kolzow sofort zielsicher den Empfangstresen an und fragte nach einem Zimmer und den Preisen. Das Haus war nicht billig. Kolzow tat so, als müsse er überlegen, wiegte dabei den Kopf und verlangte zu wissen, ob er auch in Mark bezahlen könne. Die Empfangsdame musterte ihn abschätzig vom Scheitel bis zur Sohle. Natürlich hatte sie an seinem Akzent erkannt, daß er kein Deutscher war, und ebenso natürlich bildete sie sich darauf etwas ein. Genau so hatte es sich Kolzow vorgestellt.

»Es ist nur aus Verlegenheit«, bekannte er kleinlaut. »Ich bin keiner von diesen arroganten Deutschen, die glauben, für ihr bißchen Spielgeld die ganze Welt kaufen zu können. Sie sehen aus, als hätten Sie das Haus voll davon.«

»Nicht voll, aber es reicht«, sagte die Schwedin.

»Ja, ja«, seufzte Kolzow, »die Herrenmenschen haben eben Expansionsgelüste. Überall setzen sie ihre dicken Hintern hin. Ich kann davon ein Lied singen, meine halbe Familie ist ihnen zum Opfer gefallen. Aber bitte, ich bin im Urlaub, also Schluß mit Politik. Und einen Deutschen muß ich von allen Vorwürfe ausnehmen. Ein sehr guter Freund von mir. Er müßte eigentlich bei Ihnen abgestiegen sein.«

6

Als Dietrich Kölling Kolzow an der Rezeption stehen sah, hielt er geistesgegenwärtig in seinem Schritt inne und schickte Grützmacher vor. In ein paar Sekunden war das Spiel entschieden. Vom Tresen mußte Dietrich Köllings Arrangement aussehen, als kämen zwei Gäste die Treppe herab, die miteinander nichts zu tun hatten. Grützmacher begriff davon nichts und schaute Dietrich Kölling unschlüssig an.

»Entschuldigen Sie«, fragte Dietrich Kölling, »Sie reisen auch ab?«

»Was?«

»Halten Sie nur das Maul«, raunte ihm Dietrich Kölling zu.

Kolzow hatte die Szene beobachtet, aber er war bereits wieder mit der Schwedin beschäftigt.

»Wenn Sie auch zum Flughafen wollen, könnten Sie mich vielleicht mitnehmen«, sagte Dietrich Kölling laut. »Nach Stup, nicht wahr?«

»Sturup«, korrigierte ihn Grützmacher, der ausgesprochen dämlich wirkte.

»Na, Sie kennen sich ja aus.« Dietrich Kölling brüllte fast und kehrte die krachende Freundlichkeit des unermüdlichen deutschen Weltenbummlers heraus. »Bitte«, er krallte sich an Grützmachers Arm und schob dieses geschwind aus der Halle, »nehmen Sie mich doch mit.«

»Was war denn los«, begehrte der konsternierte Grützmacher zu erfahren, als sie im Taxi saßen.

»Nichts«, sagte Dietrich Kölling. »Oder empfinden

Sie es als etwas Außergewöhnliches, wenn ich Ihnen mitteile, daß wir den Mann, der da am Empfang herumscharwenzelte, für Ihren potentiellen Mörder halten?«

»Was? Das? Ich? Der?« Jürgen Grützmacher fehlten die Worte.

»Das hätten Sie nicht gedacht, was? So nett und adrett sehen Killer aus. Nicht wie ich, deshalb fürchten sich alle vor mir und keiner vor Killern.«

»Aber was wird denn nun«, fragte Grützmacher kleinlaut.

»Wollen wir wetten?« Dietrich Kölling rieb sich die Hände.

»Wetten? In dieser Situation?«

»Sie kennen meinen Tip noch nicht. Ich wette also darum, daß Sie außer mir noch einen zweiten Reisebegleiter haben werden. Schlagen Sie nun ein oder nicht?«

7

Auch für Kolzow war es nun an der Zeit, seine Zelte abzubrechen. Der Georgier, so hatte er gerade aus der Brüsseler Zentrale erfahren, hatte seine Nachricht erhalten und befand sich auf dem Weg. Obwohl es nur ein paar hundert Meter waren, ließ sich Kolzow zur Fähranlegestelle mit dem Taxi kutschieren. Das war er sich wert. Aber nicht nur wegen dieser Allüren mußte ihn der Chauffeur für einen Irren halten, sondern auch, weil er immer wieder ein Lachen unterdrücken mußte, wenn er sich vorstellte, wie er in Brüssel falsche Papiere auf den

Namen Kamtschatkin in Auftrag gab. Kamtschatkin war einfach zu gut.

Kolzow entlohnte den Fahrer mit einem angemessenen, also mit einem übertriebenen Trinkgeld, verbeugte sich noch einmal vor Malmö, weil der Aufenthalt in dieser Stadt ihm seine gute Laune beschert hatte, und trug seine kleine Tasche, die nicht mehr enthielt als Schuhputzzeug, Toilettenutensilien und Wechselwäsche, beschwingt zum Kai. Fünf schwedische Polizisten waren zu seiner Verabschiedung angetreten. Sie schauten ihn zwar an, aber nahmen ihn, wie es Polizisten eigen ist, wenn sie einen Zivilisten sehen, nur als eine beliebige Figur wahr. Kolzow lächelte. Er war eine beliebige Figur, ein Jedermann.

8

Selbst Jürgen Grützmacher, der wie ein Schluck Wasser neben ihm hockte, bemerkte die Nervosität, die Dietrich Kölling sogleich nach dem Start von Sturup befallen hatte. Während der Taxifahrt zum Flughafen, während des Eincheckens und bis zur Aufforderung des Flugkapitäns, sich anzuschnallen, war Dietrich Kölling die Ruhe selbst gewesen. Jetzt kaute er unablässig an seiner Unterlippe, stand auf, lief unsicher den Gang zwischen den Sitzreihen entlang, sah sich wieder und wieder die Mitreisenden an, die sich schon über ihn mokierten, und kehrte zu seinem Schützling zurück. Auf seinem Platz hielt es ihn aber nicht lange. Plötzlich ging ein Ruck durch seinen Körper, er stemmte sich abermals aus den

Polstern und stürzte ins Cockpit. Der Pilot war ein Deutscher, trotzdem mußte Dietrich Kölling ihn mit Engelszungen umgarnen, damit er endlich einen Funkspruch an die schwedische Polizei absetzte.

Denn Kolzow war nicht an Bord.

Zehntes Kapitel

1

Dietrich Kölling durchquerte wortlos die beiden kleinen Räume, an denen ihm alles mißfiel: ihr winziger Grundriß, die Löcher, die offenbar die Fenster darstellen sollten, und vor allem der Krach, der von der Straße hereindrang. Als der Beamtenbauverein diesen Block hatte errichten lassen, war womöglich noch nicht abzusehen gewesen, daß er an einer Hauptverkehrsstraße liegen würde. Seit dem Niedergang der Mauer, jedenfalls war es so. Dietrich Kölling verschränkte die Arme auf dem Rücken, was er als typische Bullenmanier eigentlich nicht ausstehen konnte, und wandte sich zu Becker und der Blissow um. Die beiden waren an der Wohnungstür stehengeblieben und strahlten. Dietrich Kölling bedachte sie mit einem finsteren Blick.

»Wenn man sich etwas wünscht, dann erscheint einem das Verlangte so leuchtend wie Ihre Gesichter«, sagte er. »Wenn man es schließlich bekommt, ist es immer irgendwie beschmutzt.«

»Aber Herr Kölling«, die Blissow schaute ihren Chef an wie der Teufel das Weihwasser, »die Küche ist doch recht hübsch.«

»Die Küche«, sagte Dietrich Kölling, »die Küche also ist hübsch. Dann werde ich im Kühlschrank schlafen. Mein

Gott, jetzt muß ich mich auch noch damit herumschlagen, diese Klausnerei zu möblieren. Man macht eine kleine Anschaffung und erntet riesenhafte Verpflichtungen. Und dieser Grützmacher geht mir auch auf den Geist.«

»Zumindest haben die Schweden Kolzow geschnappt. In letzter Minute, und das ist Ihr Verdienst«, versuchte Becker einzulenken.

»Ja, dafür können wir uns was Feines kaufen. Das ist der reinste Poker. Zwei Auslieferungsanträge haben die armen Schweden auf dem Tisch, einen von uns und einen von den Russen. Die Russen haben aber offenbar Beweise. Wir haben bloß das Nachsehen. Und noch etwas spukt mir im Kopf herum. Daß Kolzow nicht im Flugzeug war, macht mich kirre. Da sucht er in der halben Welt nach Grützmacher, und wenn er ihn hat, läßt er so ohne weiteres wieder von ihm ab? Wir fangen noch mal von vorn an. Becker, Sie überprüfen die Passagierliste unserer Maschine. Und diesen Grützmacher, der mir eine Lüge nach der anderen auf den Tisch packt, den müssen wir wohl unter Personenschutz stellen.«

»Hat das alles denn nie ein Ende?« fragte Becker.

»Abwarten und Tee trinken«, schlug die Blissow vor.

»Gern«, sagte Dietrich Kölling. »Aber eines ist klar, meinen Tee trinke ich niemals in diesem Loch.«

2

Jürgen Grützmacher war aus dem Schneider. Vor einer Stunde hatte er sein Material an einen Redakteur des *Spiegel* übergeben, und während ihres Gesprächs war von Summen die Rede gewesen, die ihn für alles Kommende wappnen würden. Obwohl der Chefredaktion seine eidesstattliche Erklärung vorlag, mit der er die Echtheit seiner Dossiers bestätigte, würde man wohl noch das eine oder andere nachrecherchieren, aber mit der übernächsten Ausgabe würde ein gewisser Jürgen Grützmacher die olympische Familie nachhaltig erschüttern. So war es vereinbart, so würde es geschehen. Damit waren nicht nur alle seine Widersacher aus dem Rennen, sondern für ein paar Wochen würde Jürgen Grützmacher ein gefragter Mann sein. Die Medien würden sich um Interviews von ihm reißen, um Interviews mit dem kleinen Bösewicht, der die großen Bösewichter herausgefordert und gesiegt hatte.

Das einzige, das er noch überstehen mußte, waren die zermürbenden Verhöre, mit denen dieser besessene Kriminalkommissar ihn quälte. Auch für diesen Tag hatte er eine Vorladung in der Tasche. Im übrigen aber konnte Jürgen Grützmacher zufrieden sein. Der Kommissar hatte wie ein Berserker darum gekämpft, daß man ihn wegen seiner Erpressungsversuche in Untersuchungshaft nahm, aber der Richter hatte einen Haftbefehl abgelehnt. Mehr als ein paar Bagatellen konnte man ihm eben nicht vorwerfen, die Erpreßten hatten nicht einmal Anzeige erstattet, sie hielten still, und der Killer war in sicherem Gewahrsam. Jürgen Grützmacher hoffte nur, daß die Russen ihn bekamen. Deren Gerichte waren nicht so zimperlich.

3

Alles lief wie am Schnürchen. Der Georgier wußte, nachdem er die Zielperson ein paar Tage beobachtet hatte, wie er seinen Auftrag am besten ausführen konnte. Bisher war das Objekt schon zweimal auf dem Friedhof gewesen, um die Gräber seiner Frau und seines Sohnes zu besuchen. Zwar hielt er sich nie lange auf, aber es bestand wohl die begründete Hoffnung, daß er immer wieder an diesen Ort zurückkehren würde. Ein Friedhof war ideal. Nur sehr wenige Menschen verbrachten dort ihre kostbare Zeit, und er bot die besten Fluchtmöglichkeiten. Man verschwand einfach irgendwo zwischen den Grabreihen. Dieser Gedanke gefiel dem Georgier besonders. Er war der Tod, und der Tod war auf dem Friedhof so heimisch, daß er niemand auffiel.

Das einzige, was den Georgier leicht irritierte, war die Tatsache, daß sich Kolzow bisher nicht gemeldet hatte. Eigentlich hätte er längst in Brüssel auftauchen müssen. Die Erklärung für seine seltsame Abwesenheit lag jedoch auf der Hand; Kolzow war schließlich von Malmö nach Kopenhagen zurückgefahren und dort offensichtlich in den Armen einer der freizügigen Blondinen hängengeblieben. Kolzow hatte es sich verdient, und der Georgier würde es sich auch verdienen. Er konnte seinen Auftrag gut und gerne ohne seinen Ziehvater ausführen. Beim nächsten Friedhofsbesuch der Zielperson war es soweit. Der Georgier hatte seine Schußposition schon festgelegt.

Diesmal würde nichts schiefgehen.